메뚜기의 날

메뚜기의 날
The Day of the Locust

너새니얼 웨스트 장편소설 김진준 옮김

THE DAY OF THE LOCUST
by NATHANAEL WEST (1938)

이 책은 실로 꿰매어 제본하는 정통적인 사철 방식으로 만들어졌습니다.
사철 방식으로 제본된 책은 오랫동안 보관해도 손상되지 않습니다.

메뚜기의 날
7

역자 해설
세상을 바라보는 우울한 시선
263

너새니얼 웨스트 연보
271

1

 퇴근 무렵 토드 해케트는 사무실 앞의 도로 쪽에서 몹시 시끄러운 소리를 들었다. 가죽이 삐걱거리는 소리와 쇠붙이가 딸랑거리는 소리, 그리고 그 소리를 압도하며 1천 개쯤 되는 말발굽이 다가닥거리는 소리였다. 그는 급히 창가로 달려갔다.

 기병과 보병으로 구성된 군대가 지나가고 있었다. 그들은 오합지졸처럼 이동했다. 싸움터에서 참패하고 도망치는 군대처럼 대열이 엉망이었다. 망토를 두른 경기병대, 무거운 샤코[1]를 쓴 근위대, 납작한 가죽 모자를 쓰고 붉은 깃털 장식을 늘어뜨린 하노버 왕조의 경기병대 등이 모두 뒤섞여 무질서하게 움직였다. 기병대 뒤에는 보병들이 따라왔다. 흔들거리는 가방, 비스듬히 둘러멘 소총, 열십자로 걸친 멜빵, 흔들거리는 탄약통 따위가 거친 파도처럼 밀려들었다. 토드는 그 무리 속에서 진홍색 군복에 하얀 견장을 단 영국 보병, 검은색 군복을 입은 브런즈윅 공작 휘하의 보병, 거대한 흰색 각

1 깃털 장식이 있는 군모.

반을 착용한 프랑스 척탄병 그리고 격자무늬 스커트 밑으로 맨무릎을 드러낸 스코틀랜드 보병 등을 알아볼 수 있었다.

그가 행렬을 지켜보고 있을 때였다. 건물 모퉁이에서 폴로 셔츠와 니커스[2] 차림에 챙 넓은 코르크 모자를 쓴 땅딸막한 남자 하나가 달려 나와 군대를 뒤쫓았.

「9번 장면이야, 얼간이들아, 9번 장면이라고!」 그는 작은 확성기에 대고 목이 터져라 소리쳤다.

기병들은 저마다 말에 박차를 가하고 보병들은 종종걸음을 쳤다. 코르크 모자를 쓴 작달막한 남자는 그들을 따라 달리면서 주먹을 흔들어 대고 욕설을 퍼부었다.

토드는 그들이 반 토막만 있는 미시시피 증기선 뒤로 사라질 때까지 구경하다가 연필과 화판을 치워 놓고 사무실을 나섰다. 잠시 촬영소 앞의 인도에 서서 집까지 걸어갈까 아니면 전차를 탈까 고민했다. 이곳에 온 지 석 달밖에 안 된 그는 여전히 할리우드를 대단히 매력적인 곳으로 여겼다. 그러나 게으른 탓에 걷기를 싫어했다. 결국 바인 스트리트까지는 전차를 타고 거기서부터 걸어가기로 했다.

토드가 서해안 지방으로 오게 된 것은 내셔널 영화사의 신인 발굴 담당자가 예일대학 미대의 학부생 작품 전시회장에서 그의 그림 몇 장을 발견한 덕분이었다. 토드는 전보를 주고받는 과정을 거쳐 일자리를 얻었다. 만약 그 담당자가 토드를 직접 만나 보았다면 아마 그를 할리우드에 보내서 무대 장치와 의상 디자인을 배우게 하지도 않았을 것이다. 멋대가

[2] 무릎 아래에서 졸라매는 짧은 바지.

리 없이 크기만 한 몸집과 생기 없는 푸른 눈 그리고 흐리멍덩한 미소 때문에 재능이 전혀 없어 보였기 때문이다. 아니, 아예 바보처럼 보이기도 했다.

그러나 이런 겉모습과 달리 그는 사실 대단히 복잡한 성격을 가진 젊은이였다. 다양한 개성이 겹겹이 포개져 중국식 상자 세트를 연상시킬 정도였다. 그리고 그가 머지않아 그리게 될 「불타는 로스앤젤레스」는 그에게 재능이 있다는 사실을 확실히 증명해 줄 터였다.

그는 바인 스트리트에서 하차했다. 그리고 걸어가면서 저녁 인파를 관찰했다. 운동복을 입은 사람들이 아주 많았지만 그들의 옷은 진짜 운동복이 아니었다. 그들이 입은 스웨터, 니커스, 슬랙스, 놋쇠 단추가 달린 파란 플란넬 재킷 등은 운동복이라기보다 가장무도회 의상에 가까웠다. 요트 모자를 쓴 뚱뚱한 아줌마는 배를 타려는 것이 아니라 장을 보러 가는 길이었고, 노퍽재킷에 티롤 모자[3]를 쓴 남자는 등산을 다녀오는 것이 아니라 보험 회사에서 퇴근하는 길이었고, 슬랙스 차림에 운동화를 신고 머리에 두건을 두른 아가씨는 조금 전까지 테니스장이 아니라 전화 교환대 앞에 앉아 있다가 나오는 길이었다.

이런 가장무도회 행렬 속에는 전혀 다른 유형의 사람들도 드문드문 섞여 있었다. 그들의 옷은 우편 주문으로 구입한 듯이 재단 솜씨가 형편없고 빛깔도 칙칙했다. 다른 사람들은 빠르게 움직이다가 상점이나 칵테일 바 등으로 뛰어들었지

---

3 앞이 좁고 깃털이 달린 펠트 모자.

만 이 사람들은 길모퉁이에서 빈둥거리기도 하고 상점 진열창을 등지고 우두커니 서서 행인들을 구경하기도 했다. 그러다가 시선이 마주치기라도 하면 증오의 눈빛을 번뜩였다. 그때까지만 해도 토드는 그들이 죽으려고 캘리포니아에 왔다는 사실 말고는 그들에 대해 아는 것이 별로 없었다.

그는 이 사람들에 대하여 훨씬 더 많은 것을 알아낼 작정이었다. 자기가 그려야 할 사람들이 바로 그들이라고 생각했다. 이제 붉고 펑퍼짐한 헛간이나 오래된 돌담, 낸터컷 섬의 건장한 어부 따위는 두 번 다시 그리지 않으리라. 그 사람들을 처음 보는 순간부터 그는 자신이 속한 인종이나 교육 과정이나 전통과는 상관없이 윈슬로 호머[4]와 토머스 라이더[5]는 절대로 그의 스승이 될 수 없음을 알았고, 그때부터 고야[6]와 도미에[7]에게 눈을 돌렸다.

이같은 깨달음은 시기적절했다. 미대 졸업반 때는 그림을 아예 포기해 버릴까 생각하기도 했기 때문이다. 그림 솜씨가 좋아질수록 작품의 구도와 색조 등에서 얻는 기쁨은 점점 줄어들었고 결국 자신도 다른 동기생들처럼 삽화를 그리거나

---

[4] Winslow Homer(1836~1910). 미국 풍경화가. 바다를 소재로 한 유화, 수채화, 판화 등을 많이 남겼다.
[5] Thomas Ryder(1746~1810). 영국 판화가. 셰익스피어 작품집에 실린 여덟 개의 삽화가 대표작으로 손꼽힌다.
[6] Francisco Goya(1746~1828). 스페인 화가. 초상화와 종교화는 물론, 역사적 사건을 대담하게 묘사한 작품으로 후대에 큰 영향을 미쳤다.
[7] Honoré Daumier(1808~1879). 프랑스 화가이자 판화가. 19세기 프랑스 사회와 정치를 소재로 날카로운 풍자와 따뜻한 인간애가 담긴 작품을 많이 남겼다.

그저 보기 좋은 그림만 그리게 될 듯싶어서였다. 그러다가 할리우드에서 일자리 제안이 들어왔을 때 그는 이렇게 돈에 팔려 가면 영영 그림을 그릴 수 없다고 말리는 친구들을 무시하고 선뜻 그 일을 붙잡았다.

이윽고 바인 스트리트가 끝나는 곳에 다다른 토드는 오르막길을 따라 피니언 협곡으로 들어섰다. 어느새 땅거미가 짙어졌다.

나무들의 중심부는 짙은 자주색에서 차츰 검은색으로 변해 가고 가장자리는 연보라색으로 환하게 타올랐다. 곱사등처럼 꼴사납기만 하던 언덕들의 테두리도 네온사인 같은 보라색으로 물들어 거의 아름답기까지 했다.

그러나 은은한 저녁놀조차도 그곳에 있는 집들을 바꿔 놓을 수는 없었다. 이 협곡의 산비탈에는 멕시코식 목장 주택, 사모아식 오두막집, 지중해식 빌라, 이집트식이나 일본식 사원, 스위스식 농가, 튜더식 산장 그리고 그 모든 양식을 각양각색으로 혼합한 온갖 형태의 집이 다 모여 있었다.

이 집들이 한결같이 회반죽과 윗가지와 종이로 지어졌다는 사실을 알았을 때 그는 자못 너그러워졌고 그 한심한 꼬락서니는 모두 건축 재료 때문이라고 생각했다. 쇠와 돌과 벽돌은 건축자의 상상력을 조금 억제함으로써 힘과 하중을 골고루 분산시켜 건물의 모든 귀퉁이를 반듯반듯하게 만든다. 그러나 회반죽과 종이는 법칙을 따르지 않고 심지어 중력의 법칙마저 무시해 버린다.

라웨르타 로드의 한 모퉁이에 라인 강변의 성을 축소한

모형이 서 있었다. 타르지로 만든 망루에는 궁수들을 위한 총안(銃眼)까지 뚫어 놓았다. 그 옆에는 『아라비안나이트』에 등장하는 성처럼 둥근 지붕과 뾰족탑을 여러 개 달고 알록달록 화려하게 색칠한 작은 판잣집도 있었다. 그는 다시 너그러워졌다. 둘 다 우스꽝스러운 건물이지만 그는 웃지 않았다. 오히려 보는 이들을 놀라게 하려는 간절하고 솔직한 의욕이 돋보일 뿐이었다.

아름다움과 낭만을 추구하려는 욕구를 비웃기란 결코 쉬운 일이 아니다. 그 욕구의 결과물이 비록 천박하거나 아예 꼴사납더라도 비웃음보다는 차라리 한숨이 나오기 마련이다. 진실로 괴상망측한 것보다 더 슬픈 것은 별로 없기 때문이다.

2

 토드가 살고 있는 집은 산베르나르디노 암스라는 이름이 붙은 개성 없는 건물이었다. 직사각형의 3층집인데 뒷면과 좌우 측면은 색칠하지 않은 소박한 회벽이고 아무 장식도 없는 창문들이 가지런히 뚫렸다. 다만 앞면은 묽은 겨자 같은 빛깔이고 창문은 모두 이중이며 그 사이사이에는 순무 모양의 상인방(上引枋)을 떠받치는 무어 양식의 분홍색 기둥들이 늘어섰다.

 그의 방은 3층이지만 그는 2층 층계참에서 잠시 걸음을 멈추었다. 208호에 페이 그리너가 살기 때문이다. 그때 어느 방에서인지 누군가의 웃음소리가 들려오자 그는 깜짝 놀라 멋쩍은 표정을 지으며 다시 계단을 올라갔다.

 방문을 열었을 때 카드 한 장이 팔랑거리며 방바닥으로 떨어졌다. 카드에는 큼직한 활자로 〈정직한 에이브 쿠직〉이라는 말이 적혔고 그 밑에는 그보다 작은 이탤릭체로 신문 공고처럼 보이도록 인쇄한 명사들의 추천사 몇 줄이 있었다.

할리우드판 로이드 보험사 — 스탠리 로즈
에이브의 말 한마디가 모건 은행의 채권보다 낫다 — 게일 브렌쇼

뒷면에는 연필로 쓴 메시지가 있었다.

킹핀 4번 마, 솔리테어 6번 마.
이런 경주마에 돈을 거시면 거액을 손에 쥘 수 있습니다.

그는 창문을 열고 재킷을 벗은 후 침대에 드러누웠다. 창 너머로 에나멜 같은 네모난 하늘과 유칼립투스의 가지 하나가 보였다. 가벼운 산들바람이 불어 길고 좁다란 나뭇잎들이 흔들리면서 녹색 면이 보였다가 은색 면이 보였다가 했다.

그는 페이 그리너를 생각하지 않으려고 〈정직한 에이브 쿠직〉을 떠올렸다. 마음이 편해졌다. 그는 그 기분이 유지되기를 바랐다.

에이브는 토드가 「춤꾼들」이라는 제목으로 작업 중인 석판화 연작의 중요한 등장인물이기도 했다. 에이브는 춤꾼으로 등장했다. 페이 그리너도 그랬고 그녀의 아버지 해리도 그랬다. 등장하는 춤꾼은 작품마다 달랐지만 관객들은 언제나 똑같았다. 그들은 바인 스트리트에서 가장무도회 인파를 구경하는 듯한 표정으로 춤꾼들을 바라보았다. 바로 그 시선 때문에 에이브를 비롯한 춤꾼들은 미친 듯이 회전하기도 하고 낚싯바늘에 걸린 송어처럼 허리를 비틀며 허공으로 뛰어오르기도 했다.

토드는 에이브의 괴상한 타락상 때문에 진심으로 분개하면서도 그와 어울리기를 좋아했다. 이 왜소한 남자는 토드를 들뜨게 만들었고 그런 점에서 그림을 그려야겠다는 의욕을 되새기게 해주었다.

그가 에이브를 처음 만난 것은 이바르 스트리트에 있는 샤토 미라벨라라는 여관에 묵을 때였다. 이바르 스트리트의 별명은 라이솔[8] 골목이었고, 샤토에는 매춘부, 포주, 기둥서방, 뚜쟁이 등이 주로 살았다.

아침마다 여관 복도에는 소독약 냄새가 진동했다. 토드는 그 냄새를 싫어했다. 게다가 경찰의 보호를 받는다는 명목으로 방 값도 턱없이 비쌌는데 토드에게는 그런 서비스가 필요 없었다. 그래서 다른 곳으로 옮기고 싶었지만 게으름 때문에, 그리고 어디로 가야 할지도 몰랐기 때문에 계속 샤토에 머물다가 에이브를 만나게 되었다. 우연한 만남이었다.

어느 날 밤늦게 자기 방으로 돌아가던 토드는 맞은편 방문 앞의 복도에 떨어진 더러운 빨래 같은 것을 보았다. 그냥 지나치려는 순간 빨래 더미가 꿈틀거리면서 이상한 소리를 냈다. 그는 담요 속에 개를 둘둘 말아 놓았는지도 모른다고 생각하여 성냥을 그어 보았다. 불이 확 켜지는 순간에 몸집이 아주 작은 남자가 보였다.

성냥불이 꺼져 버리자 얼른 다시 성냥을 그었다. 여성용 플란넬 목욕 가운으로 몸을 감싼 남자 난쟁이였다. 끄트머리에 있는 둥그스름한 물체는 뇌수종(腦水腫) 증세가 조금

---

[8] 소독약 상표명.

보이는 머리통이었다. 그 머리통 쪽에서 숨이 막힌 듯 천천히 코를 고는 소리가 흘러나왔다.

복도는 외풍이 심하고 너무 추웠다. 토드는 남자를 깨우기로 마음먹고 발끝으로 툭 건드렸다. 남자가 신음 소리를 내면서 눈을 떴다.

「여기서 주무시면 안 됩니다.」

「웃기지 마.」 그렇게 말하고 난쟁이는 도로 눈을 감았다.

「이러다 감기 걸려요.」

이 친절한 충고가 난쟁이를 더욱더 화나게 만들었다.

「내 옷 내놔라!」 난쟁이가 버럭 고함을 질렀다.

그러자 누워 있는 난쟁이 옆의 문틈에서 불빛이 새어 나왔다. 토드는 결과가 어찌 되든지 일단 문을 두드려 보았다. 몇 초 뒤에 한 여자가 문을 빠끔 열더니 다짜고짜 윽박질렀다.

「또 뭐예요?」

「친구 분이 바깥에 계시는데……」

그러나 두 사람은 토드의 말을 끝까지 들어 주지 않았다.

「내가 알 게 뭐야!」

그렇게 소리치면서 여자가 문을 쾅 닫아 버렸다.

「내 옷 내놔, 이 쌍년아!」 난쟁이가 호통을 쳤다.

여자가 다시 문을 열더니 물건들을 복도로 내던지기 시작했다. 재킷, 바지, 셔츠, 양말, 구두, 속옷, 넥타이, 모자 따위가 숨 가쁘게 꼬리를 물고 허공을 날았다. 옷가지 하나하나마다 특별한 욕설이 하나씩 따라붙었다.

토드는 놀라서 휘파람을 불었다.

「대단한 아가씨네!」
「두말하면 잔소리지.」 난쟁이가 말했다. 「끝내주는 여자라고. 성질머리는 개차반이고 몸매는 하마 뺨치지.」

그는 자기 농담에 웃음을 터뜨렸다. 높고 날카롭게 깩깩거리는 그 웃음소리는 지금까지 그가 냈던 온갖 소리 가운데 가장 난쟁이다운 소리였다. 이윽고 난쟁이가 힘겹게 몸을 일으키더니 품이 넉넉한 목욕 가운을 추슬러 혹시라도 걷다가 넘어지는 일이 없도록 정리했다. 토드는 흩어진 옷가지를 주워 모으는 일을 거들었다.

이윽고 난쟁이가 말했다.

「여보게, 자네 방에서 옷 좀 입어도 되겠나?」

토드는 그를 자기 방 화장실로 안내했다. 난쟁이가 나오기를 기다리는 동안 토드는 그 여자의 방에서 무슨 일이 있었는지 상상해 보지 않을 수 없었다. 괜히 끼어들었다는 후회가 고개를 들었다. 그러나 난쟁이가 모자를 쓰고 나타나자 토드의 기분도 한결 나아졌다.

난쟁이의 모자는 거의 모든 것을 기꺼이 용서하게 만들었다. 그해에는 할리우드 대로 근방에서 티롤 모자가 대유행이었는데 난쟁이의 모자도 전형적인 티롤 모자였다. 높고 뾰족한 원뿔형이었고 매력적인 초록색이었다. 앞부분에 놋쇠 버클을 달았으면 더 좋았겠지만 지금 그대로도 거의 완벽했다.

난쟁이의 나머지 복장은 그 모자와 잘 어울리지 않았다. 앞코가 뾰족한 신발과 가죽 앞치마 대신에 검은 셔츠에 파란 더블 양복을 입고 노란 넥타이를 맸다. 그리고 구불구불

한 가시나무 지팡이 대신에 「일간 경마」를 둘둘 말아 쥐고 있었다.

「싸구려 창녀와 놀아났으니 이런 꼴을 당해도 싸지.」 인사라도 하듯이 난쟁이가 말했다.

토드는 고개를 끄덕이면서 초록색 모자에 시선을 집중하려고 노력했다. 난쟁이는 토드가 너무 쉽게 동의하는 것이 못마땅했는지 사나운 기세로 내뱉었다.

「세상에 어떤 년이 에이브 쿠직을 괄시하고도 무사하길 바랄까? 20달러만 내면 저년 다리몽둥이를 부러뜨릴 수도 있는데 말이야.」

그러면서 두툼한 지갑을 꺼내 흔들어 보였다.

「그런데도 저년이 이렇게 나를 괄시해? 그래, 어디 한번……」

그때 토드가 황급히 그의 말을 가로막았다.

「옳은 말씀입니다, 쿠직 씨.」

그러자 난쟁이는 토드가 앉아 있는 곳으로 다가왔고 토드는 혹시 난쟁이가 자기 무릎에 올라앉으려는 게 아닐까 생각했지만 난쟁이는 토드에게 이름을 물어보고 악수를 청할 뿐이었다. 난쟁이는 손아귀 힘이 억셌다.

「한 가지만 말해 두겠네, 해케트. 자네가 나타나지 않았으면 내가 저 문을 부수고 들어갔을 거야. 저년이 나를 괄시하고 무사히 넘어가길 바란다면 착각도 이만저만이 아니지. 어쨌든 고맙네.」

「잊어버리세요.」

「난 아무것도 잊지 않네. 뭐든지 기억하지. 푸대접한 사람도, 잘해 준 사람도.」

난쟁이는 이맛살을 찌푸리며 한동안 입을 다물었다. 이윽고 그가 이렇게 말했다.

「여보게, 자네가 나를 도와줬으니 나도 꼭 보답을 해야겠어. 에이브 쿠직이 누구한테 빚을 졌다는 소문이 도는 건 질색이니까. 그래서 하는 얘긴데, 내가 좋은 정보를 주겠네. 칼리엔테에 가서 5번 마에 돈을 걸어 보게. 그놈한테 5달러만 걸면 자그마치 20달러를 벌 수 있어. 이건 확실한 정보라고.」

토드는 뭐라고 대답해야 좋을지 몰랐고 그렇게 망설이는 태도가 난쟁이에게 불쾌감을 주었다. 난쟁이가 얼굴을 찡그리며 따져 물었다.

「내가 자네한테 별 볼일 없는 정보를 흘릴 것 같나? 그렇게 생각해?」

토드는 난쟁이를 내보내려고 문 쪽으로 걸어갔다.

「아닙니다.」

「그럼 돈을 안 걸 이유가 없잖나?」

「그 말 이름이 뭔데요?」 토드는 난쟁이를 진정시키려고 그렇게 물어보았다.

난쟁이가 목욕 가운의 옷소매를 쥐고 바닥에 질질 끌면서 문 앞까지 따라왔다. 모자까지 썼는데도 그의 키는 토드의 허리띠에 한 자나 못 미쳤다.

「트라고판. 확실하고 틀림없는 우승마야. 내가 그놈 주인을 잘 아는데 바로 그 친구가 찔러준 정보라고.」

「혹시 그리스 사람인가요?」

토드는 은근슬쩍 난쟁이를 문밖으로 유도하는 동작을 감추려고 일부러 붙임성 있게 굴었다.

「그래, 그리스인이지. 자네도 그 친구를 아나?」

「몰라요.」

「몰라?」

「모른다니까요.」 토드는 딱 잘라 대답했다.

「흥분하지 말라고.」 난쟁이가 명령조로 말했다. 「난 그저 자네가 그 친구를 모른다면서 그리스인인 줄은 어떻게 아는지 궁금해서 묻는 거니까.」

그는 수상쩍다는 듯이 눈을 가늘게 뜨고 두 주먹을 불끈 쥐었다.

토드는 그를 달래려고 미소를 지었다.

「그냥 짐작했을 뿐입니다.」

「그래?」

난쟁이는 금방이라도 권총을 뽑아 들거나 주먹을 날릴 듯이 어깨를 움츠렸다. 토드는 뒷걸음질을 치면서 해명하려고 했다.

「트라고판은 그리스어로 꿩을 뜻하는 말이라서 혹시 그리스인이 아닐까 짐작했던 거예요.」

그러나 난쟁이는 그 대답에 만족하지 않았다.

「그게 무슨 뜻인지는 어떻게 알지? 자네는 그리스인이 아닐 텐데?」

「그건 그렇지만 그리스어 몇 마디쯤은 알거든요.」

「그래, 뭐든지 아는 체하는 척척박사였군.」

난쟁이는 발끝으로 서서 짧게 한 걸음을 내디뎠고 토드는 주먹을 막으려는 자세를 취했다.

「대학을 나오셨다? 그래, 어디 한번…….」

그 순간 목욕 가운이 발을 휘감는 바람에 난쟁이는 앞으로 넘어지면서 양손을 짚었다. 그는 잠시 토드를 잊어버리고 목욕 가운에 욕설을 퍼붓다가 다시 여자를 욕하기 시작했다.

「그래, 네년이 나를 괄시하고도 무사히 넘어가는지 두고 보자.」

그는 양손 엄지손가락으로 자기 가슴을 쿡쿡 찔렀다.

「낙태 수술 받으라고 40달러나 준 사람이 누구야? 누구냐고? 그리고 그때 시골에 내려가서 좀 쉬라고 다시 10달러를 준 사람이 누구야? 기껏 목장에 보내 줬더니 말이야. 그리고 샌타모니카에서 잡혀갔을 때 꺼내 준 사람이 누구야? 누구냐고?」

「그러게 말입니다.」 그러면서 토드는 난쟁이를 재빨리 문 밖으로 밀어낼 준비를 했다.

그러나 굳이 밀어낼 필요도 없었다. 난쟁이가 갑자기 뛰쳐나가더니 목욕 가운을 질질 끌면서 복도 저쪽으로 달려가 버렸기 때문이다.

며칠 후 토드는 바인 스트리트의 한 문구점에 잡지를 사러 들어갔다. 거기서 전시대를 훑어보고 있을 때 재킷 밑단을 잡아당기는 손길이 느껴졌다. 역시 난쟁이 에이브 쿠직이었다.

「잘 있었나?」

토드는 며칠 전과 다름없이 공격적인 태도를 보고 적잖이 놀랐다. 나중에 에이브를 좀 더 알게 되면서 비로소 그 호전적인 태도가 실은 장난일 때가 많다는 것을 알 수 있었다. 에이브가 그럴 때마다 친구들은 으르렁거리는 강아지를 데리고 놀듯이 함께 장난을 쳤다. 미친 듯이 덤벼들면 일단 피했다가 다시 약을 올려 덤벼들게 만드는 식이었다.

「그럭저럭 잘 지냈지만 곧 이사할 생각입니다.」

일요일에도 거의 하루 종일 집을 보러 다녔고 아직도 그 생각이 머리를 떠나지 않는 터였다. 그러나 그 말을 꺼내는 순간 그는 또 실수했다는 사실을 깨달았다. 그래서 그쯤에서 그 문제에 대한 대화를 끝내려고 고개를 돌렸지만 난쟁이가 앞을 가로막았다. 집 문제라면 자기가 전문가라고 생각하는 것이 분명했다. 괜찮은 집을 여남은 군데나 거론하고 제쳐 놓기를 거듭했는데도 토드가 반응을 보이지 않자 난쟁이가 마지막으로 내놓은 대안이 바로 산베르나르디노 암스였다.

「자네가 가야 할 곳이 바로 거기야. 산베르두. 나도 그 건물에 사니까 잘 알지. 집주인이 아주 싸게 내놨어. 좋은 조건으로 방을 얻게 해줄 테니까 당장 가보자고.」

「글쎄요, 저는…….」

그러자 난쟁이가 벌컥 화를 내면서 몹시 불쾌하다는 표정을 지었다.

「자네한테는 그 집도 마음에 안 찬다는 거지? 그래, 내가 한마디 하겠는데, 자네는…….」

토드는 난쟁이의 성화에 못 이겨 결국 피니언 협곡으로 따라갈 수밖에 없었다. 산베르두의 방은 모두 작았고 그리 깨끗하지도 않았다. 그러나 복도에서 페이 그리너를 보는 순간 일말의 망설임도 없이 선뜻 방 하나를 빌렸다.

3

 토드는 잠에 빠져들었다. 다시 깨어났을 때는 벌써 8시가 지난 뒤였다. 그는 목욕과 면도를 하고 나서 옷장 거울 앞에서 옷을 입었다. 목깃과 넥타이를 매만지면서 손가락을 주시하려고 했지만 거울 테 위쪽 구석에 꽂힌 사진으로 자꾸 시선이 갔다.
 페이 그리너의 사진이었다. 그녀가 단역으로 출연했던 2릴[9]짜리 코미디 영화의 스틸 사진인데, 그녀는 이 사진을 기꺼이 그에게 주면서 크고 거침없는 필체로 〈사랑을 담아, 페이 그리너〉라고 서명까지 해주었지만 실제로는 그의 우정을 거부했다. 아니, 정확히 말하자면 개인감정이 없는 관계를 유지하고 싶어 했다. 그녀는 그 이유도 말해 주었다. 토드는 돈도 없고 잘생기지도 않아서 그녀에게 줄 것이 아무것도 없다는 설명이었다. 자기는 잘생긴 남자만 사랑할 수 있고 돈 많은 남자에게만 사랑을 허락하겠다고 했다. 토드는 〈착한 사

---

9 영화계에서 필름의 분량을 세는 단위로 1릴은 1천 피트(610미터). 2릴은 35mm 필름으로 약 20~24분 분량의 단편 영화에 해당한다.

람〉이고 자기도 〈착한 사람〉을 좋아하긴 하지만 친구로서 좋아할 뿐이라고 했다. 자기가 냉정해서 그러는 게 아니고, 다만 사랑에 특별한 의미를 부여했기 때문에 돈이 많거나 잘생긴 남자가 아니면 사랑을 못 느낀다는 것이었다.

토드는 못마땅해서 툴툴거리며 사진을 바라보았다. 사진 속의 그녀는 하렘[10] 의상을 입었다. 낙낙한 터키식 바지, 가슴받이, 짤막한 상의 등을 걸치고 비단 소파에 비스듬히 누워 한 손에는 맥주병, 다른 손에는 주석 술잔을 들었다.

그는 이 영화에 등장하는 그녀를 보려고 멀리 글렌데일까지 갔었다. 영화는 한 미국인 드러머가 어느 다마스쿠스 상인의 내실에서 길을 잃고 헤매다가 그곳에 사는 여자들과 신나게 재미를 본다는 내용이었다. 페이는 무희들 중의 하나였다. 대사는 딱 한 줄이었는데 — 「아, 스미스 씨!」 — 그나마도 말투가 너무 어색했다.

페이는 키가 크고 어깨가 넓고 반듯하며 두 다리는 칼날처럼 곧고 늘씬했다. 목도 원기둥처럼 길었다. 다만 얼굴은 나머지 부분만 봐서는 짐작하기 어렵게 좀 크고 둥글둥글한 편이었다. 광대뼈는 넓고 이마와 턱은 좁아서 달덩이 같은 얼굴이었다. 이른바 〈백금색〉 머리를 길게 늘어뜨려 뒷머리가 거의 어깨까지 내려왔지만 얼굴과 귀는 가리지 않도록 가느다란 파란색 리본으로 걷어 올려 정수리 쪽에 조그맣게 나비 매듭을 묶었다.

---

10 이슬람 국가에서 남자들의 출입을 금하는 곳. 보통 궁궐 내의 후궁이나 가정의 내실을 가리킨다.

영화 속에서 그녀는 무엇인가에 도취된 모습을 보여 주어야 했고 실제로도 그렇게 보였지만 술에 취한 표정은 아니었다. 팔과 다리를 벌리고 소파 위에 늘어진 자세가 마치 연인을 반기는 듯하고 살짝 벌린 입술은 나른하고 샐쭉한 미소를 머금었다. 그녀는 남자를 유혹하는 모습을 보여 주었지만 그 유혹은 쾌락으로 초대하는 유혹이 아니었다.

토드는 담뱃불을 붙이고 신경질적으로 한 모금 빨았다. 다시 넥타이를 만지작거렸지만 다시 사진을 볼 수밖에 없었다.

그녀의 유혹은 쾌락이 아니라 고통으로 초대하는 유혹이었다. 너무 날카롭고 강렬해서 사랑보다 차라리 죽음에 더 가까웠다. 그녀에게 몸을 던지는 것은 고층 건물 꼭대기에서 몸을 던지는 행위와 다름없다. 그 순간 비명이 터져 나올 것이다. 다시 날아오르기를 기대할 수는 없다. 송판에 못이 박히듯 이빨이 모두 두개골 속으로 파고들고 척추마저 부러져 버릴 테니까. 미처 땀을 흘리거나 눈을 감을 겨를조차 없으리라.

토드는 자신의 이런 표현에 웃음을 흘렸지만 그것은 진정한 웃음이 아니라서 아무것도 지워 버리지 못했다.

그녀가 허락하기만 한다면 그는 어떤 대가를 치르더라도 기꺼이 몸을 던질 수 있다. 그런데 그녀는 그를 받아들이려 하지 않는다. 그녀는 그를 사랑하지 않고 그는 그녀의 출세를 도와줄 수 없다. 설령 그것이 가능하더라도 그녀는 감상적인 여자가 아니라서 애정 따위는 원하지도 않는다.

이윽고 옷을 다 입은 그는 서둘러 방을 나섰다. 클로드 에스티의 집에서 열리는 파티에 참석하겠다고 약속했기 때문이다.

4

 잘나가는 시나리오 작가인 클로드는 미시시피 주의 빌럭시 근처에 있는 유서 깊은 뒤퓌 저택을 그대로 재현한 큰 저택에 살았다. 토드가 회양목 울타리 사이로 이어진 산책로를 따라 올라가자 거대한 2층 베란다에서 클로드가 식민지 시대의 남부 건축물에 딱 어울리는 인물 흉내로 맞아 주었다. 남북 전쟁 당시의 육군 대령처럼 발꿈치를 축으로 하여 몸을 앞뒤로 기우뚱거리면서 배가 불룩 나온 듯한 시늉을 했다.
 그러나 실제로는 배가 조금도 나오지 않은 사람이었다. 이 깡마르고 왜소한 사내는 우체국 직원처럼 어깨가 구부정하고 얼굴에도 지친 기색이 역력했다. 우체국 직원처럼 닳고 닳아 반질반질한 모헤어 상의와 특색 없는 바지가 더 잘 어울리겠지만 평소처럼 오늘도 잘 차려입었다. 갈색 재킷의 단춧구멍에는 레몬 꽃 한 송이를 꽂았다. 바지는 해리스 백화점에서 구입한 하운드 투스 체크무늬의 불그스름한 트위드 제품이었고 신발은 아주 멋있는 적갈색 반장화였다. 셔츠는 상아색 플란넬이었고 니트 넥타이는 거의 검정에 가까운 빨강이었다.

클로드가 한 손을 내밀었다. 토드가 그 손을 잡으려고 계단을 올라갈 때 클로드가 집사에게 소리쳤다.

「어이, 검둥이! 여기 민트 줄렙[11] 한 잔.」

그러자 흑인이 아니라 중국인 하인이 스카치위스키로 만든 칵테일을 들고 달려왔다.

클로드는 잠시 토드와 이야기를 나누다가 자기 아내 앨리스가 있는 베란다 반대쪽 끝으로 그를 데려가면서 이렇게 속삭였다.

「일찍 도망치지 말게. 우린 오늘 갈보 집에 가보기로 했으니까.」

앨리스는 조앤 슈워츠 부인이라는 여자와 함께 고리버들 그네 의자에 앉아 있었다. 앨리스가 토드에게 테니스를 칠 줄 아느냐고 물었을 때 슈워츠 부인이 끼어들었다.

「물고기 잡는 데 써야 할 그물을 사이에 두고 멀쩡한 공을 이리저리 넘기다니 정말 웃기는 운동이죠? 청어 한 마리 얻어먹지 못해서 몇 백만 명이 굶어 죽는 판국인데 말예요.」

그러자 앨리스가 이렇게 설명했다.

「조앤은 여자 테니스 우승자예요.」

슈워츠 부인은 몸집이 큰 여자였다. 손발이 큼직큼직하고 딱 벌어진 어깨는 뼈마디가 울퉁불퉁했다. 얼굴은 열여덟 살 소녀처럼 예쁘장하지만 목은 핏줄과 힘줄이 툭툭 불거져 영락없이 서른다섯 살이었다. 그나마 피부가 심하게 타서 푸른

---

11 위스키나 브랜디에 설탕, 박하 등을 넣고 얼음으로 식힌 음료.

빛이 조금 감도는 루비색이었기에 얼굴과 목의 현저한 차이가 그다지 충격적으로 느껴지지 않을 뿐이었다.

「아무튼 지금 당장 갈보 집에 가봤으면 좋겠어요. 난 그런 곳이 좋아요.」

슈워츠 부인이 토드를 돌아보며 눈을 깜박거렸다.

「해케트 씨는 어때요?」

앨리스가 토드 대신 대답했다.

「잘 생각했어, 조앤. 남자를 사귀는 데는 갈보 집만 한 곳도 없지. 술을 마신 다음에는 해장술을 찾게 되니까.」

「그렇게 모욕적인 말을 하다니!」

조앤이 발딱 일어나서 토드의 팔을 붙잡았다.

「저기까지 호위해 줘요.」

그녀는 클로드와 함께 서 있는 남자들 쪽을 가리켰다.

「어서 데려다 줘요.」 앨리스가 말했다. 「조앤은 저 사람들이 야한 이야기를 하는 중이라고 생각하거든요.」

슈워츠 부인은 토드를 잡아끌면서 다짜고짜 남자들 사이로 밀고 들어갔다.

「음담패설을 하는 중이죠? 나도 음담패설 좋아해요.」

남자들은 모두 예절 바르게 웃었다.

「아뇨, 사업 얘기예요.」 한 사람이 말했다.

「믿을 수 없어요. 목소리만 들어도 야한 얘기를 하는 게 분명한데요. 자, 어서 음탕한 얘기를 해보세요.」

이번에는 아무도 웃지 않았다.

토드는 팔을 빼내려고 했지만 슈워츠 부인이 꽉 붙잡고 놓아주지 않았다. 잠시 어색한 침묵이 흘렀다. 이윽고 그녀 때문에 말을 끊어야 했던 남자가 다시 대화를 이어 가려 했다.

「영화 산업은 너무 시시해졌어요. 우린 쿰스 같은 사람들한테 분개할 필요가 있어요.」

「맞습니다.」 다른 남자가 말했다. 「그런 자들은 불쑥 나타나서 떼돈을 벌면서도 이 동네에 대해 불평만 늘어놓잖아요. 그러다가 괜히 일만 망쳐 놓고 동부로 돌아가서 자기들이 만나 본 적도 없는 제작자들에 대해 이러쿵저러쿵 떠들고 다니죠.」

그러자 슈워츠 부인이 마치 연극 무대에서 독백을 하듯이 큰 소리로 토드에게 속삭였다.

「어머나, 정말 사업 얘기를 하고 있네요.」

「어디서 술을 나눠 주는지 찾아봅시다.」

「아뇨. 정원에 데려다 줘요. 수영장 안에 뭐가 있는지 봤어요?」

그녀가 토드를 잡아끌었다.

정원에는 미모사와 인동덩굴의 향기가 진동했다. 푸른 옷감 같은 하늘 한구석에서 거대한 뿔 단추처럼 오톨도톨한 달이 고개를 내밀었다. 서양 협죽도 울타리 때문에 폭이 좁아진 짤막한 판석 길을 따라가자 땅을 파서 만들어 놓은 수영장이 나타났다. 깊은 쪽의 수영장 바닥에 시꺼멓고 무거운 물체가 가라앉은 것이 보였다.

「저게 뭐죠?」 토드가 물었다.

슈워츠 부인이 덤불 아래 감춰진 스위치를 발끝으로 툭

찼다. 그러자 한 줄로 늘어선 수중 조명등이 일제히 켜지면서 녹색 물을 환하게 밝혀 주었다. 그 물체는 죽은 말이었다. 아니, 진짜처럼 보이는 실물 크기의 모조품이었다. 말은 네 다리를 뻣뻣하게 들고 있었다. 잔뜩 부풀어 오른 배가 아주 거대했다. 망치처럼 생긴 머리는 옆으로 돌아갔는데 고통의 미소를 짓는 듯한 입에서 시꺼멓고 묵직한 혀가 축 늘어져 있었다.

「정말 굉장하죠?」 슈워츠 부인이 흥분한 소녀처럼 깡충깡충 뛰고 손뼉을 치면서 소리쳤다.

「뭐로 만든 겁니까?」

「안 속았어요? 실례잖아요! 물론 고무로 만들었죠. 돈이 많이 들었어요.」

「그런데 왜요?」

「재미있잖아요. 어느 날 우리가 수영장을 보고 있을 때 누군가, 아마 제리 애피스였던 것 같은데, 수영장 바닥에 죽은 말 한 마리를 놓아두면 멋있겠다고 해서 앨리스가 하나 샀어요. 근사하지 않아요?」

「그러네요.」

「그렇게 따분하게 굴지 말아요. 사람들한테 저걸 보여 줄 때 다들 놀라서 오오, 아아, 소리치고 감탄하면 에스티 부부가 얼마나 기뻐할지 생각해 봐요.」

그녀는 수영장 가장자리에 서서 〈오오, 아아〉 하는 소리를 몇 번이나 빠르게 되풀이했다.

「그거 아직도 있어요?」 누군가 소리쳤다.

토드가 고개를 돌려 보니 두 여자와 한 남자가 판석 길을 따라 걸어오고 있었다.

「배가 터져 버릴 것 같아요!」 슈워츠 부인이 신이 나서 외쳤다.

「잘됐네요.」 남자가 그렇게 말하면서 말을 보려고 서둘러 다가왔다.

「저 배 속엔 공기만 들어 있잖아요.」 한 여자가 말했다.

슈워츠 부인이 울음을 터뜨리는 시늉을 했다.

「다들 해케트 씨처럼 따분한 분들이군요. 꼭 그렇게 내 환상을 깨뜨려야 속이 시원해요?」

토드가 집 쪽으로 반쯤 걸어갔을 때 그녀가 불렀다. 그는 손을 흔들어 주었지만 걸음을 멈추지는 않았다.

클로드와 함께 있는 남자들은 아직도 사업 이야기를 하고 있었다.

「그렇지만 그 무식한 작자들이 영화 산업을 좌지우지하는데 어떻게 몰아냅니까? 그자들은 영화 산업을 완전히 틀어쥐고 있어요. 정신적으로는 저능아들이지만 사업 쪽에는 대단한 귀재들이거든요. 그자들이 자산 관리를 맡기만 하면 금방 흑자로 돌아서니까요.」

「그자들은 몇 백만 달러를 벌어들이는데, 그 돈의 일부라도 영화 산업에 재투자해야 합니다. 록펠러가 재단을 만든 것처럼요. 전에는 다들 록펠러 가문을 싫어했지만 지금은 더러운 방법도 가리지 않고 석유로 긁어모은 돈을 욕하는 대신에 오히려 그 재단이 하는 일을 칭찬하느라 바쁘잖아요. 재주가 보통이 아니에요. 영화 산업에도 그런 게 필요해요. 영화 재단을 만들어 과학과 예술에 기여하는 거죠. 돈벌이를 위한 사업이지만 겉치레도 중요하잖아요.」

토드는 클로드를 따로 불러내서 작별 인사를 하려고 했지만 그가 토드를 놓아주려 하지 않았다. 클로드는 토드를 서재로 데려가서 더블 스카치 두 잔을 준비했다. 두 사람은 벽난로를 마주 보는 소파에 나란히 앉았다.

「오드리 제닝네 집에 가본 적 없지?」 클로드가 물었다.

「네. 그래도 소문은 들었어요.」

「그럼 자네도 같이 가자고.」

「창녀들은 별로 좋아하지 않아요.」

「우린 창녀들과 자려는 게 아니야. 그냥 영화만 보러 가는 거라고.」

「난 금방 우울해질 기예요.」

「제닝네 집에서는 안 그럴 거야. 그 여자는 악덕을 멋지게 포장해서 매력적으로 만들지. 그 집은 산업 디자인이 이룩한 쾌거라고.」

토드는 클로드의 말에 귀 기울이기를 좋아했다. 클로드는 복잡하고 익살스러운 말솜씨를 능란하게 구사했는데 윤리적 의분을 표출하면서도 세상사에 밝고 재치 있는 사람이라는 평판을 유지했다.

토드는 다른 핑계를 댔다. 「그 여자가 셀로판으로 얼마나 멋지게 포장하든 관심 없어요. 갈보 집은 우울해요. 뭔가를 집어넣으러 가는 곳은 다 그렇죠. 은행, 우편함, 무덤, 자동

판매기.」

「사랑도 자판기 같단 말이지? 그거 괜찮은데. 동전을 집어넣고 손잡이를 당기면 자판기 내부에 있는 기계가 작동하지. 우리는 작은 과자 한 봉지를 받고, 지저분한 거울에 비친 자기 모습을 보면서 얼굴을 찡그리고, 모자를 고쳐 쓰고, 그다음엔 우산을 힘껏 움켜쥐고 걸어가는 거야. 마치 아무 일도 없었다는 듯이. 그래, 아주 좋아. 그런데 영화에 써먹긴 힘들겠어.」

토드는 다시 솔직하게 말했다.

「그게 아니에요. 내가 요즘 어떤 여자를 쫓아다니는 중인데 그게 꼭 서류 가방이나 작은 여행 가방처럼 호주머니 속에 감추기엔 너무 큰 물건을 들고 다니는 듯한 기분이거든요. 불편하다고요.」

「그래, 알아. 언제나 불편하지. 처음엔 오른손이 피곤해지고 그다음엔 왼손도 피곤해지니까. 그래서 가방을 내려놓고 그 위에 걸터앉으면 사람들이 놀라서 빤히 보니까 다시 움직일 수밖에 없고. 나무 뒤에 숨겨 놓고 그냥 가버리려고 해도 누가 그걸 보고 달려와서 돌려주거든. 아침에 집을 나설 때만 하더라도 불편한 손잡이가 달린 작은 싸구려 가방에 불과했는데 저녁때쯤에는 귀퉁이마다 놋쇠 장식이 있고 외국 물표가 덕지덕지 붙은 대형 트렁크로 변해 버리지. 그래, 나도 알아. 좋은 생각이긴 한데 영화엔 안 맞겠어. 언제나 관객을 잊지 말아야지. 가령 퍼듀 대학의 이발사라면 어떨까? 이발사는 하루 종일 머리를 깎다가 지쳐 버렸어. 여행 가방을 들고 다니거나 자판기를 만지작거리는 얼간이에 대한 영화 따위를 보고 싶어 하진 않는다고. 이발사가 원하는 건 사랑과 화려한 삶이란 말이야.」

마지막 부분은 토드에게도 해당되는 소리였다. 그는 무거운 한숨을 내쉬었다. 그가 다시 입을 열려고 할 때 중국인 하인이 들어오더니 다들 제닝 부인의 집으로 갈 준비가 되었다고 전했다.

5

 그들은 자동차 몇 대에 나눠 타고 출발했다. 토드는 클로드가 운전하는 차의 조수석에 앉았다. 선셋 대로를 달리면서 클로드가 토드에게 제닝 부인에 대하여 이야기해 주었다. 무성 영화 시대에는 꽤 뛰어난 여배우였지만 유성 영화가 등장하면서 일을 따내기가 어려워졌다. 그녀는 다른 왕년의 스타들처럼 단역이나 엑스트라로 일하지 않고 탁월한 사업 감각을 발휘하여 갈보 집을 차렸다. 부도덕한 여자는 아니었다. 오히려 그 반대였다. 그녀는 다른 여자들이 도서관을 운영하듯이 빈틈없고 고상하게 사업을 꾸려 갔다.

 여자들은 그 집에 살지 않았다. 고객이 전화로 연락하면 제닝 부인이 여자를 고객의 집으로 보내 주는 방식이었다. 요금은 하룻밤에 30달러였고 제닝 부인은 거기서 15달러를 챙겼다. 소개비로 50퍼센트는 너무 과하다고 생각하는 사람도 있겠지만 사실 그녀로서는 받을 만큼만 받는 것이었다. 경비가 많이 들었기 때문이다. 여자들이 연락을 기다리는 동안 머물 수 있도록 아름다운 집을 마련했고 그들을 고객들에게 데려다 주기 위해 자동차를 구입하고 운전사까지 고용했다.

그리고 그녀 자신도 좋은 고객을 만날 수 있는 상류 사회에서 활동해야 했다. 30달러를 선뜻 내놓을 수 있는 남자는 흔치 않기 때문이다. 그녀는 자기가 거느린 여자들이 반드시 재산과 지위를 겸비한 남자들만 상대하게 했다. 물론 취향도 고상하고 사리 분별도 확실한 남자들이어야 했다. 어찌나 까다로운지 여자를 보내기 전에 꼭 자기가 먼저 고객을 만나 볼 정도였다. 자신이 함께 자고 싶은 남자가 아니라면 아이들을 보내지 않겠다고 몇 번이나 말했는데 그 말은 에누리 없는 진심이었다.

그녀 자신도 정말 세련된 여자였다. 유명 인사들은 그녀와의 만남을 우습게 생각했다. 그러나 막상 만나 보면 놀라기 마련이었다. 교양이 넘치는 여자였기 때문이다. 명사들은 보편적 관심사에 대하여 흥미진진한 대화를 나누고 싶어 했지만 그녀는 거트루드 스타인[12]과 후안 그리스[13]에 대해서만 이야기하고 싶어 했다. 명사들이 아무리 노력해도 — 몇 명은 정말 심할 정도로 몰아붙였다는데도 — 그녀의 세련된 태도에서 결점 하나 발견하지 못했고 그녀의 교양을 깨뜨리지도 못했다.

클로드가 그 독특한 말솜씨로 제닝 부인에 대한 이야기를

---

12 Gertrude Stein(1874~1946). 미국 시인이자 소설가. 프랑스에서 생애의 대부분을 보냈고 제1차 세계 대전 전후에 모더니스트로 활동하면서 유럽 예술과 미국 문학에 큰 영향을 미쳤다.
13 Juan Gris(1887~1927). 스페인 화가이자 조각가. 피카소, 브라크 등과 함께 입체파를 대표하는 화가로 손꼽힌다. 주로 프랑스에서 활동했다.

이어 갈 때 본인이 문 앞에 나타나 그들을 맞이했다.

「다시 뵙게 되어 반가워요. 바로 어제도 프린스 부인에게 그런 말을 했지요. 에스티 씨 부부야말로 내가 제일 좋아하는 분들이라고.」

편안하고 사근사근하면서도 기품 있는 여자였다. 머리는 금발이고 안색은 발그레했다.

그녀가 그들을 작은 거실로 안내했다. 그곳의 색채 배합은 보라색, 회색, 장미색이었다. 베니션 블라인드는 장미색이었고, 천장도 그랬고, 벽에는 작은 보라색 꽃이 듬성듬성 들어간 연회색 벽지를 발랐다. 한쪽 벽에는 말았다 폈다 할 수 있는 은막을 걸어 놓았고, 그 맞은편 벽에는 반짝거리는 장미색과 회색의 사라사 무명천을 덮고 테두리를 보라색 장식 띠로 마감한 의자들이 벚나무 탁자를 사이에 두고 가지런히 놓여 있었다. 탁자 위에는 작은 영사기가 있었는데 야회복 차림의 젊은 남자가 그것을 만지작거리는 중이었다.

제닝 부인이 그들에게 어서 앉으라고 손짓했다. 그때 웨이터가 들어와서 음료를 시키겠느냐고 물었다. 사람들이 주문을 하고 음료가 도착하자 제닝 부인이 전등을 껐고 젊은 남자가 영사기를 작동시켰다. 기계가 신나게 돌기 시작했지만 그는 영상의 초점을 제대로 맞추지 못해 쩔쩔맸다.

「먼저 볼 영화가 뭐죠?」 슈워츤 부인이 물었다.

「〈마리의 수난〉이에요.」

「재미있겠네요.」

「매혹적이죠. 아주 매혹적이에요.」 제닝 부인이 말했다.

「맞아요.」 여전히 애를 먹고 있는 영사 기사가 말했다. 「저도 〈마리의 수난〉을 좋아합니다. 사람을 조마조마하게 만드는 신기한 매력이 있는 영화예요.」

시간이 꽤 오래 지체되는 동안 그는 필사적으로 기계를 이리저리 만져 보았다. 슈위츤 부인이 휘파람을 불고 발을 구르기 시작하자 다른 사람들도 합세했다. 그들은 니클로디언[14] 시절의 떠들썩한 관객들을 흉내 내고 있었다.

「빨리 좀 해라, 느림보야.」

「서두를 거 있나? 쉬엄쉬엄하라고.」

「세월아, 네월아!」

「아예 가서 잠이나 자라!」

마침내 젊은 남자가 영사기의 광선을 은막에 정확히 일치시켰고 드디어 영화가 시작되었다.

마리의 수난
부제: 정신없는 하녀

하녀 마리는 젊고 풍만한 여자였다. 몸에 꼭 끼는 검은색 비단 하녀복을 입었는데 치마가 아주 짧았다. 머리에는 조그마한 레이스 모자를 썼다. 첫 장면에서 그녀는 참나무 벽널을 두른 식당에서 조각을 새긴 육중한 가구에 둘러싸인 중산

---

14 20세기 초에 유행했던 미국 최초의 영화관. 〈5센트짜리 극장〉이라는 뜻으로, 변사와 악사를 두고 무성 영화를 상영하여 인기를 끌었으나 장편 영화의 발전과 더불어 사양길로 접어들었다.

층 가족에게 저녁 식사 시중을 들었다. 아주 점잖은 가족이었다. 턱수염을 기르고 프록코트를 입은 아버지, 고래수염을 넣어 빳빳한 목깃에 카메오 브로치를 단 어머니, 길고 깡마른 체구에 긴 콧수염을 기르고 턱이 거의 없는 아들 그리고 머리에 커다란 나비 리본을 달고 목에는 십자가가 달린 금목걸이를 두른 소녀.

아버지의 턱수염과 수프를 소재로 잠시 상스러운 희극이 진행된 후 배우들은 좀 더 진지하게 이 영화의 주제에 접근하기 시작한다. 온 가족이 마리를 원하는 것이 분명하지만 정작 그녀는 어린 소녀에게만 욕망을 품고 있다. 아버지는 냅킨으로 손을 가리면서 마리의 엉덩이를 꼬집고, 아들은 자꾸 그녀의 목깃 속을 들여다보려 하고, 어머니는 그녀의 무릎을 쓰다듬는다. 한편 마리는 남몰래 소녀를 어루만진다.

장면이 바뀌고 마리의 방이 나타난다. 그녀가 하녀복을 벗고 시폰 네글리제로 갈아입는다. 검은색 비단 스타킹과 하이힐만 그대로였다. 그녀가 공들여 밤 화장을 하고 있을 때 소녀가 들어온다. 마리는 그녀를 무릎에 앉히고 입맞춤을 퍼붓는다. 그때 문을 두드리는 소리가 들린다. 당황하는 모습. 마리는 소녀를 벽장에 숨겨 놓고 턱수염 난 아버지를 맞아들인다. 그가 의심하는 기색을 보이는 바람에 마리는 어쩔 수 없이 그의 수작을 받아 준다. 그가 그녀를 안고 있을 때 다시 노크 소리가 들린다. 다시 당황하는 모습에서 화면 정지. 이번에는 콧수염 난 아들이다. 마리는 아버지를 침대 밑에 숨긴다. 아들이 막 달아오르기 시작할 때 다시 노크 소리가 들린다. 마리는 아들을 커다란 담요 상자 속으로 들어가게 한다. 이번에 찾아온 사람은 이 집의 여주인이다. 그녀가 막 작업에 돌입하려는 순간, 이번에도 어김없이 노크 소리가 들려온다.

도대체 누구일까? 전보가 왔나? 경찰인가? 마리는 미친 듯이 은신처들을 헤아려 본다. 온 가족이 이 방에 있다. 그녀는 문 앞으로 살금살금 다가가서 귀를 기울여 본다.

화면에 자막이 뜬다. 〈이번엔 또 누가 들어오려는 걸까?〉

그 순간 영사기가 멎어 버렸다. 야회복 차림의 젊은 남자가 마리 못지않게 당황해서 어쩔 줄 몰랐다. 그가 영사기를 다시 돌리는 순간 불빛이 번쩍하더니 필름이 휘리릭 돌다가 순식간에 끝나 버렸다.

「이거 정말 죄송합니다. 필름을 다시 감아야겠네요.」

「주최 측의 농간이다!」 누군가 소리쳤다.

「사기다!」

「속임수다!」

「감질나게 하려는 수작이다!」

그들은 발을 구르고 휘파람을 불었다.

장난삼아 벌이는 이 소동을 틈타서 토드는 몰래 그 방을 빠져나왔다. 신선한 공기를 마시고 싶었다. 복도에서 어슬렁거리던 웨이터가 건물 뒤쪽의 테라스로 나가는 길을 가르쳐 주었다.

돌아오는 길에 그는 다른 방들을 들여다보았다. 어떤 방에는 수많은 강아지 인형을 보관해 둔 진열장이 있었다. 유리로 만든 포인터, 은으로 만든 비글, 자기 슈나우저, 석제 닥스훈트, 알루미늄 불도그, 얼룩 마노 휘핏, 도자기 바셋 하운드, 목제 스패니얼 등등 사람들이 알아볼 만한 견종들을 두루 갖추었고 재료 면에서도 깎거나 새기거나 주조할 수 있는 온갖 소재가 거의 다 동원되었다.

그가 이 작은 인형들을 살펴보며 감탄하고 있을 때 어디선가 여자의 노랫소리가 들려왔다. 귀에 익은 목소리인 듯싶어 복도를 내다보았다. 역시 메리 더브였다. 그녀는 페이 그리너와 절친한 사이였다.

혹시 페이도 제닝 부인 밑에서 일하는 게 아닐까? 만약 그렇다면 30달러만 내면…….

그는 영화를 마저 보려고 거실로 돌아갔다.

6

적은 돈으로 고민을 해결할 수 있을지도 모른다는 토드의 희망은 오래가지 못했다. 클로드를 시켜 제닝 부인에게 페이에 대해 물어보았지만 부인은 그런 여자를 모른다고 대답했기 때문이다. 그러자 클로드는 그녀에게 메리 더브를 통해 알아보라고 부탁했다. 며칠 후 제닝 부인이 그에게 전화를 걸어 어쩔 도리가 없다고 말했다. 페이는 몸을 파는 여자가 아니었다.

토드는 별로 실망하지 않았다. 어차피 그런 식으로 페이를 손에 넣고 싶진 않았다. 적어도 다른 방법이 남아 있는 동안은 굳이 그럴 필요가 없었다. 최근에 좋은 방법이 떠올랐기 때문이다. 그녀의 아버지 해리가 병석에 누워 버린 덕분에 그들이 사는 집에 들락거릴 핑계가 생겼던 것이다. 그는 노인을 위해 잔심부름도 해주고 말동무도 되어 주었다. 페이는 그의 친절에 보답하려고 그를 가족 모두의 친구로 받아들이고 그만큼의 친밀감을 허락했다. 그는 그녀가 품은 감사의 마음이 더 깊은 단계로 발전하기를 기대했다.

그러나 이런 속셈과는 별도로 그는 실제로 해리에게 관심이 많았고 그를 찾아가는 것도 좋아했다. 이 노인은 어릿광대였고 화가들이 대개 그렇듯이 토드도 어릿광대를 아주 좋아했다. 그러나 더 중요한 것은 그의 광대 노릇이 곧 구경꾼들을 이해하는 데 필요한 실마리 — 화가의 실마리이므로 상징의 형태로 나타난 실마리 — 라는 믿음이었다. 페이의 꿈도 그런 실마리였다.

토드는 해리의 침대 근처에 앉아서 한 시간이 넘도록 그의 이야기를 들었다. 보드빌[15]과 익살극 무대에서 40년이나 활동한 해리에게는 이야깃거리가 무궁무진했다. 그의 표현에 의하면 그의 인생은 〈난로 폭발〉의 파편 세례를 피하기 위한 〈180도 공중 돌기〉, 〈W 자로 몸 던지기〉, 〈고난도 아찔 묘기〉, 〈불쑥 솟구쳐 일어나기〉 등등이 숨 가쁘게 이어지는 파란의 연속이었다. 〈난로 폭발〉이라는 말은 와이오밍 주의 메디신햇에서 경험한 홍수에서부터 온타리오 주의 무스 팩토리에서 만났던 성난 경찰관에 이르기까지 천재와 인재를 통틀어 모든 재난을 가리키는 용어였다.

해리가 처음으로 무대에 설 무렵에는 아마도 무대 위에서만 광대 짓을 했겠지만 요즘은 인생 전체가 광대 짓의 연속이었다. 그에게는 그것이 유일한 방어 수단이었다. 굳이 무리하면서까지 어릿광대를 혼내 주려 하는 사람은 별로 없다는 사실을 알았기 때문이다.

그는 정교한 몸짓을 총동원하여 자신의 구부정하고 절망

15 노래, 춤, 만담, 곡예 등을 섞은 쇼.

적인 모습에서 희극적 요소를 강조하고 특별한 의상까지 선택했다. 은행가처럼 차려입긴 했지만 옷이 너무 싸구려라서 별로 설득력이 없는 가짜 은행가처럼 보였다. 의상의 구성품은 굉장히 크고 기름때가 줄줄 흐르는 중산모, 윙 칼라[16] 셔츠와 물방울무늬 넥타이, 반짝거리는 더블 재킷, 회색 줄무늬 바지 따위였다. 이런 차림새로는 아무도 속일 수 없었지만 그 역시 남을 속일 생각은 처음부터 없었다. 그의 속셈은 다른 효과를 노리는 것이었다.

무대 위에서 그는 완벽한 실패작이었고 그 역시 그 사실을 알고 있었다. 그러나 그는 딱 한 번 성공의 문턱까지 간 적이 있었다고 주장했다. 얼마나 가까이 갔었는지 증명하려고 일요판 「타임스」의 연극 면에서 오려 낸 옛 기사를 토드에게 보여 주기도 했다.

기사 제목은 〈더럽혀진 어릿광대〉였다.

익살극은 죽지 않고 브루클린에 여전히 살아 있다. 적어도 지난주까지는 그곳의 오글소프 극장에서 해리 그리너의 몸을 빌어 생생히 살아 숨 쉬었다. 그리너 씨는 〈플라잉 링스〉 공연단의 일원으로, 독자들이 이 기사를 읽을 때쯤에는 아마도 코네티컷 주 미스틱으로 이동했을 것이다. 어쨌든 대가족들이 모여 사는 시골 마을보다 더 적당한 곳을 찾아갔을 가능성이 높다. 시간적 여유가 있고 진심으로 연

---

16 주로 남성 야회복의 셔츠에 쓰는 목깃. 앞부분을 꺾어 놓은 것이 특징이다.

극을 사랑하는 독자라면 부디 링스 공연단이 어디 있는지 찾아보시기 바란다.

제목이 가리키는 〈더럽혀진 어릿광대〉 그리너 씨는 처음 등장할 때만 하더라도 전혀 더럽지 않다. 오히려 깨끗하고 깔끔하고 멋있기 그지없다. 그러나 근육질의 동양인 네 명으로 구성된 링 일가가 실컷 괴롭힌 뒤에는 몹시 더러워질 수밖에 없다. 비록 옷은 너덜너덜해지고 피투성이가 되지만 그는 여전히 멋있다.

그리너 씨가 등장하면 트럼펫도 정중하게 숨을 죽인다. 어머니 링은 입에 문 막대기 끝에 올려놓은 접시를 빙글빙글 돌리고, 아버지 링은 옆 재주넘기를 선보이고, 딸 링은 부채 여러 개로 던지기 곡예를 하고, 아들 링은 무대 전방에 설치한 아치문에 변발을 걸고 대롱대롱 매달렸다. 그리너 씨는 그렇게 열심히 공연 중인 동료들을 바라보다가 당황한 기색을 감추려고 너무 빤한 방법으로 그들을 방해하기 시작한다. 먼저 딸 링을 간지럽히려고 하다가 그 악의 없는 관심의 대가로 아랫배에 강력한 발길질을 당한다. 그렇게 얻어맞은 그는 비로소 물을 만난 물고기처럼 주절주절 썰렁한 농담을 늘어놓는다. 그때 등 뒤에서 살금살금 다가온 아버지 링이 다짜고짜 그를 아들 링에게 집어던지고 아들 링은 일부러 못 본 체 외면해 버린다. 결국 그리너 씨는 무대 바닥에 거꾸로 처박히고 만다. 그렇게 널브러진 상태에서도 그는 그 썰렁한 농담을 끝까지 들려주는 기개를 보인다. 이윽고 그가 일어서자 농담을 들으면서도 전혀 웃지 않던 관객들이 절뚝거리는 그의 모습을 보고 왁자지껄 웃음을 터뜨린다. 그래서 그는 공연이 끝날 때까지 계속 절뚝거리며 돌아다닌다.

그리너 씨가 다른 이야기를 시작한다. 아까보다 더 길고 썰렁한 이야기다. 그런데 그가 결정적인 우스갯소리를 던지는 순간에 갑자기 오케스트라가 굉음을 터뜨려 그의 목소리를 묻어 버린다. 그러나 그는 대단히 참을성이 많고 용감하다. 다시 이야기를 시작한다. 그러나 오케스트라는 그가 이야기를 끝내도록 내버려 두지 않는다. 모든 것이 연기라는 사실이 명백하지 않았다면 뻣뻣하게 움직이는 그 작은 몸뚱이를 압도할 듯한 (그러나 다행히 그러지 못하는) 고난의 연속을 차마 지켜볼 수 없었을 것이다. 아무튼 굉장히 우스웠다.

피날레도 대단히 훌륭했다. 링 일가가 허공에서 휙휙 날아다니는 동안에도 현실 감각과 중력에 대한 지식으로 무장한 그리너 씨는 끝끝내 지상을 떠나지 않고, 그렇게 날아다니는 동양인들을 보고도 전혀 놀라거나 걱정하지 않는다는 듯 태연하게 행동하려고 안간힘을 쓴다. 그의 손짓은 이미 숱하게 겪은 일이니 대수롭지 않다고 말하지만 그의 표정은 그 손짓이 거짓임을 말해 준다. 이윽고 시간이 흘렀는데도 다치는 사람이 아무도 없자 그는 자신감을 되찾는다. 곡예사들은 그를 무시하고 그 역시 그들을 무시한다. 최후의 승리는 그의 몫이다. 박수갈채도 그의 몫이다.

처음에는 당장이라도 어느 제작자가 나서서 번쩍거리는 무대막이 있고 아름다운 여자들이 등장하는 대규모 익살극에 그리너 씨를 출연시켜야 마땅하다고 생각했다. 그러나 다시 생각해 보니 그것은 실수일 듯싶다. 비옥한 땅에 옮겨 심으면 오히려 금방 죽어 버리는 작은 들풀처럼 그리너 씨도 차라리 복화술사들과 여자 자전거 곡예사들이 있는 보드빌 무대에서 활짝 꽃피도록 내버려 두는 것이 좋겠다.

해리는 이 기사를 여남은 번이나 베껴 놓았는데 그중 몇 장은 최고급 종이를 사용했다. 그는 『버라이어티』에 작은 광고를 실어 — 「(……) 당장이라도 어느 제작자가 (……) 대규모 익살극에 그리너 씨를 출연시켜야……. 〈타임스〉에서」 — 일자리를 얻어 보려고 하다가 영화에 단역으로 출연해서라도 생계를 이어야겠다는 생각에서 할리우드로 건너왔다. 그러나 막상 와서 보니 그의 재능을 원하는 곳은 별로 없었다. 해리 자신의 표현에 의하면 당시 그는 〈굶주림의 악취를 풀풀 풍겼다〉고 한다. 촬영소에서 받는 보잘것없는 수입을 보충하려고 자기 집 화장실에서 백토와 비누와 노란 윤활유로 제조한 식기 광택제를 팔러 다녔다. 페이가 센트럴 캐스팅[17]에 나가지 않을 때는 자신의 포드 모델 T[18]에 아버지를 태우

---

17 1925년 할리우드 영화사들이 설립한 회사로 엑스트라를 위한 최초의 조직. 연기자들의 유형을 분류하고 캐스팅 과정을 체계화함.
18 포드 자동차 회사가 1908년부터 1927년까지 대량 생산하여 자동차 대중화를 앞당긴 승용차 모델.

고 행상 길에 나섰다. 그러다가 두 사람이 함께했던 마지막 여행에서 해리가 앓아눕고 말았다.

바로 그 여행에서 페이는 호머 심프슨이라는 이름의 새로운 구애자를 얻었다. 해리가 병상에 누운 지 일주일쯤 지났을 때 토드는 처음으로 호머를 만나 볼 수 있었다. 토드가 노인의 말동무가 되어 주고 있을 때 가벼운 노크 소리가 두 사람의 대화를 방해했다. 토드가 문을 열어 보니 한 남자가 페이에게 줄 꽃다발과 그녀의 아버지에게 줄 포트와인 한 병을 들고 복도에 서 있었다.

토드는 그 남자를 유심히 뜯어보았다. 무례하게 굴 생각은 없었지만 이 남자야말로 죽으려고 캘리포니아로 찾아오는 사람들의 전형적인 표본임을 한눈에 알아보았기 때문이다. 열띤 눈빛이나 제멋대로 움찔거리는 손까지 모든 면에서 영락없었다.

「호머 심프슨이라고 합니다.」 남자가 헐떡거리면서 그렇게 말하더니 안절부절못하고 주춤거리다가 공연히 손수건을 접어 땀 한 방울 없는 이마를 톡톡 두드렸다.

「좀 들어오시겠어요?」 토드가 물었다.

남자는 무겁게 고개를 가로저으며 포도주와 꽃다발을 토드에게 들이밀었다. 그러더니 토드가 미처 뭐라고 말하기도 전에 허둥지둥 가버렸다.

토드는 자기가 오해했다는 사실을 깨달았다. 호머 심프슨은 겉모습만 그런 유형으로 보일 뿐이었다. 토드가 그 유형으로 분류하는 사람들은 수줍음을 몰랐다.

그는 선물을 해리에게 갖다 주었다. 해리는 놀란 기색이 조금도 없었다. 그는 호머가 고마운 단골이라고 말했다.

「내가 만든 〈기적의 광택제〉 덕분에 그런 손님들을 많이 만났지.」

나중에 집에 돌아와서 그 이야기를 듣게 된 페이는 대단히 즐거워했다. 부녀가 번갈아 가며 토드에게 호머를 만나게 된 사연을 들려주었다. 둘은 몇 초마다 한 번씩 웃음을 터뜨리느라 제대로 말을 잇지 못했다.

토드가 호머를 다시 보았을 때 호머는 길 건너 대추야자 그늘에 숨어 페이의 집을 뚫어져라 바라보고 있었다. 토드는 몇 분 동안 지켜보다가 상냥한 인사말을 건넸다. 그러나 호머는 대꾸도 없이 달아나 버렸다. 다음 날도, 또 그다음 날도 그 대추야자 근처에서 서성거리는 그를 볼 수 있었다. 토드는 등 뒤에서 살금살금 접근하여 마침내 호머를 붙잡을 수 있었다.

「안녕하세요, 심프슨 씨.」 토드는 조용조용하게 말했다. 「그리너 씨 부녀가 그 선물을 받고 아주 고마워하더군요.」

이번에는 호머도 달아나려 하지 않았다. 아마도 토드가 그를 나무에 밀어붙이다시피 했기 때문일 것이다.

「그거 다행이군요.」 호머가 불쑥 입을 열었다. 「그냥 지나는 길에……. 저도 저쪽에 살거든요.」

토드는 몇 분 동안 대화를 이어 갈 수 있었지만 결국 호머는 다시 도망치고 말았다.

다음번에는 굳이 몰래 다가가지 않아도 호머에게 접근할

수 있었다. 그때부터 호머는 좀 더 친해지려는 토드의 노력에 매우 빠른 반응을 보였다. 비록 연민에서 비롯된 관심이라는 사실이 명백했지만 토드의 관심 때문에 호머는 말문을 열었고 나중에는 거의 수다스러워지기까지 했다.

7

적어도 한 가지는 토드의 판단이 옳았다. 그가 관심을 가진 사람들이 대부분 그랬듯이 호머도 중서부 출신이었다. 그는 아이오와 주 디모인 근방의 작은 마을 웨인빌에서 성장했고 그곳의 한 호텔에서 20년 동안 경리로 일했다.

그러던 어느 날, 공원에 앉아 비를 맞다가 그만 감기에 걸렸고 그것이 폐렴으로 악화되었다. 퇴원하고 나서 호텔에 다시 가보니 그새 경리 직원을 새로 뽑은 뒤였다. 그들은 호머를 다시 받아 주겠다고 했지만 담당 의사가 캘리포니아에 가서 요양하라고 권했다. 의사의 태도가 사뭇 명령조였기 때문에 호머는 결국 웨인빌을 떠나 서부 해안으로 오게 되었다.

로스앤젤레스 철도 변의 한 호텔에서 일주일을 보내고 나서 피니언 협곡의 오두막집 한 채를 빌렸다. 부동산 중개인이 고작 두 번째로 보여 준 집이었지만 몸도 피곤한 데다 중개인이 너무 강압적인 사람이라서 그냥 그 집을 빌리기로 했다.

어쨌든 집의 위치는 마음에 드는 편이었다. 협곡 안쪽에 자리 잡은 마지막 집이라서 차고 바로 뒤에서부터 산비탈이 불쑥 솟아올라 있었다. 산에는 층층이부채꽃, 초롱꽃, 양귀비 그리고 큼직한 노란색 꽃이 피는 들국화 몇 종류가 만발했다. 난쟁이소나무와 조슈아나무와 유칼립투스도 있었다. 중개인은 그곳에서 멧비둘기와 깃머리메추라기도 볼 수 있다고 말했지만 호머가 그 집에 사는 동안 본 것이라고는 크고 시꺼먼 우단거미 몇 마리와 도마뱀 한 마리가 전부였다. 그는 그 도마뱀을 매우 좋아하게 되었다.

임대가 잘 되지 않는 집이라서 집세도 저렴했다. 이 근방에서 집을 구하는 사람들은 대개 〈스페인풍〉 주택을 원했는데 중개인의 말에 의하면 이 집은 〈아일랜드풍〉이었다. 호머는 좀 이상하게 생겼다고 생각했지만 중개인은 아주 근사하다고 주장했다.

그러나 역시 이상하게 생긴 집이었다. 거대하고 몹시 비뚤비뚤한 석조 굴뚝이 그렇고, 커다란 지붕을 덮은 조그마한 천창들이 그렇고, 앞문 양옆으로 아주 낮게 늘어진 초가지붕도 그랬다. 이 문은 훈증 처리한 참나무처럼 보이도록 색칠했지만 사실은 고무나무였고 큼직한 경첩이 달려 있었다. 경첩은 기계로 찍어 낸 물건이었지만 수제품처럼 보이게 하려고 공들여 찍어 놓은 상표가 있었다. 지붕의 이엉에도 그런 식으로 공들여 솜씨를 부린 흔적이 있었다. 진짜 밀짚으로 만든 이엉이 아니라 두툼한 불연성 종이를 물들이고 주름을 넣어 밀짚처럼 보이게 만든 가짜였다.

이렇게 곳곳에서 발휘된 심미적 취향은 거실까지 그대로 이어졌다. 이 거실은 〈스페인풍〉이었다. 벽면은 분홍색이 점점이 박힌 연주황색이고 그 위에는 빨간색과 황금색의 비단으로 만든 문장(紋章) 깃발 몇 개를 걸어 두었다. 벽난로 선반에는 대형 갤리선 한 척이 놓여 있었다. 선체는 석고, 돛은 종이, 삭구는 철사였다. 벽난로 속에는 화려하게 채색한 멕시코 화분에 심은 각양각색의 선인장이 있었다. 일부는 고무와 코르크로 만들었고 나머지는 진짜였다.

거실을 밝혀 주는 전등은 갤리선 모양의 붙박이등이었는데 갑판 부분에 뾰족한 호박색 전구가 불쑥 튀어나온 형태였다. 탁자 위에는 스탠드가 있었는데 전등갓은 종이였지만 양피지처럼 보이게 하려고 기름을 먹이고 거기에 또 갤리선 몇 척을 그려 넣었다. 그리고 각 창문 양옆에 시꺼먼 쌍지창(雙枝槍)을 하나씩 세우고 빨간 우단 휘장을 주렁주렁 걸어 놓았다.

가구류로는 우선 빛바랜 빨간색 능직 천을 씌우고 다리마다 뚱뚱한 수도사들을 새겨 놓은 육중한 소파 한 개, 그리고 역시 빨간색의 불룩한 안락의자 세 개가 있었다. 거실 한복판에는 아주 긴 마호가니 탁자 하나가 있었다. 이 탁자는 버팀 다리 방식으로 제작해서 대가리가 굵은 청동 대못이 군데군데 박혀 있었다. 각각의 의자 옆에는 작은 탁자가 하나씩 놓였는데 색상과 디자인은 큰 탁자와 동일하지만 윗면에 오색 타일을 붙인 점이 달랐다.

작은 침실 두 개에는 또 다른 양식이 도입되었다. 부동산 중개인은 〈뉴잉글랜드풍〉이라고 했다. 그곳에는 원목 무늬를 넣은 철봉으로 만든 침대, 찻집에서 흔히 볼 수 있는 원저식 의자 그리고 색칠하지 않은 소나무 원목처럼 보이도록 색칠한 원스럽식 서랍장이 하나씩 있었다. 방바닥에는 작은 양탄자를 깔았다. 서랍장 맞은편의 벽면에는 채색 판화 한 점을 걸었는데 눈에 갇힌 코네티컷의 한 농가를 묘사하고 늑대까지 그려 넣어 구색을 갖추었다. 두 침실은 모든 것이 똑같았다. 심지어 판화까지 똑같은 복제품이었다.

그 밖에 화장실과 주방이 있었다.

8

 호머가 새집에 정착하는 데 걸린 시간은 불과 몇 분이었다. 그는 트렁크를 열고 진회색 양복 두 벌을 꺼내 한쪽 침실의 벽장 속에 걸어 놓고 셔츠와 속옷들을 서랍장에 넣었다. 가구를 재배치하는 일 따위는 시도조차 하지 않았다.

 그러고 나서 집 안과 마당을 목적도 없이 돌아다니다가 거실 소파에 앉았다. 마치 호텔 로비에서 누군가를 기다리는 듯한 모습이었다. 두 손을 제외하고는 아무런 움직임도 없이 거의 30분 동안이나 우두커니 앉아 있다가 벌떡 일어나 침실로 들어가서 침대 모서리에 걸터앉았다.

 아직 오후 시간이 많이 남았는데도 졸음이 쏟아졌다. 그러나 드러누워 잠을 청하기가 두려웠다. 악몽을 꾸기 때문이 아니라 다시 깨어나기가 너무 어렵기 때문이었다. 그는 잠들 때마다 두 번 다시 깨어나지 못할까 봐 두려워했다.

 그러나 두려움도 수면욕을 이기지는 못했다. 그는 자명종을 꺼내 7시에 맞추고 바로 머리맡에 놓아둔 후 비로소 침대 위에 누웠다. 두 시간 후 — 그러나 겨우 몇 초가 지난 듯했다 — 자명종이 울렸다. 자명종이 꼬박 1분쯤 울린 뒤에야 그는 겨우 의식을 되찾기 위한 힘겨운 노력을 시작했다. 처절한 싸움이었다. 신음 소리를 냈다. 머리를 부들부들 떨다가 두 다리를 쭉 뻗었다. 마침내 조금씩 눈을 뜨다가 크게 번쩍 떴다. 한 번 더 승리를 거둔 것이다.

그는 침대 위에 길게 누운 채 온몸의 감각을 하나하나 되살리고 신체의 모든 부위를 점검해 보았다. 모두 깨어났는데 두 손만 여전히 자고 있었다. 그는 놀라지 않았다. 손을 깨우는 데는 특별한 관심이 필요했다. 그의 손은 언제나 그런 관심을 요구했다. 어렸을 때는 바늘로 찌르기도 하고 심지어 불길 속에 밀어 넣기도 했다. 그러나 요즘은 찬물을 이용했다.

그는 서투른 솜씨로 만든 자동인형처럼 몸의 각 부분을 차례차례 움직이면서 침대를 빠져나와 두 손을 화장실로 가져갔다. 찬물을 틀었다. 세면대가 가득 찼을 때 양손을 손목까지 물속에 넣었다. 양손은 기묘하게 생긴 수생 동물 한 쌍처럼 바닥에 가라앉은 채 조용히 있었다. 양손이 완전히 식어 꼼지락거리기 시작했을 때 비로소 녀석들을 꺼내 수건 속에 감추었다.

몸이 으슬으슬했다. 그는 욕조에 뜨거운 물을 틀어 놓고 옷을 벗기 시작했다. 옷에 달린 단추들을 더듬더듬 풀어 내리는 동작이 마치 낯선 사람의 옷을 벗기듯 서투르기 짝이 없었다. 그런데도 욕조 안에 들어가도 좋을 만큼 물이 차오르기 전에 알몸이 되어 버렸고 어쩔 수 없이 걸상에 걸터앉아 기다려야 했다. 커다란 양손은 아랫배에 얌전히 포개어

놓았다. 두 손은 꼼짝도 하지 않았지만 쉬고 있기보다는 그 자리에 묶여 있는 듯했다.

거대한 조각품에 붙어 있어야 어울릴 만한 양손과 너무 작은 머리를 제외하면 나머지 부분은 제법 균형이 잡혔다. 근육은 저마다 크고 우람했으며 가슴도 넓고 두툼했다. 그러나 어딘가 좀 이상했다. 그렇게 체격이 당당하고 실팍한데도 왠지 건장하다거나 원기 왕성하다는 느낌이 들지 않았다. 마치 피카소가 그린 위대한 — 그러나 지금은 절망에 빠져 분홍색 모래밭에 철퍼덕 주저앉아 대리석의 물결무늬를 멍하니 바라보는 — 운동선수처럼 무기력해 보일 뿐이었다.

욕조가 차오르자 그는 안으로 들어가서 뜨거운 물속에 깊숙이 몸을 담갔다. 아늑한 느낌에 탄성이 저절로 흘러나왔다. 그러나 한순간, 겨우 한순간만 지나가면 다시 기억이 되살아날 터였다. 그는 눈물로 기억을 압도하여 잠시나마 속여 보려고 언제나 가슴 한구석에 거북스럽게 도사리고 있는 흐느낌을 밖으로 끄집어냈다. 처음에는 조용히 울었지만 차츰 소리가 커졌다. 그의 울음소리는 개가 죽을 핥아먹는 소리와 비슷했다. 그렇게 자신의 비참하고 쓸쓸한 처지에 정신을 집중했지만 아무 소용도 없었다. 그토록 필사적으로 피하고 싶어 하던 기억이 꾸역꾸역 밀려들었다.

그가 아직 호텔에서 일하던 어느 날, 로몰라 마틴이라는 손님이 엘리베이터 안에서 말을 걸었다.

「심프슨 씨, 경리 직원 심프슨 씨 맞죠?」

「네.」

「저는 611호에 묵고 있어요.」

아이처럼 작고 귀엽지만 눈치 빠르고 소심한 여자였다. 꾸러미 하나를 두 팔로 끌어안고 있었는데 그 속에는 네모난 진 술병이 들어 있는 것이 분명했다.

「네에.」

다시 그렇게 대답하면서 호머는 누구에게나 상냥하게 대하고 싶어 하는 천성을 애써 억눌렀다. 미스 마틴의 숙박료가 벌써 몇 주째 밀렸다는 사실을 알고 객실 담당자로부터 그녀가 술꾼이라는 사실도 들었기 때문이다.

「아!……」 여자는 두 사람의 체격 차이를 더욱더 강조하면서 교태를 부렸다. 「숙박료 때문에 걱정하시게 해서 죄송해요. 저는요…….」

호머는 그녀의 친근한 말투 때문에 당황했다.

「지배인에게 말씀해 보세요.」 불쑥 그렇게 내뱉고 외면해 버렸다.

사무실로 돌아온 그는 부들부들 떨고 있었다.

여자가 너무 뻔뻔스럽잖아! 물론 술에 취했지만 자기가 무슨 짓을 하는지도 모를 만큼 곤드레만드레는 아니던데. 그는 자신의 흥분 상태가 혐오감 때문이라는 결론을 내렸다.

얼마 후 지배인이 전화를 걸어 미스 마틴의 숙박 카드를 가져오라고 지시했다. 지배인실에 들어갔더니 객실 담당자 미스 칼라일도 와 있었다. 지배인이 그녀와 이야기하는 동안 호머도 그들의 대화를 들었다.

「자네가 611호를 내줬나?」

「네, 그랬어요, 지배인님.」

「왜 그랬어? 척 보면 알 만한 여자잖아?」

「멀쩡할 때는 그렇지도 않아요.」

「어쨌든 상관없어. 우리 호텔에 그런 여자는 필요 없으니까.」

「죄송해요.」

지배인이 호머를 돌아보더니 그가 들고 있는 숙박 카드를 가져갔다.

「31달러나 밀렸습니다.」 호머가 말했다.

「그 돈 토해 내게 하고 내쫓아야겠어. 그런 여자는 딱 질색이야.」 지배인은 빙그레 웃으며 말을 이었다. 「특히 숙박료까지 밀리는 여자라면 더욱더 그렇지. 그 여자 방에 전화 좀 걸어 줘.」

호머는 교환원에게 611호를 연결해 달라고 했다. 잠시 후 아무도 안 받는다는 대답이 돌아왔다.

「호텔 안에 있습니다.」 호머가 말했다. 「아까 엘리베이터에서 만났어요.」

「청소 담당한테 가보라고 하겠네.」

몇 분 후 호머가 경리 장부와 씨름하고 있을 때 전화벨이 울렸다. 이번에도 지배인이었다. 청소 담당자가 611호에 손님이 있음을 확인했으니 어서 가서 숙박료를 받아 내라는 지시가 떨어졌다.

「돈을 못 내겠다면 나가라고 해.」

호머가 제일 먼저 떠올린 생각은 지금 좀 바쁘니까 자기 대신 미스 칼라일을 보내라고 부탁하는 것이었지만 감히 그런 말을 입 밖에 낼 수는 없었다. 계산서를 작성하는 동안 그는 차츰 자신이 얼마나 흥분했는지를 깨달았다. 무서울 정도였다. 짜릿짜릿한 감각의 파도가 온몸의 신경 조직을 타고 끊임없이 밀려들었고 가슴이 마구 두근거렸다.

이윽고 6층에 내렸을 때는 거의 황홀경에 빠진 상태였다. 발걸음이 둥실둥실 뜨는 듯하고 말썽꾸러기 같은 양손마저 완전히 잊어버릴 정도였다. 그러다가 611호 앞에 멈춰 서서 문을 두드리려고 할 때 별안간 더럭 겁이 나서 문을 건드리지도 못하고 손을 도로 내리고 말았다.

도저히 이 일을 감당할 자신이 없었다. 결국 미스 칼라일을 보내라고 할 수밖에.

그런데 그가 미처 도망치기 전에 복도 끝에서 그를 지켜보던 청소 담당자가 다가왔다.

「대답이 없는데요.」 호머는 황급히 둘러댔다.

「힘껏 두드려 보셨어요? 그년은 분명히 방 안에 있어요.」

호머가 대꾸할 사이도 없이 객실 담당자가 문을 쾅쾅 두드리며 소리쳤다.

「문 열어요!」

호머는 방 안의 인기척을 느꼈고 곧이어 문이 빠끔 열렸다.

「누구세요?」 밝은 목소리였다.

「경리 담당 심프슨입니다.」 호머는 간신히 대답했다.

「들어오세요.」

문이 조금 더 열렸고 호머는 청소 담당자를 돌아볼 엄두조차 내지 못하고 허둥지둥 방 안으로 들어갔다. 비틀거리며 객실 한복판까지 들어가서야 겨우 걸음을 멈추었다. 처음에는 코를 찌르는 술 냄새와 퀴퀴한 담배 냄새만 맡았지만 곧 그 아래 깔린 쉇내 섞인 향수 냄새도 감지할 수 있었다. 그의 시선이 천천히 원을 그리며 움직였다. 방바닥에는 옷가지와 신문, 잡지, 술병 따위가 어지럽게 널렸다. 미스 마틴은 침대 한 귀퉁이에 웅크리고 있었다. 검은색 실크 바탕에 소맷부리와 옷깃만 연푸른색으로 마감한 남성용 실내복을 걸쳤다. 짧게 자른 머리는 색상도 질감도 밀짚과 같았는데 마치 어린 소년 같은 모습이었다. 단추처럼 조그맣고 파란 눈, 단추처럼 조그맣고 발그레한 코, 단추처럼 조그맣고 붉은 입술 때문에 더욱 어려 보였다.

호머는 자꾸 고조되는 흥분을 가눌 수 없어 말은커녕 생각할 겨를조차 없었다. 흥분을 가라앉히려고 지그시 눈을 감고 지금의 이 기분을 살며시 어루만졌다. 신중하게 다뤄야 했다. 너무 급하게 서두르면 순식간에 흥분이 식어 버리고 다시 몸이 으슬으슬해질 수도 있기 때문이다. 그러나 흥분은 점점 더 고조되기만 했다.

「나가 주세요. 나 취했어요.」 미스 마틴이 말했다.

호머는 움직이지도 않고 말하지도 않았다.

갑자기 그녀가 흐느껴 울기 시작했다. 배 속 깊은 곳에서 터져 나오는 듯 거친 울음소리가 띄엄띄엄 이어졌다. 그녀가 양손으로 얼굴을 가리고 발을 동동 굴렀다.

감정이 너무 격해진 호머의 머리가 중국산 장난감 용(龍)의 대가리처럼 제멋대로 까딱거렸다.

「빈털터리예요. 돈이 없어요. 땡전 한 푼도 없다고요. 정말 빈털터리란 말예요.」

호머는 지갑을 꺼내 들고 마치 그것으로 그녀를 후려갈길 듯한 기세로 성큼 다가갔다.

여자가 깜짝 놀라 몸을 움츠리고 더 큰 소리로 흐느꼈다. 호머는 그녀의 허벅지에 지갑을 떨어뜨리고 우두커니 서서 그녀를 내려다보았다. 더 이상 어찌할 바를 몰랐기 때문이다. 지갑을 발견한 그녀가 미소를 지었지만 울음을 그치지는 않았다.

「앉으세요.」 여자가 말했다.

호머는 그녀 곁에 나란히 걸터앉았다.

「참 이상한 분이네요.」 여자가 수줍어하면서 말했다. 「너무 친절해서 키스라도 해드리고 싶을 정도예요.」

호머는 그녀를 두 팔로 덥석 껴안았다. 갑작스러운 행동에 겁을 먹은 그녀가 뿌리치려 했지만 그는 놓아주지 않고 서투르게 그녀를 애무하기 시작했다. 그는 자기가 지금 무슨 짓을 하는지 전혀 의식하지 못했다. 그가 알고 있는 것은 다만 지금의 이 기분이 한없이 달콤하다는 것, 그리고 흐느껴 우는 이 가엾은 여자에게도 그 단맛을 전해 줘야 한다는 것뿐이었다.

미스 마틴의 흐느낌이 차츰 가라앉다가 곧 완전히 멎었다. 호머는 그녀가 안절부절못하고 자꾸 움직이면서 점점 기운을 되찾는 것을 느꼈다.

그때 전화벨이 울렸다.

「받지 말아요.」 그녀가 그렇게 말하더니 다시 흐느끼기 시작했다.

호머는 그녀를 살며시 밀어내고 비틀비틀 달려가 전화를 받았다. 미스 칼라일이었다.

「별일 없어요? 경찰을 부를까요?」

「괜찮아요.」

그렇게 대답하고 전화를 끊었다.

이젠 다 틀렸다. 차마 침대로 돌아갈 수 없다.

몹시 낙심한 표정을 보고 미스 마틴이 웃었다.

「몸집은 황소만한 사람이!」 그녀가 명랑하게 외쳤다. 「가서 술병이나 가져와요. 탁자 밑에 있어요.」

그는 그녀가 다리를 활짝 벌리고 드러눕는 것을 보았다. 그 자세가 무엇을 의미하는지는 의문의 여지가 없었다. 그는 부리나케 방에서 뛰쳐나갔다.

지금 캘리포니아에서 그는 울고 있었다. 그날 이후 미스 마틴을 두 번 다시 만날 수 없었기 때문이다. 그 이튿날 지배인이 일 처리를 잘했다고 칭찬하면서 그녀가 밀린 숙박료를 깨끗이 갚고 호텔을 떠났다고 말해 주었다.

호머는 그녀를 찾으려 했다. 웨인빌에는 호텔이 두 개 더 있었다. 둘 다 작고 허름한 호텔이었는데 두 곳을 모두 확인해 보았다. 그밖에도 몇몇 하숙집을 찾아다녔지만 모두 허사였다. 그녀는 이미 도시를 떠나 버렸다.

호머는 다시 일상으로 돌아가서 열 시간 일하고 두 시간 먹고 나머지 시간은 잠을 잤다. 그러다가 감기에 걸렸고 캘리포니아로 가라는 권고를 받았다. 당분간은 일하지 않아도 충분히 살아갈 수 있었다. 아버지가 6천 달러가량의 유산을 남겨 주었고 20년 동안 호텔 경리로 일하면서 모은 돈이 적어도 1만 달러는 넘었기 때문이다.

9

 호머는 욕조에서 나와 거칠거칠한 수건으로 재빨리 물기를 닦고 다시 침실로 가서 옷을 입었다. 평소보다 더 기진맥진했고 자신이 바보 같다는 느낌도 더욱 심했다. 언제나 이런 식이었다. 감정이 거대한 파도가 되어 굽이치고 솟구치며 점점 더 높이 올라갔다. 나중에는 그 앞에 놓인 모든 것을 순식간에 휩쓸어 버릴 것만 같았다. 그러나 충돌의 순간은 영영 오지 않았다. 감정의 파도가 절정에 이를 때마다 어김없이 무슨 일이 생겼고 그러면 파도는 맥없이 무너져 내려 마치 하수구로 빠져나가는 구정물처럼 순식간에 사라져 버렸다. 그 뒤에 남는 것은 허접스러운 감정의 찌꺼기뿐이었다.

 옷을 모두 입기까지 오랜 시간이 걸렸다. 옷가지 하나를 걸칠 때마다 그 일에 필요한 노고에 비해 터무니없이 큰 절망을 느끼며 꼬박꼬박 쉬어야 했기 때문이다.

 집 안에 먹을 것이 하나도 없어 음식을 사러 할리우드 대로까지 내려가야 했다. 아침까지 기다려 볼까 하다가 마음을 바꾸었다. 아직 배가 고프지는 않지만 이제 겨우 8시인데

장을 보러 다녀오면 그만큼의 시간을 지루하지 않게 보낼 수 있기 때문이다. 그냥 이대로 앉아 있다가는 다시 잠의 유혹을 견딜 수 없을 터였다.

밤공기는 따뜻하고 바람 한 점 없었다. 그는 포장도로의 가장자리를 따라 비탈길을 내려갔다. 어둠이 짙게 깔린 가로등 사이는 서둘러 지나가고 둥그런 불빛이 있는 곳에서는 우뚝 멈춰 서곤 했다. 이윽고 대로변에 이를 무렵에는 아예 달려가고 싶은 충동을 억지로 참았다. 그는 몇 분 동안 길모퉁이에 멈춰 서서 주위를 두리번거렸다. 금방이라도 달아날 태세로 서 있는 그의 모습은 두려움 때문에 오히려 우아해 보일 정도였다.

몇 사람이 지나갔지만 아무도 그를 눈여겨보지 않았고 그는 비로소 마음을 놓았다. 외투의 목깃을 바로잡으며 길을 건너갈 준비를 했다. 그런데 미처 두 걸음을 떼기도 전에 누가 불렀다.

「어이, 여보쇼.」

어느 문 앞의 그늘에 숨어 그를 살펴보던 거지였다. 거지 특유의 정확한 직감으로 호머가 손쉬운 상대임을 알아차렸던 것이다.

「5센트만 적선하쇼.」

「없는데요.」 호머는 자신 없는 목소리로 대답했다.

거지가 웃더니 위협적인 말투로 다시 말했다.

「형씨, 5센트만 달라니까!」

그는 호머의 코앞에 손을 들이밀었다.

호머는 잔돈을 넣어 두는 호주머니에서 동전 몇 개를 꺼내 인도에 떨어뜨렸다. 거지가 동전을 줍는 동안 재빨리 길을 건너 도망쳤다.

그가 들어간 선골드 마켓은 조명이 아주 밝은 대형 매장이었다. 내부 시설은 모두 크롬 제품이고 바닥과 벽에는 흰색 타일을 붙였다. 진열장과 카운터에는 색색의 스포트라이트를 설치하여 각종 식품의 자연색이 더욱 돋보이게 했다. 오렌지는 붉은색, 레몬은 노란색, 생선은 연두색, 스테이크는 장밋빛, 달걀은 상앗빛 조명이었다.

호머는 곧바로 통조림 코너로 가서 버섯 수프 통조림 하나와 정어리 통조림 하나를 샀다. 여기에 소다크래커 반 파운드만 있으면 저녁 식사로 손색이 없을 터였다.

그는 꾸러미를 들고 다시 거리로 나와 집 쪽으로 걸어갔다. 그러나 피니언 협곡으로 가는 길모퉁이에 이르렀을 때 언덕길이 너무 가파르고 캄캄한 것을 보고 불을 훤하게 밝힌 대로변에서 머뭇거렸다. 다른 사람이 언덕길을 올라갈 때까지 기다릴까 생각하다가 결국 택시를 잡았다.

10

호머는 간단한 식사를 준비하는 일 말고는 할 일이 별로 없었지만 심심해하지는 않았다. 로몰라 마틴 사건을 비롯하여 몇 가지 사건이 넓은 간격을 두고 띄엄띄엄 발생했을 뿐, 그의 사십 평생은 별다른 변화도 자극도 없는 인생이었다. 경리 직원으로 일하는 동안에도 늘 기계적으로 업무를 처리했다. 액수를 합산하고 장부를 기록할 때도 지금 수프 깡통을 따거나 침구를 정돈하듯이 무덤덤하고 초연한 태도를 유지했다.

작은 오두막집 안에서 이리저리 돌아다니는 호머를 누가 보았다면 아마도 몽유병자나 반 맹인으로 여겼을 것이다. 그의 두 손은 마치 자유 의지를 가진 독립적인 생명체처럼 보였다. 지금 침대 시트를 팽팽하게 잡아당기고 베개를 반듯하게 매만지는 것도 호머가 아니라 그의 손이었다.

어느 날 그는 점심을 먹으려고 연어 통조림을 따다가 엄지손가락을 심하게 다쳤다. 상처 부위가 몹시 아팠겠지만 평소처럼 침착하고 조금 불만스러운 그의 표정에는 아무런 변화도 없었다. 다친 손은 식탁 위에서 꿈틀거릴 뿐이었고 결국 다른 손이 그것을 싱크대로 옮겨 뜨거운 물로 조심스럽게 씻어 주었다.

집안일을 하지 않을 때는 부동산 중개인이 안뜰이라고 부르던 뒷마당에서 낡고 부서져 가는 접의자에 앉았다. 아침 식사를 끝내자마자 그곳으로 나가서 햇볕을 쪼였다. 어느 벽장에서 발견한 낡은 책 한 권을 가져갔지만 무릎에 내려놓기만 하고 읽지는 않았다.

그 자리에서는 어느 쪽이든 지금 그가 앉아 있는 방향보다는 훨씬 더 멋진 풍경을 볼 수 있었다. 의자를 90도만 돌려놓으면 저 아래 도시를 향해 구불구불 뻗어 나간 협곡 전체가 거의 다 한눈에 내려다보일 터였다. 그러나 그는 의자를 돌려놓을 생각조차 하지 못했다. 지금 그가 마주 보는 방향에 있는 것은 타르지로 덮은 허름한 차고의 지붕과 닫혀 있는 문이 전부였다. 차고 앞에는 까맣게 그을음이 낀 벽돌 소각로와 녹슨 깡통 한 무더기가 있었다. 그 오른쪽에는 아무도 돌보지 않는 선인장 정원이 있었는데 아직도 살아남은 선인장 몇 그루가 잔뜩 일그러진 채 고통스러운 삶을 이어 갔다.

그중에서 노(櫓)처럼 생긴 두툼한 마디가 다닥다닥 달리고 꼴사나운 가시로 뒤덮인 선인장 하나가 꽃을 피웠다. 제일 위쪽에 붙은 몇 마디의 끄트머리에 샛노란 꽃이 하나씩 피었는데 엉겅퀴 꽃을 닮았지만 더 튼튼했다. 바람이 아무리 세차게 불어도 꽃잎은 미동조차 하지 않았다.

이 선인장의 밑동 근처에 있는 굴속에 도마뱀 한 마리가 살았다. 몸길이는 5인치 정도였고 머리는 쐐기꼴이었는데 그 입에서 두 갈래로 갈라진 가느다란 혀가 날름날름 드나들었다. 녀석은 깡통 무더기에서 날아올라 선인장에 내려앉는 파리들을 잡아먹으며 힘겹게 살아갔다.

이 도마뱀은 수줍음이 많고 신경이 예민했다. 호머는 녀석을 지켜보는 것을 아주 재미있어했다. 조심조심 사냥감에게 접근하다가 실패할 때마다 녀석은 불쾌한 듯이 짧은 다리를 이리저리 옮기며 목을 크게 부풀렸다. 녀석의 몸빛은 선인장과 똑같았지만 파리 떼가 잔뜩 모인 깡통 무더기 쪽으로 다가가면 눈에 띄기 마련이었다. 녀석은 선인장에 달라붙어 한 시간이 넘도록 꼼짝도 하지 않다가 더 이상 참지 못하고 다시 깡통 무더기 쪽으로 이동했다. 그러나 파리들은 녀석의 접근을 금방 알아차렸고 녀석은 몇 번이나 사냥에 실패하다가 결국 풀이 죽어 원래의 자리로 되돌아갔다.

호머는 파리들의 편이었다. 이따금씩 허공에서 맴돌던 파리 한 마리가 너무 멀리 돌아 선인장 근처를 지나갈 때마다 호머는 마음속으로 그 파리가 그대로 날아가거나 되돌아가기를 빌었다. 파리가 선인장에 내려앉으면 도마뱀이 살금살금 다가갔고, 호머는 녀석이 파리를 잡아먹을 때까지 숨을 멈춘 채 지켜보면서 제발 무슨 일이 일어나서 파리가 위험을 알아차리기를 바랐다. 그러나 이렇게 파리가 무사히 도망치기를 바라면서도 자기가 개입할 생각은 하지 않고 오히려 조금이라도 몸을 움직이거나 소리를 내지 않으려고 조심했다. 도마뱀은 이따금씩 거리 조절에 실패했고 그때마다 호머는 즐거운 웃음을 터뜨렸다.

　태양과 도마뱀과 오두막집이 있는 한 호머는 그럭저럭 심심하지 않게 하루를 보낼 수 있었다. 그러나 그가 과연 행복했는지 불행했는지를 판단하기는 쉽지 않다. 어쩌면 둘 다 아니었는지도 모른다. 이를테면 식물처럼 행복하지도 불행하지도 않았는지 모르겠다. 그에게는 괴로운 기억이 있고 식물에게는 없다는 차이가 있긴 하지만 첫날 밤에만 몹시 힘들었을 뿐, 그 이후에는 기억도 잠잠해져 평온한 나날이 이어졌다.

11

 호머는 한 달 가까이 그런 식으로 살았다. 그러던 어느 날 점심 식사를 준비하려고 할 때 초인종이 울렸다. 문을 열어 보니 계단 위에 한 사내가 서 있었다. 한 손에는 견본 가방을 들고 다른 손에는 중산모를 쥐고 있었다. 호머는 황급히 문을 닫아 버렸다.

 초인종이 계속 울렸다. 그는 사내를 쫓아 버리려고 문에서 제일 가까운 창문 너머로 고개를 내밀었다. 사내는 아주 공손하게 고개를 숙이면서 물 한 잔만 달라고 부탁했다. 호머는 기진맥진한 늙은 사내의 모습을 보고 위험하지는 않겠다고 판단했다. 아이스박스에서 물 한 병을 꺼낸 후 문을 열고 사내를 불러들였다.

 사내가 음절 하나하나를 힘주어 강조하면서 또박또박 노래하듯 말했다.

「해리 그리너라고 합니다.」

 호머는 그에게 물 한 잔을 건넸다. 사내는 그 물을 금방 마셔 버리고 스스로 한 잔을 더 따랐다.

「정말 고맙소.」 사내가 정중하게 고개를 숙이면서 말했다. 「아주 시원한 물이구먼.」

사내가 다시 고개를 숙이면서 재빨리 지그 스텝을 밟더니 중산모를 팔에 떨어뜨려 데굴데굴 굴러 내려가게 했고, 호머는 깜짝 놀랐다. 모자가 바닥에 떨어졌다. 사내가 허리를 굽혀 모자를 집어 들다가 마치 엉덩이를 걷어차인 듯 화들짝 놀라며 부리나케 허리를 펴더니 몹시 아프다는 표정으로 엉덩이를 문질렀다.

호머는 비로소 장난이라는 것을 알아차리고 웃음을 터뜨렸다.

해리가 고맙다고 다시 고개를 숙일 때 뭔가 문제가 생겼다. 방금 보여 준 몇 개의 동작 때문에 몸에 무리가 갔던 것이다. 그는 얼굴이 하얗게 질린 채 더듬더듬 목깃을 풀어 헤쳤다.

「일시적인 증상이오.」 해리는 그렇게 중얼거렸지만 그 말조차 연기인지 정말 몸이 불편해서 그러는지 본인도 잘 모르는 듯했다.

「좀 앉으세요.」 호머가 말했다.

그러나 해리의 공연은 아직 끝나지 않았다. 그는 짐짓 씩씩한 미소를 지으면서 소파 쪽으로 비틀비틀 몇 걸음을 옮기다가 일부러 벌러덩 넘어졌다. 성난 얼굴로 카펫을 살펴보다가 방금 자신을 넘어뜨린 물건을 발견하고 발로 걷어차서 멀리 날려 보내는 시늉을 했다. 그러더니 절뚝거리며 소파로 걸어가서 털썩 주저앉아 마치 장난감 풍선에서 바람이 빠지는 듯한 휘파람 소리와 함께 긴 한숨을 내쉬었다.

호머는 물을 더 따랐다. 해리가 일어나려고 했지만 호머는 그를 눌러 앉혀 그냥 앉은 채로 물을 마시게 했다. 해리는 아까 두 잔을 마실 때처럼 이번에도 꿀꺽꿀꺽 순식간에 잔을 비우고 손수건으로 입을 닦았는데, 마치 긴 콧수염을 기른 남자가 거품을 잔뜩 얹은 맥주 한 잔을 들이켜고 나서 콧수염을 쓰다듬는 듯한 동작이었다.

「정말 친절하시군. 언젠가는 내가 천배로 갚아 드리지.」

호머는 쿡쿡 웃었다.

해리가 호주머니에서 작은 깡통 하나를 꺼내 호머에게 내밀었다.

「우리가 만든 제품이오. 〈기적의 광택제〉라고 하는데, 이거야말로 탁월한 성능의 신개발 광택제, 타의 추종을 불허하는 광택제, 그래서 할리우드 스타들도 즐겨 찾는…….」

그는 그렇게 신나게 떠벌리다가 갑자기 껄껄 웃었다.

호머는 깡통을 받아 들고 억지로 고마워하는 표정을 지었다.

「감사합니다. 얼마짜리죠?」

「일반 정가, 즉 소매가는 50센트지만 손님은 내가 특별가 단돈 25센트로 모시겠소. 이건 공장도 가격, 그러니까 내가 공장에서 물건을 받아 오는 가격이오.」

그 순간 호머는 수줍음마저 잊어버리고 습관적으로 되물었다.

「25센트라고요? 그 돈이면 가게에 가도 이것보다 두 배나 큰 통을 살 수 있을 텐데요.」

그러나 해리는 그런 손님을 다루는 요령을 알고 있었다.

「그럼 그냥 가지쇼. 공짜요.」 그가 경멸 섞인 어조로 말했다.

호머는 어쩔 수 없이 태도를 바꿔야 했다.

「이게 훨씬 더 우수한 광택제겠죠.」

그러자 해리는 마치 뇌물을 거절하는 사람처럼 딱 잘라 말했다.

「아니, 돈은 그냥 넣어 두쇼. 필요 없으니까.」

그러면서 다시 웃었다. 이번에는 아주 씁쓸한 웃음이었다.

호머는 동전 몇 개를 꺼내 해리에게 내밀었다.

「자, 받으세요. 이 돈이 필요하실 거예요. 두 통을 사겠습니다.」

해리는 이제 상대를 제대로 사로잡았다는 것을 알았다. 그는 마치 연주자가 음악회를 앞두고 악기를 조율하듯이 다양한 웃음을 시험해 보기 시작했다. 그의 웃음은 모두 연기였다. 마침내 적당한 웃음을 찾아내고 마음껏 웃었다. 피해자 같은 웃음이었다.

「제발 그만하세요.」 호머가 말했다.

그러나 해리는 멈출 수가 없었다. 정말 몸이 안 좋았다. 자기 연민의 통로를 가로막고 있던 마지막 장애물이 떨어져 나가자 그는 곧 활강로를 타고 미끄러져 내려갔고 시시각각 가속도가 붙었다. 그는 벌떡 일어나 연기를 하기 시작했다. 해리 그리너, 가엾은 해리, 정직한 해리, 선량하고 겸손하고 믿음직스러운 해리, 좋은 남편이며 모범적인 아버지이며 독실한 기독교인이며 충실한 친구인 해리.

호머는 그의 연기가 조금도 마음에 들지 않았다. 오히려 겁에 질려 경찰에 연락할 생각까지 할 정도였다. 그러나 아무것도 하지 않았다. 그저 손을 들고 해리에게 그만하라고 손짓할 뿐이었다.

무언극을 끝마친 해리가 고개를 뒤로 젖히고 목을 움켜쥔 채 막이 내려가기를 기다리듯이 우두커니 서 있었다. 호머는 그에게 다시 물 한 잔을 따라 주었다. 그러나 해리의 연기는 아직 다 끝난 것이 아니었다. 그는 모자를 가슴에 탁 붙이면서 절을 하고 다시 연기를 시작했다. 이번에는 얼마 못 가 숨이 차서 고통스럽게 헐떡거렸다. 기계식 장난감의 태엽을 너무 많이 감았을 때처럼 그의 내부에서 뭔가 뚝 부러져 버렸고 그는 자신의 레퍼토리 전체를 선보이기 시작했다. 중풍 환자의 춤처럼 모두 근육의 힘으로만 움직이는 동작이었다. 그는 지그 춤을 추고, 모자를 던져 저글링을 하고, 발길질에 걸어챈 시늉을 하고, 벌러덩 넘어지고, 자신과 악수를 나누기도 했다. 그 모든 동작을 어지러울 만큼 순식간에 해치우더니 곧 비틀거리며 소파에 쓰러져 뻗어 버렸다.

눈을 감고 소파에 드러누운 그의 가슴이 마구 오르락내리락했다. 그는 호머보다 더 놀라고 있었다. 그날 들어 벌써 네댓 번째 공연이었지만 이런 일은 처음이었다. 정말 몸이 안 좋았다.

이윽고 해리가 눈을 뜨자 호머가 말했다.

「발작을 일으키셨어요.」

몇 분이 지나자 해리는 몸 상태가 차츰 나아지고 자신감이 돌아오는 것을 느꼈다. 그는 병에 걸렸다는 생각을 말끔히 지워 버리고 평생 최고의 공연을 선보였다고 자축하기까지 했다. 허리를 굽히고 그를 내려다보는 저 어수룩한 호구한테서 5달러 정도는 너끈히 우려낼 수 있을 것 같았다.

「혹시 집에 술이 좀 있소?」 그는 힘없이 물었다.

마침 식료품 가게에서 일단 맛을 보고 사라면서 보내 준 포트와인 한 병이 있었다. 호머는 그 술을 가지러 갔다. 그는 유리컵에 반쯤 채워 해리에게 건네주었다. 해리는 몹시 쓴 약을 먹는 사람처럼 오만상을 지으며 조금씩 홀짝거렸다.

그러더니 지독한 통증에 시달리는 사람처럼 느릿느릿한 말투로 하면서 호머에게 견본 가방을 갖다 달라고 부탁했다.

「계단에 놔뒀소. 누가 훔쳐 갈지도 몰라. 그 광택제를 구입하느라 얼마 안 되는 밑천을 거의 다 쏟아부었소.」

순순히 부탁을 들어주려고 밖으로 나간 호머는 인도 가장자리에 서 있는 여자를 보게 되었다. 페이 그리너였다. 그녀는 호머의 집을 바라보고 있었다.

「우리 아빠가 거기 계시죠?」 여자가 소리쳤다.

「그리너 씨 말입니까?」

그러자 그녀가 발을 동동 굴렀다.

「빨리 나오시라고 전해 주세요. 나 참, 하루 종일 이렇게 기다리긴 싫단 말예요.」

「몸이 편찮으신데요.」

그러나 그녀는 그 말을 못 들었는지 아니면 관심이 없는지 아무런 의사 표시도 없이 고개를 돌렸다.

호머는 견본 가방을 집 안으로 들여갔다. 해리가 다시 술을 따르고 있었다.

「꽤 좋은 술이군.」 그가 입맛을 다시면서 말했다. 「아주 좋소. 좋고말고. 이런 술은 얼마나 하는지 물어봐도……」

호머는 그의 말을 중간에 끊어 버렸다. 그는 술을 마시는 사람들을 좋아하지 않았고 해리를 빨리 쫓아내고 싶었다.

「따님이 밖에서 기다리는데요. 어서 나오시랍니다.」

그러자 해리는 다시 소파에 벌렁 나자빠져 거칠게 숨을 몰아쉬었다. 다시 연기를 시작한 것이다.

「그 애한테는 말하지 마시오.」 그가 헐떡거리며 말했다. 「늙은 애비가 얼마나 아픈지 말하지 말아요. 그 애한테는 비밀로 해야 하니까.」

호머는 해리의 위선적인 행동에 경악했다.

「다 나으셨잖아요.」 그는 최대한 냉랭한 어조로 말했다. 「이젠 집으로 돌아가시죠?」

해리는 집주인의 박정한 태도 때문에 불쾌하고 속상하다는 뜻으로 씁쓸한 미소를 지었다. 그러나 호머가 아무 말도 하지 않자 그의 미소는 이내 한없는 용기를 표현하는 미소로 바뀌었다. 그는 조심스럽게 일어나서 잠시 서 있더니 맥없이 비틀거리다가 도로 소파 위에 쓰러졌다.

「너무 어지럽구먼.」 해리가 신음 소리를 내면서 말했다.

그는 다시 놀랐고 두려움을 느꼈다. 정말 어지러웠기 때문이다.

「내 딸 좀 불러 주시오.」 그는 헐떡거리며 말했다.

호머가 나가 보니 여자는 인도 가장자리에서 집을 등지고 서 있었다. 호머가 부르자 그녀가 홱 돌아보더니 곧 그가 있는 곳으로 달려왔다. 그는 잠깐 동안 그녀를 바라보다가 문을 열어 둔 채 집 안으로 들어갔다.

페이가 기세등등하게 뛰어들었다. 그녀는 호머를 본체만체하고 곧장 소파로 다가가서 버럭 소리쳤다.

「이번엔 또 무슨 일이에요?」

「우리 귀여운 딸내미. 내가 몸이 몹시 안 좋구나. 그래서 저 친절한 신사분이 잠시 쉬게 해주셨단다.」

「발작이 일어난 모양입니다.」 호머도 거들었다.

그러자 그녀가 갑자기 홱 돌아서는 바람에 호머는 깜짝 놀랐다. 그녀가 손을 높이 들어 악수를 청했다.

호머는 조심스럽게 그 손을 잡았다. 그가 뭐라고 중얼거리자 그녀가 말했다.

「반가워요.」

그러더니 다시 홱 돌아섰다.

「심장 때문이야.」 해리가 말했다. 「일어설 수가 없구나.」

광택제를 팔기 위한 짤막한 공연에 대해서는 그녀도 잘 알고 있었는데 이런 대사는 없었다. 그래서 다시 호머를 돌아보는 그녀의 표정은 몹시 비통할 수밖에 없었다. 그녀는 더 이상 고개를 뒤로 젖히지 못하고 오히려 앞으로 푹 수그렸다.

「여기서 좀 쉬시게 해주세요.」

「네, 물론이죠.」

호머는 그녀에게 의자를 권하고 담배를 피울 수 있도록 성냥을 갖다 주었다. 그녀를 빤히 바라보지 않으려고 노력했지만 그런 예절 바른 행동은 헛수고에 불과했다. 페이는 오히려 남의 시선을 즐기는 여자였기 때문이다.

호머는 그녀가 굉장히 아름답다고 생각했지만 더욱더 강렬한 인상을 심어 준 것은 활기찬 태도였다. 팔팔한 활력과 생기가 넘쳐흘렀다. 태양처럼 눈부신 여자였다.

그녀는 열일곱 살이었지만 열두 살 소녀처럼 파란 세일러 목깃이 달린 흰색 순면 드레스를 입고 있었다. 긴 다리는 맨살이었고 발에는 파란 샌들을 신었다.

호머가 다시 해리를 바라보자 페이가 말했다.

「정말 죄송해요.」

호머는 손을 내저어 괜찮다는 표시를 했다.

「아빠는 심장이 안 좋으세요.」 페이가 말을 이었다. 「제발 전문의한테 가보시라고 몇 번이나 졸랐는지 몰라요. 그런데 남자들은 다 똑같은가 봐요.」

「네, 의사한테 가보셔야 할 것 같네요.」

호머는 페이의 색다른 몸짓과 일부러 꾸민 듯한 목소리에 어리둥절했다.

「지금 몇 시죠?」 페이가 물었다.

「1시쯤 됐어요.」

그러자 그녀가 벌떡 일어나더니 두 손으로 양쪽 옆머리를 정수리로 걷어 올려 반짝거리는 공처럼 둥글게 뭉쳤다.

「아!」 그녀가 귀엽게 종알거렸다. 「점심 약속이 있었는데.」

페이는 머리카락을 움켜쥔 채 다리는 움직이지 않고 상체만 한쪽으로 살짝 틀었다. 몸에 꼭 맞는 드레스가 더 팽팽하게 당겨졌고 호머는 우아하게 휘어진 그녀의 늑골과 옴폭 들어간 날씬한 배를 볼 수 있었다. 그녀의 모든 동작이 그렇듯이 이 정교한 동작도 아무런 의미가 없어 마치 무슨 춤 동작을 선보이는 듯했고, 그래서 연기에 몰두한 여배우라기보다 차라리 무용수처럼 보였다.

「연어 샐러드 좋아해요?」 호머는 용기를 내어 물어보았다.

「연어 샐러어드?」

그녀는 자신의 위장에게 그 질문을 되풀이하는 듯했다. 대답은 긍정이었다.

「마요네즈도 듬뿍 뿌리실 거죠? 제가 아주 좋아하거든요.」

「방금 점심으로 먹으려던 참이었어요. 마저 만들어 올게요.」

「도와 드릴게요.」

그들은 해리를 돌아보았지만 그는 자고 있는 듯했고 두 사람은 부엌으로 들어갔다. 호머가 연어 통조림을 따는 동안 페이는 의자에 올라앉아 등받이 꼭대기에 두 팔을 포개고 그 위에 턱을 얹었다. 그리고 호머가 돌아볼 때마다 친밀한 미소를 지으며 고개를 흔들어 엷은 빛깔의 머리카락을 앞으로 넘겼다가 다시 뒤로 넘기곤 했다.

호머는 신바람이 났고 두 손은 재빨리 움직였다. 오래잖아 커다란 그릇에 샐러드가 수북이 담겼다. 그는 제일 좋은 식탁보를 깔고 제일 좋은 그릇과 식기를 꺼내 놓았다.

「보기만 해도 배가 고프네요.」

그 말은 호머를 보기만 해도 배가 고프다는 뜻으로 들렸고 호머는 그녀를 바라보며 활짝 웃었다. 그러나 페이는 호머가 자리에 앉기도 전에 샐러드를 먹기 시작했다. 빵 한 조각에 버터를 바르고 그 위에 설탕을 뿌린 후 크게 한 입 베어 물었다. 그러더니 연어에 마요네즈를 듬뿍 발라 먹어 치웠다. 호머가 막 앉으려는 순간 그녀가 마실 것을 청했다. 그는 우유 한 잔을 따라 주고 웨이터처럼 우두커니 서서 그녀를 지켜보았다. 그러면서도 그녀의 무례한 태도를 의식하지 못했다.

그녀가 샐러드를 먹을 만큼 먹자 그는 크고 새빨간 사과 한 알을 갖다 주었다. 그녀는 그 사과를 샐러드보다 천천히 먹었다. 우아하게 조금씩 깨물어 먹었는데 새끼손가락은 구부리고 나머지 손가락만으로 사과를 쥐고 있었다. 사과를 다 먹은 그녀가 거실로 나가 버렸고 호머도 그녀를 따라갔다.

해리는 아까 보았던 그대로 소파에 누워 있었다. 한낮의 강렬한 햇볕이 바로 얼굴에 내리쪼여 마치 곤봉으로 두들겨 맞는 듯했다. 그러나 그는 햇볕의 난타를 거의 느끼지 못했다. 가슴을 찔러 대는 고통을 감당하기도 벅찼기 때문이다. 어찌나 괴로운지 저 어수룩한 호구에게서 돈을 우려낼 계략을 꾸밀 엄두조차 못 낼 정도였다.

호머가 창문에 커튼을 쳐 해리의 얼굴에 드는 햇볕을 가려 주었다. 해리는 의식하지도 못했다. 그는 죽음을 생각하고 있었다. 페이가 다가와 내려다보았다. 해리는 눈을 가늘게 뜨고 페이를 쳐다보았다. 그녀는 걱정하지 말라는 말을 기다리고 있었다. 그러나 그는 무시해 버렸다. 비극의 여주인공 같은 표정이 마음에 안 들었기 때문이다. 지금처럼 심각한 순간에 슬퍼하는 척 연기를 하다니 모욕이 아닐 수 없었다.

「말 좀 해봐요, 아빠.」 페이가 애원했다.

그녀는 미끼를 던지고 있었지만 정작 본인은 그 사실을 의식하지도 못했다.

「너 지금 뭐 하는 짓이냐?」 해리가 으르렁거렸다. 「신파극 찍냐?」

페이는 아버지의 갑작스러운 분노에 놀라 허둥지둥 일어섰다. 해리는 웃을 기분이 아니었지만 미처 막을 사이도 없이 짤막한 웃음이 터져 나왔다. 그는 또 무슨 일이 일어날까 싶어 조마조마하게 기다렸다. 그러나 아프지 않아서 다시 웃었다. 처음에는 조심스럽게 웃었지만 점점 더 안심하고 웃을 수 있었다. 그는 눈을 감은 채 껄껄 웃었고 이마에서 땀이 마구 쏟아졌다. 페이는 그 웃음을 멈추게 하는 유일한 방법을 알고 있었다. 그녀가 아버지의 웃음을 싫어하는 만큼 아버지가 싫어하는 일을 하는 것이었다. 그녀는 노래를 부르기 시작했다.

지퍼스 크리퍼스!
어떻게 살피개가 요렇게도 예쁘니?......[19]

---

[19] 워너 브러더스사의 뮤지컬 영화 「고잉 플레이시즈Going Places」(1938)에서 루이 암스트롱이 불러 히트시킨 노래. 〈지퍼스 크리퍼스Jeepers Creepers〉는 〈지저스 크라이스트Jesus Christ〉의 완곡 표현으로 놀라움을 표시하는 감탄사이며 영화에서는 매우 난폭한 경주마의 이름이기도 하다. 조련사로 출연한 루이 암스트롱이 이 말을 진정시켜야 할 때마다 이 곡을 트럼펫으로 연주하거나 노래한다. 〈살피개〉는 눈[眼]을 뜻하는 우리말 속어.

그녀는 엉덩이를 흔들고 머리를 좌우로 흔들면서 지르박 스텝을 밟았다.

호머는 놀라서 입을 딱 벌렸다. 그는 지금 보고 있는 이 장면이 전에도 자주 있던 일이라는 인상을 받았다. 그 생각이 옳았다. 두 부녀의 싸움이 심해지면 종종 이런 형태로 발전했다. 아버지는 웃어 대고 딸은 노래를 불렀다.

지퍼스 크리퍼스!
어떻게 눈망울이 요렇게도 예쁘니?……
맙소사, 정말 대단하구나!
어떻게 이다지도 반짝거릴까?
맙소사, 정말 대단하……

해리가 웃음을 뚝 멈추자 페이도 노래를 멈추고 의자에 털썩 주저앉았다. 그러나 해리는 최후의 일격을 위해 힘을 모으는 중이었다. 그가 다시 웃기 시작했다. 이번 웃음은 듣기 싫은 정도가 아니라 아예 무시무시했다. 페이가 어렸을 때부터 그는 그 웃음소리로 딸에게 벌을 주었다. 그 웃음은 그의 걸작이었다. 어떤 감독은 정신 병원이나 귀신 붙은 성(城)이 나오는 장면을 촬영할 때마다 해리를 불러 그 웃음을 요구할 정도였다.

웃음소리는 불타는 장작처럼 따닥거리는 날카로운 금속성으로 시작되어 점점 음량이 커지면서 빠르게 컹컹거리는 소리로 이어지다가 다시 작아져 음흉하게 낄낄거리는 소리로 변했다. 그리고 잠깐 쉬었다가 다시 높아져 말의 울음소리처럼 들리다가 더욱더 높아지면서 기계처럼 날카로운 굉음을 냈다.

페이는 고개를 갸우뚱한 채 무력하게 듣고만 있었다. 그러다가 갑자기 그녀도 웃어 대기 시작했다. 웃고 싶어서 웃는 게 아니라 아버지의 웃음소리에 대항하기 위해서였다.

「못됐어, 정말!」 그녀가 버럭 고함을 질렀다.

페이는 소파로 달려가서 해리의 양쪽 어깨를 움켜쥐고 마구 흔들어 웃음을 중단시키려 했다.

해리는 계속 웃어 댔다.

호머는 그녀를 말리려고 다가갔지만 차마 그럴 엄두가 나지 않았다. 그녀에게 손을 대기가 두려웠다. 그녀의 얇은 드레스 속은 알몸이나 다름없었다.

호머의 두 손이 팔 끝에서 제멋대로 춤을 추었다.

「미스 그리너, 제발, 제발 좀……」

해리는 이제 웃음을 멈추고 싶어도 멈출 수 없었다. 두 손으로 배를 눌러 보아도 그 소리는 끊임없이 터져 나왔다. 가슴이 다시 아파 왔다.

페이가 마치 망치를 쥔 듯이 주먹을 휘둘러 해리의 입을 세차게 내리쳤다. 딱 한 번 때렸다. 그러자 해리가 몸에서 힘을 빼고 입을 다물었다.

호머가 페이의 팔을 잡아당길 때 그녀가 말했다.

「어쩔 수 없었어요.」

그는 페이를 부엌 의자에 앉히고 문을 닫았다. 그녀는 오랫동안 흐느껴 울었다. 그는 그녀가 앉은 의자 뒤에 서서 이러지도 저러지도 못하고 규칙적으로 오르내리는 그녀의 어깨를 내려다보기만 했다. 그의 두 손이 그녀를 달래 주려고 몇 번이나 슬그머니 앞으로 움직였지만 간신히 억제했다.

이윽고 그녀가 울음을 그치자 그는 냅킨 한 장을 건넸고 그녀는 그것으로 얼굴을 닦았다. 냅킨이 립스틱과 마스카라로 얼룩졌다.

「내가 냅킨을 못 쓰게 만들었네요.」 그녀가 고개를 돌린 채 말했다. 「정말 죄송해요.」

「어차피 지저분했어요.」

페이는 호주머니에서 콤팩트를 꺼내고 그 속의 작은 거울에 얼굴을 비춰 보았다.

「얼굴이 꼭 귀신 같네요.」

그녀가 화장실을 써도 되느냐고 물었고 그는 화장실의 위치를 가르쳐 주었다. 그러고 나서 호머는 살금살금 거실로 가서 해리를 살펴보았다. 노인의 숨소리는 거칠지만 규칙적이었다. 곤히 자고 있는 듯했다. 호머는 그를 깨우지 않도록 조심하면서 머리에 쿠션을 받쳐 주고 다시 부엌으로 갔다. 스토브에 불을 붙이고 커피 주전자를 올려놓은 후 의자에 앉아 페이가 돌아오기를 기다렸다. 그녀가 거실로 가는 소리가 들렸다. 잠시 후 그녀가 부엌으로 들어왔다.

페이는 미안한 듯이 문가에 서서 머뭇거렸다.

「커피 좀 마실래요?」

호머는 대답을 기다리지도 않고 커피 한 잔을 따른 후 설탕과 크림을 그녀의 손이 닿는 곳으로 밀어 주었다.

「그럴 수밖에 없었어요. 정말 어쩔 수 없었어요.」

「괜찮아요.」

굳이 사과할 필요는 없다는 말 대신에 그는 괜히 싱크대로 가서 바쁜 척했다.

그러나 그녀는 그냥 넘어가려고 하지 않았다.

「아니, 정말 그럴 수밖에 없었다니까요. 나를 화나게 만들려고 일부러 그렇게 웃는 거예요. 도저히 견딜 수가 없어요. 견딜 수가 없다고요.」

「그렇겠죠.」

「아빠는 미쳤어요. 우리 그리너 집안은 모조리 미쳤어요.」

마지막 말은 마치 정신병이 좋은 것이라는 말처럼 들렸다.

「많이 편찮으셔서 그래요.」 호머는 그녀 대신 변명조로 말했다. 「일사병인지도 몰라요.」

「아뇨, 미친 거예요.」

호머는 생강 과자 한 접시를 식탁에 내려놓았고 페이는 두 잔째 커피를 마시면서 과자를 먹었다. 얌전하게 과자를 씹는 소리가 그를 매혹시켰다.

이윽고 그녀가 몇 분 동안 아무 소리도 내지 않았고, 호머는 무슨 일인지 확인하려고 싱크대 앞에서 돌아섰다. 그녀는 담배를 피우면서 골똘히 생각에 잠겨 있었다.

그는 일부러 쾌활한 척 행동했다.

「무슨 생각을 해요?」

어색하게 질문을 던졌지만 이내 괜한 말을 꺼냈다는 생각이 들었다.

페이는 얼마나 우울하고 불길한 생각을 했는지 보여 주려는 듯이 한숨을 내쉬었을 뿐 대답은 하지 않았다.

「지금쯤 사탕을 먹고 싶을 것 같은데요. 우리 집엔 없지만 약국에 전화하면 금방 배달해 줄 거예요. 아니면 아이스크림을 먹을래요?」

「아뇨, 됐어요.」

「별로 번거로울 것도 없는데요.」

「사실 우리 아빠는 행상이 아니라 영화배우예요.」 페이가 뜬금없이 말했다. 「나도 배우죠. 우리 엄마도 배우였고 무용수였어요. 배우 기질이 집안 내력이죠.」

「영화는 많이 보질 못해서······.」

그녀가 관심을 보이지 않아서 그는 중간에 말을 얼버무렸다.

「언젠가는 나도 스타가 될 거예요.」

그 말을 반박하기라도 하면 큰일 날 것 같은 어조였다.

「아가씨라면 틀림없이······.」

「그게 내 인생의 전부예요. 내가 원하는 건 그것뿐이라고요.」

「자기가 원하는 게 뭔지 안다는 건 좋은 일이죠. 난 전에 호텔 경리로 일했지만······.」

「스타가 되지 못하면 차라리 자살해 버리겠어요.」

그녀는 의자에서 일어나 두 손을 머리에 대고 눈을 크게 뜨면서 얼굴을 찡그렸다.

「영화는 자주 보지 못하는 편이에요. 불빛 때문에 눈이 부시거든요.」

호머는 변명조로 말하면서 생강 과자를 그녀 쪽으로 밀어 주었다.

그녀가 웃으며 과자 한 개를 집어 들었다.

「이러다가 뚱뚱해지겠어요.」

「그럴 리가 있나요.」

「내년엔 뚱뚱한 여자들이 인기가 좋을 거래요. 정말 그럴 거라고 생각하세요? 내 생각은 달라요. 메이 웨스트[20]를 위한 홍보 전략일 뿐이죠.」

호머도 그녀의 말에 동의했다.

그녀는 자신과 영화 산업에 대하여 끊임없이 이야기했다. 호머는 그녀를 보고 있었지만 말은 귀담아듣지 않았고 그녀가 대답을 들으려고 질문을 되풀이할 때마다 말없이 고개만 끄덕였다.

그의 두 손이 그를 괴롭히기 시작했다. 가려움증을 덜어 보려고 식탁 모서리에 두 손을 문질렀지만 오히려 더 가려워질 뿐이었다. 두 손을 등 뒤로 돌려 맞잡아도 도저히 참을 수 없었다. 두 손이 화끈거리며 부어올랐다. 그는 설거지를 핑계로 싱크대에 찬물을 틀어 놓고 수도꼭지 밑에 두 손을 들이밀었다.

페이가 계속 이야기하고 있을 때 해리가 문가에 나타났다. 그는 힘없이 문설주에 몸을 기댔다. 코가 새빨갰지만 얼굴의 나머지 부분은 백지장처럼 창백했고 마치 몸이 쪼그라든 것처럼 옷이 헐렁헐렁해 보였다. 그러나 그는 빙그레 웃고 있었다.

20 Mae West(1893~1980). 미국 여배우.

두 사람이 아무 일도 없었다는 듯이 말을 주고받는 것을 보고 호머는 놀라지 않을 수 없었다.

「이제 괜찮아요, 아빠?」

「그래, 좋아졌어. 흔헌 말루, 씻은 듯이 멀쩡허구 성벽처럼 튼튼허구 갓 잡은 생선처럼 팔팔허구나.」

콧소리까지 섞어 가며 시골뜨기 흉내를 내는 해리의 말투에 호머는 미소를 지었다.

「뭐라도 좀 드시겠어요? 우유 한 잔 드릴까요?」

「간단한 식사가 더 좋겠는데.」

페이가 해리를 부축하여 식탁 앞으로 데려갔다. 해리는 기운이 없다는 사실을 감추려고 일부러 과장된 동작으로 탭 댄스를 추었다.

호머는 정어리 통조림을 따고 빵 몇 조각을 썰었다. 해리가 음식을 바라보며 입맛을 다셨지만 먹기에는 힘겨운 듯 천천히 식사를 했다.

이윽고 식사를 마친 해리가 말했다.

「아주 잘 먹었소.」

그는 등받이에 편안히 기대고 조끼 호주머니에서 구겨진 시가를 꺼냈다. 페이가 불을 붙여 주자 그는 장난스럽게 그녀의 얼굴에 연기를 내뿜었다.

「이제 가요, 아빠.」

「잠깐만 기다려라.」

그는 호머를 돌아보았다.

「집이 아주 좋구먼. 결혼은 허셨소?」

페이가 아버지를 말리려 했다.

「아빠!」

해리는 그녀를 무시해 버렸다.

「총각이오?」

「예.」

「저런 저런, 이렇게 젊은 양반이.」

호머는 왠지 해명을 해야 할 것 같았다.

「건강 때문에 여기 와 있는 겁니다.」

「일일이 대답하지 마세요.」 페이가 끼어들었다.

「얘, 얘, 난 그냥 허물없는 대화를 나누려는 것뿐이여. 나쁜 뜻은 읎다구.」

해리는 여전히 시골 사투리를 썼다. 있지도 않은 타구(唾具)에 침을 뱉는 시늉을 하더니 씹는담배 한 덩어리를 이쪽 뺨에서 저쪽 뺨으로 옮기는 시늉을 했다.

호머는 해리의 흉내가 재미있다고 생각했다.

해리가 말을 이었다.

「이렇게 넓은 집에 혼자 살믄 쓸쓸허고 무서울 거 겉은디. 쓸쓸허지도 않으신감?」

호머는 대답이 궁해서 페이를 돌아보았다. 그녀는 얼굴을 찡그리며 곤혹스러워했다.

「안 그런데요.」 호머는 해리가 이 거북스러운 질문을 되풀이하지 않게 하려고 그렇게 대답했다.

「안 그렇다? 그럼 다행이구.」

해리는 천장을 향해 동그란 연기를 뻐끔뻐끔 연달아 뿜어

내면서 그 움직임을 유심히 지켜보았다.

「혹시 하숙생을 받을 생각은 없수? 착허고 사교적인 사람들 말이우. 그라믄 추가 수입이 생겨서 좋고 좀 더 가정적인 분위기도 나서 좋을 턴디.」

호머는 불쾌감을 느꼈지만 그 불쾌감 속에서 한 가지 생각이 떠올랐다. 아주 짜릿한 생각이었다. 그러나 어떻게 대답해야 좋을지 몰라서 쩔쩔맸다.

페이가 호머의 당황한 표정을 오해하고 그가 미처 대답하기 전에 얼른 소리쳤다.

「그만하세요, 아빠! 안 그래도 벌써 큰 폐를 끼쳤잖아요.」

「그냥 잡담 좀 허자는 거여.」 해리가 시치미를 떼면서 항변했다. 「그냥 수다 좀 떨자는 거라구.」

「됐으니까 이제 가요.」 페이가 톡 쏘아붙였다.

「시간은 많은네요.」 호머가 말했다.

그는 좀 더 효과적인 말을 덧붙이고 싶었지만 용기가 나지 않았다. 오히려 그의 두 손이 더 용감했다. 페이가 작별의 악수를 청했을 때 두 손은 그녀의 손을 붙잡고 놓아주려 하지 않았다.

페이가 끈질기게 매달리는 그의 두 손을 내려다보며 웃음을 터뜨렸다.

「정말 고마워요, 심프슨 씨. 정말 친절하시네요. 점심 식사도 그렇고 아빠를 도와주신 것도 고마워요.」

「정말 고마웠소.」 해리도 거들었다. 「오늘 기독교인다운 선행을 베푸셨소. 하느님이 상을 내리실 거요.」

해리는 갑자기 몹시 경건한 태도를 취했다.

「우리 집에 한번 놀러 오세요.」 페이가 말했다. 「우리도 이 근처에 살아요. 이 협곡을 따라 다섯 블록 아래쪽에 있는 산 베르두 아파트예요. 크고 노란 건물이죠.」

해리가 자리에서 일어났지만 식탁을 짚어 몸을 지탱해야 했다. 페이와 호머가 그의 팔을 하나씩 붙잡고 부축하여 길거리로 나섰다. 해리가 쓰러지지 않도록 호머가 붙잡고 있는 동안 페이가 길 건너에 세워 둔 포드를 가지러 갔다.

그때 해리가 말했다. 「주문하신 〈기적의 광택제〉를 잊고 있었구먼. 타의 추종을 불허하는 광택제 말이오.」

호머는 1달러 지폐를 찾아 해리의 손에 쥐여 주었다. 해리는 그 돈을 재빨리 감추고 짐짓 사무적인 태도를 취했다.

「물건은 내일 배달해 드리겠소.」

「네, 좋습니다. 마침 식기 광택제가 필요하던 참이거든요.」

해리는 화가 났다. 이런 얼간이가 선심 쓰는 척하는 것이 불쾌했기 때문이다. 그래서 두 사람 사이에 적절하다고 판단되는 관계를 다시 정립하려고 일부러 장난스럽게 절을 했지만 그 동작을 미처 끝내기도 전에 목을 더듬거리기 시작했다. 호머가 그를 부축하여 차에 태웠고 해리는 페이의 옆자리에 축 늘어졌다.

그들이 탄 차가 출발했다. 페이는 고개를 돌리고 손을 흔들었지만 해리는 돌아보지도 않았다.

12

 그날 호머는 부서져 가는 접의자에 앉아서 남은 오후를 보냈다. 도마뱀이 선인장에 올라가 있었지만 호머는 녀석이 사냥하는 모습에도 별로 흥미를 느끼지 못했다. 그의 두 손이 자꾸 생각을 방해했다. 마치 악몽을 꾸는 듯 부들부들 떨기도 하고 제멋대로 씰룩거리기도 했다. 그는 두 손을 꼼짝 못하게 하려고 깍지를 끼었다. 서로 뒤엉킨 손가락들이 조그마한 남녀의 다리 같았다. 그는 두 손을 와락 떼어 내서 엉덩이 밑에 깔고 앉았다.

 며칠이 지난 뒤에도 그는 페이를 잊을 수 없었고 차츰 두려워지기 시작했다. 그는 자신의 동정(童貞)이 유일한 방어 수단임을 알고 있었다. 거북의 등딱지처럼 동정은 그의 척추인 동시에 갑옷이었다. 그것을 버린다는 것은 상상조차 할 수 없는 일이었다. 동정을 빼앗긴다면 파멸하고 말 터였다.

 그 생각이 옳았다. 어떤 사람들은 자신의 일부만을 욕망에 바친다. 머리나 가슴만 훨훨 타오르는데 그나마도 완전히 몰두하는 건 아니다. 더욱더 운이 좋은 사람들은 백열등의

필라멘트와 같아서 맹렬히 타오르지만 조금도 닳지 않는다. 그러나 호머의 경우에는 건초가 가득 쌓인 헛간에 불씨를 던지듯 위험천만한 일일 터였다. 로몰라 마틴 사건 때는 그럭저럭 도망쳤지만 이번에는 도망칠 수도 없을 것이다. 우선 그때는 아직 호텔에 근무했으니 하루 종일 격무에 시달리고 나면 피로가 그를 보호해 주었지만, 지금은 아무것도 없다.

그런 생각을 하고 있자니 갑자기 더럭 겁이 나서 허둥지둥 집 안으로 뛰어들었다. 모자를 뒤에 남겨 두듯이 그 생각을 떨쳐 버리고 싶었다. 그는 침실로 달려가서 침대 위에 몸을 던졌다. 너무 단순한 발상이지만 잠들기만 하면 잊을 수 있을 거라고 믿었기 때문이다.

그러나 너무 심란해서 이 빗나간 희망조차 이루어지지 않았다. 좀처럼 잠이 오지 않았다. 눈을 감고 억지로 잠을 청했다. 예전에는 눈만 붙이면 곧바로 잠들었는데 오늘은 왠지 잠으로 가는 길목이 훤하게 불을 밝힌 기나긴 터널 같았다. 그 터널 끝에 잠이 있었지만 눈부신 불빛 속에서 그 편안한 어둠은 아주 희미하게 보였다. 그는 그 검은 점을 향해 달려가지도 못하고 엉금엉금 기어갈 뿐이었다. 그러다가 결국 포기하려는 순간 습관이 도움의 손길을 내밀었다. 그것은 빛의 터널을 단숨에 무너뜨리고 그를 어둠 속으로 던져 넣었다.

이윽고 잠이 깼지만 모처럼 손에 쥔 잠을 쉽게 놓아 버릴 수는 없었다. 다시 잠들려고 노력했다. 그러나 이번에는 아까의 터널조차 찾아낼 수 없었다. 잠이 완전히 깨어 버렸다. 그는 너무 피곤하다는 생각을 하려고 노력했지만 조금도 피곤하지 않았다. 오히려 로몰라 마틴 사건 이후 오늘처럼 기운이 넘치기는 처음이었다.

바깥에서는 아직도 이따금씩 새들이 지저귀고 있었다. 마치 또 하루가 지나갔다는 사실을 인정하기 싫다는 듯이 노래를 부르다가 멈추곤 했다. 호머는 비단옷이 스치는 소리를 들은 것 같다고 생각했지만 나뭇잎을 희롱하는 바람 소리였다. 집 안이 너무 텅 빈 느낌이다! 그는 노랫소리로 집 안을 채우려 했다.

오, 그대 보이는가,
동트는 새벽하늘에……[21]

그가 아는 노래는 이것뿐이었다. 축음기나 라디오를 살까 생각해 보았다. 그러나 결국 어느 것도 사지 않으리라는 것쯤은 자신이 더 알았다. 그 사실이 몹시 슬펐다. 쾌적한 슬픔, 아주 달콤하고 편안한 슬픔이었다.

그러나 그는 이 슬픔을 그냥 내버려 두지 못했다. 금방 조급해져서 자신의 슬픔을 들쑤시기 시작했다. 슬픔을 날카롭게 다듬어 더 쾌적하게 만들고 싶었기 때문이다. 요즘 어느 여행사에서 안내 책자를 자꾸 보내왔는데, 그는 자기가 영영 떠날 리 없는 여행들을 떠올려 보았다. 멕시코는 여기서 몇백 마일만 가면 된다. 하와이로 가는 여객선도 날마다 출항한다.

21 미국 애국가의 도입부.

슬픔은 미처 깨닫기도 전에 번민으로 바뀌었고 이내 불쾌해졌다. 그는 다시 비참해졌다. 울기 시작했다.

아직 희망을 버리지 않은 사람들만이 눈물의 혜택을 누릴 수 있다. 울고 나면 기분이 한결 나아진다. 그러나 호머처럼 아무런 희망도 없는 사람들, 그저 영구불변의 번민이 전부인 사람들은 울어 봤자 아무 소용도 없다. 아무것도 달라지지 않는다. 그들도 그 사실을 알고 있다. 그렇다고 울지 않을 수도 없다.

호머는 운이 좋았다. 울다가 잠들 수 있었기 때문이다.

그러나 아침에 눈을 뜨자마자 제일 먼저 페이가 생각났다. 그는 목욕을 하고 아침을 먹고 접의자에 앉았다. 오후에는 산책을 하기로 마음먹었다. 그가 가야 할 길은 하나뿐이었다. 바로 산베르나르디노 아파트를 지나가는 길이었다.

긴 잠을 자는 동안 어느새 저항을 포기해 버린 것이다. 이윽고 아파트 앞에 도착한 그는 호박색 등불을 켠 복도를 기웃거리고 우편함에 붙어 있는 그리너 부녀의 명패를 읽어 본 후 곧바로 돌아서서 집으로 향했다. 이튿날 밤, 선물로 준비한 꽃과 포도주를 가지고 다시 그 길을 걸었다.

13

해리 그리너의 병세에는 차도가 없었다. 여전히 자리보전을 하면서 두 손을 가슴에 포개고 멍하니 천장만 바라보았다.

토드는 거의 매일 밤 문병을 갔다. 대개는 다른 손님도 와 있었다. 때로는 에이브 쿠직, 때로는 1910년대에 자매 콤비로 활동했던 애너 리와 애너벨 리였고, 알래스카 주 포인트 배로 출신으로 함께 공연하는 에스키모족 징고 일가 네 명은 더 자주 찾아왔다.

해리가 자고 있거나 다른 손님들이 있을 때마다 페이는 토드를 자기 방으로 불러 대화를 나누곤 했다. 페이가 뭐라고 말하든 간에 그녀에 대한 토드의 관심은 점점 더 커지기만 했고 대단히 매혹적인 여자라는 생각에도 변함이 없었다. 만약 다른 여자가 그렇게 잘난 체했다면 몹시 역겨워했을 것이다. 그러나 페이가 잘난 체하는 태도는 너무 작위적이었고, 그래서 토드에게는 오히려 더 매력적으로 보였다.

그녀와 함께 보내는 시간은 마치 서투르고 우스꽝스러운 연극을 무대 뒤에서 구경하는 듯한 느낌을 주었다. 무대 앞에서 보았다면 시시껄렁한 대사와 괴상망측한 상황 전개 때문에 금방 따분해서 좀이 쑤셨겠지만 뒤에서 바라보면 종이꽃을 잔뜩 달아 화려하지만 유치하기 짝이 없는 여름 별장을 지탱하는 철사들과 땀을 뻘뻘 흘리는 무대 담당자들을 볼 수 있으니 오히려 모든 것을 좋게 받아들이고 연극이 성공하기를 간절히 기원하게 되는 것이다.

 토드는 페이를 용서할 수 있는 또 다른 이유를 찾아냈다. 그는 페이가 종종 자신의 잘못된 태도를 의식하면서도 그런 태도를 고집하는 것은 그보다 간단하고 솔직한 태도를 모르기 때문이라고 믿었다. 그녀는 엉터리 학교에서 엉터리 교사에게 연기를 배운 여배우였다.

 그러나 페이에게도 비판 능력이 아주 없는 것은 아니었다. 때로는 스스로 우스꽝스럽다고 생각했다. 그래서 종종 자신을 비웃었다. 심지어 자신의 꿈까지 비웃기도 했다.

 어느 날 저녁, 두 사람은 그녀가 엑스트라로 일하지 않을 때 무엇을 하면서 시간을 보내는지에 대하여 대화를 나누었다. 페이는 종종 이야기를 지어내면서 하루를 다 보낸다고 털어놓았다. 그 말을 하면서 웃음을 터뜨렸다. 토드가 더 자세히 캐묻자 그녀는 자신의 창작 방식을 기꺼이 말해 주었다.

 우선 라디오를 켜놓고 침대에 누워 눈을 감은 채 음악을 듣는다. 창작 중인 이야기는 많으니까 마음대로 골라잡으면 된다. 이윽고 분위기가 무르익으면 마치 카드 한 벌을 한 장 한 장 넘겨 보듯이 여러 이야기의 내용을 하나하나 마음속에 되새겨 본다. 마음에 드는 카드를 찾을 때까지 차례차례 버리고 또 버리기를 되풀이한다. 어떤 날은 카드 한 벌을 다 넘겨보아도 마음을 정하지 못한다. 그런 날은 바인 스트리트에 가서 아이스크림소다를 사 먹기도 하고, 돈이 없으면 다시 카드 전체를 뒤적거리다가 억지로 하나를 골라잡기도 한다.

너무 기계적인 방식이라서 최선의 결과를 얻어 내기 힘들다는 것은 그녀도 인정했다. 자연스럽게 꿈속으로 빠져들 수 있다면 더 좋겠지만 아무리 시시한 꿈이라도 아예 없는 것보다는 나으며 빌어먹는 주제에 찬밥 더운밥 가리겠느냐고 말했다. 그녀가 꼭 그렇게 표현한 것은 아니지만 토드는 그녀의 말을 그런 뜻으로 이해했다. 그는 그녀가 그런 이야기를 하면서 쑥스러운 미소가 아니라 비판적인 미소를 지었다는 사실이 중요하다고 생각했다. 그러나 그녀의 비판 능력은 거기까지였다. 그녀는 기계적인 방식이라는 점에 대해서만 미소를 지었다.

토드가 그녀의 꿈 하나를 듣게 된 것은 어느 늦은 밤 그녀의 침실에서였다. 그보다 30분쯤 전에 그녀가 그의 방으로 올라와 문을 두드리더니 아버지가 죽어 가는 듯하다면서 빨리 와서 도와 달라고 했다. 아버지의 거친 숨소리 때문에 잠이 깬 그녀는 임종을 앞둔 환자의 가래 끓는 소리로 오해하고 몹시 놀랐던 것이다. 토드는 부랴부랴 실내복을 걸치고 그녀를 따라 아래층으로 내려갔다. 그러나 토드가 도착했을 때 해리는 목이 트였는지 숨소리가 다시 조용해진 뒤였다.

페이가 자기 방에 가서 담배나 피우자고 했다. 그녀는 침대에 걸터앉았고 토드도 그녀 곁에 앉았다. 페이는 잠옷 위에 하얀 타월 소재로 만든 낡은 비치가운을 걸쳤는데 그 모습이 아주 잘 어울렸다.

토드는 페이에게 입맞춤을 하고 싶었지만 말을 꺼내기가 두려웠다. 거절당할까 봐 두려운 게 아니라 그녀가 입맞춤 따위는 아무 의미도 없다는 듯이 행동할까 봐 두려웠다. 그는 페이를 칭찬하려고 그녀의 모습에 대해 이야기했다. 그러나 차라리 안 하느니만 못한 실수였다. 노골적으로 아첨하기는 쑥스러워 이리저리 에둘러 말하다가 뒷수습을 못하고 쩔쩔맸기 때문이다. 페이는 귀담아듣지도 않았고 토드는 결국 바보가 된 기분을 느끼며 대충 얼버무릴 수밖에 없었다.

그때 페이가 불쑥 이렇게 말했다.

「끝내주는 생각이 떠올랐어. 우리가 큰돈을 벌 수 있는 방법이야.」

토드는 다시 아첨을 시도했다. 이번에는 그녀의 말에 진지한 관심을 갖는 척했다.

「토드 오빠는 공부를 많이 했잖아. 나한테 영화로 만들기 좋은 아이디어가 많거든. 그러니까 오빠는 내 아이디어를 받아쓰기만 하면 돼. 그래서 영화사에 파는 거지.」

토드가 동의하자 페이는 자신의 계획을 설명했다. 그러나 과정에 대한 설명은 너무 막연했고 자기가 기대하는 결과에 대해서만 구체적으로 이야기했다. 아무튼 영화 대본 하나를 팔아넘기고 나면 자기가 또 다른 대본의 아이디어를 제공하겠다고 했다. 그런 식으로 두 사람이 협력하면 엄청난 돈을 벌 수 있다는 것이었다. 그러나 자신에게는 연기가 전부이므로 극작가로 대성공을 거두더라도 연기를 포기하지는 않겠다고 덧붙였다.

페이가 이야기하는 동안 토드는 그녀가 이미 두툼하게 쌓여 있는 카드 더미에 얹어 놓을 또 하나의 꿈을 즉석에서 만들어 내는 중임을 알아차렸다. 벌어들인 돈을 어떻게 쓸 것인지에 대하여 기나긴 설명이 끝난 후 토드는 〈받아쓰기〉만 하면 된다는 아이디어가 어떤 것들이냐고 물었다. 그러나 빈정거리는 말투로 들리지 않도록 조심했다.

침대 발치 건너편의 벽에 대형 사진 한 장이 붙어 있었다. 어느 극장에서 「타잔」 영화를 광고하려고 로비에 붙여 놓았던 사진인 듯싶었다. 작은 천 조각 하나만 둘러 우람한 근육질 몸매를 고스란히 드러낸 멋진 젊은이가 찢어진 승마복 차림의 날씬한 여자를 정열적으로 포옹하는 장면이었다. 두 사람이 서 있는 곳은 밀림 속의 공터였고 주위에는 두툼한 난초로 뒤덮인 거대한 덩굴이 잔뜩 뒤엉켜 있었다. 페이의 이야기를 들으면서 토드는 그녀가 바로 이 사진에서 영감을 얻었음을 알 수 있었다.

어떤 젊은 여자가 아버지의 요트를 타고 남태평양 일대를 여행한다. 그녀의 약혼자는 러시아 백작인데 키도 크고 매너도 좋지만 깡마른 노인이다. 그 역시 요트에 타고 있는데 걸핏하면 여자에게 빨리 결혼 날짜를 잡자고 졸라 댄다. 그러나 버르장머리 없는 여자는 자꾸 확답을 회피한다. 어쩌면 다른 남자를 괴롭히려고 일부러 백작과 약혼했는지도 모른다. 아무튼 여자는 자신보다 신분이 훨씬 낮지만 젊고 아주 잘생긴 한 선원에게 관심을 갖게 되고, 따분함을 달래기 위해 그에게 교태를 부리기 시작한다. 그러나 선원은 여자의 재산이 아무리 많아도 한낱 노리개로 전락하는 것을 거부하며 자신은 선장의 지시만 따르는 사람이니 외국인 약혼자에게 돌아가라고 말한다. 여자는 몹시 화가 나서 그를 해고당하게 만들겠다고 위협하지만 선원은 오히려 그녀를 비웃는다. 바다 한복판에서 어떻게 선원을 해고할 수 있겠는가? 여자는 결국 — 본인은 그 사실을 깨닫지 못하는지도 모르지만 — 선원을 사랑하게 된다. 그녀의 변덕을 딱 잘라 거절하는 남자는 처음인 데다 선원이 너무 잘생겼기 때문이다. 그러다가 큰 폭풍이 몰아치는 바람에 어느 섬 근처에서 요트가 난파되고 만다. 모든 사람이 익사하지만 여자는 간신히 해변으로 헤엄쳐 나온다. 그녀는 나뭇가지로 움막집을 짓고 물고기와 나무 열매로 연명한다. 그곳은 열대 지방이다. 어느 날 아침, 여자가 개울에서 알몸으로 목욕을 하고 있을 때 거대한 뱀이 나타나서 그녀를 휘감는다. 여자는 몸부림을 치지만 뱀의 힘을 당해 내지 못하고 커튼에 가려진 듯이 몸이 보이지도 않게 된다. 그때 수풀 속에서 여자를 훔쳐보던 선원이 그녀를 구하려고 부리나케 달려온다. 그러고는 뱀과 싸워 승리를 거둔다.

그다음부터는 토드가 이야기를 이어 가야 했다. 그는 페이에게 영화를 어떻게 마무리하면 좋겠느냐고 물었지만 그녀는 이미 흥미를 잃어버린 듯했다. 그래도 토드는 결말을 말해 달라고 요구했다.

「글쎄, 물론 두 사람이 결혼하고 구조되는 걸로 끝내야겠지. 우선 구조되는 게 먼저고 그다음에 결혼하는 거야. 알고 보니 그 선원은 원래 부자였는데 그냥 모험을 즐기려고 선원 노릇을 했던 거라고 해도 좋겠지. 이 정도는 오빠가 간단히 써낼 수 있을 거야.」

「확실한 성공작이네.」 그렇게 진지하게 말하면서도 토드는 그녀의 입술 사이에서 계속 오락가락하는 뾰족한 혀끝과 촉촉한 입술만 응시했다.

「이런 아이디어가 몇 백 개쯤 될 거야.」

토드가 아무 말도 하지 않자 페이의 태도가 달라졌다. 이야기를 들려주는 동안은 넘치는 활기가 겉으로 드러나서 실감나게 찡그리거나 손짓을 하는 등 얼굴과 두 손을 부지런히 움직였다. 그러나 지금은 흥분의 범위가 좁아지고 깊어져 내면으로 스며들었다. 그래서 토드는 그녀가 지금 자신의 카드 더미를 뒤적거리는 중이고 곧 다른 카드를 보여 줄 거라고 짐작했다.

예전에도 페이의 이런 모습을 자주 보았지만 제대로 이해하지 못했었다. 이제야 깨달았지만 그녀의 몸짓이 그토록 특이하고 신비로워 보였던 것도 모두 그녀가 간직한 이런저런 이야기, 이 백일몽 같은 이야기들 때문이었던 것이다. 페이는 언제나 그런 이야기의 말랑말랑한 손길에 휘감겨 마치 늪에서 빠져나오려고 애쓰는 사람처럼 끊임없이 허우적거리는 듯했다. 그녀를 지켜보면서 토드는 지금쯤 그녀의 입술에서는 틀림없이 피와 소금기가 느껴지고 두 다리는 감미로운 피로에 젖어 나른할 거라고 생각했다. 그러나 이때 토드가 느낀 충동은 그녀를 늪에서 구해 주는 게 아니라 오히려 그 말랑말랑하고 따뜻한 진흙 속에 깊숙이 찍어 눌러 꼼짝도 못하게 만드는 쪽이었다.

그는 끄응 하는 신음 소리로 자신의 욕망을 조금 드러냈다. 그녀를 덮쳐 버릴 용기가 있다면 얼마나 좋을까. 겁탈하듯이 난폭하게. 지금 토드가 느끼는 이 충동은 달걀을 손에 쥐고 있을 때의 충동과 비슷했다. 물론 그녀는 나약한 여자도 아니고 나약해 보이지도 않았다. 그런 것 때문이 아니라 오히려 완벽하기 때문에, 달걀처럼 하나의 완성체이기 때문에 그녀를 깨뜨리고 싶은 충동을 느끼는 것이었다.

그러나 토드는 아무 짓도 하지 않았다. 이윽고 그녀가 다시 말문을 열었다.

「오빠한테 말해 주고 싶은 끝내주는 아이디어가 또 하나 있어. 우선 이것부터 받아쓰는 게 좋을지도 몰라. 무대 뒤에서 벌어지는 이야기인데 올해는 그런 영화를 많이 만들잖아.」

페이가 들려준 아이디어는 주연 배우가 앓아눕는 바람에 일생일대의 기회를 얻은 어느 코러스 걸에 대한 이야기였다. 흔해 빠진 신데렐라 스토리였지만 페이의 화술이 남태평양 이야기 때와는 많이 달랐다. 그녀가 설명하는 사건 하나하나는 기적에 가까웠지만 페이는 그것들을 매우 사실적으로 묘사했다. 그 효과는 중세의 화가들이 나사로의 부활이나 예수가 물 위를 걷는 장면을 그릴 때 세부적인 부분까지 지극히 사실적으로 표현하여 얻는 효과와 비슷했다. 그 화가들처럼 페이도 사소한 부분까지 시시콜콜 묘사하면 환상 같은 이야기도 그럴싸해 보인다고 믿는 듯했다.

「이것도 마음에 들어.」 이윽고 페이의 이야기가 끝났을 때 토드가 말했다.

「잘 생각해 보고 둘 중에서 가능성이 더 많아 보이는 걸로 골라 봐.」

이제 그만 가보라는 신호였다. 빨리 행동하지 않으면 기회를 놓칠 것이 분명했다. 토드는 페이를 향해 몸을 기울였다. 그러나 그녀가 그의 의도를 알아차리고 벌떡 일어났다. 페이는 다정하면서도 사무적인 태도로 — 두 사람은 이제 사업상의 동반자이므로 — 토드의 팔을 붙잡고 문 쪽으로 데려갔다.

현관에서 그녀가 병문안을 와줘서 고맙다면서 시간을 너무 많이 빼앗아서 미안하다고 말할 때 토드는 한 번 더 키스를 시도했다. 페이가 조금은 받아들일 듯한 태도를 보였고 그는 그녀에게 다가섰다. 페이는 그의 입맞춤을 순순히 받아 주었지만 토드가 더 진한 애정 표현을 하려고 하자 얼른 빠져나갔다.

「어머, 웬 친한 척?」 그녀가 웃으면서 말했다. 「이러다가 엄마한테 맴매 맞는다.」

토드는 계단 쪽으로 걸음을 옮겼다.

「그럼 잘 가.」 페이가 그렇게 말하고 다시 웃었다.

토드는 그녀의 말을 거의 듣지 못했다. 그는 벌써 자기가 그려 놓은 그녀의 모습들을 떠올렸고 자기 방으로 돌아가자마자 그리려고 마음먹은 새 그림을 구상하고 있었다.

「불타는 로스앤젤레스」라는 이 그림에서 왼쪽 전경에 알몸으로 등장하는 페이는 성난 군중 속에서 떨어져 나온 여러 남녀에게 쫓기는 중이다. 그중 한 여자는 페이를 쓰러뜨리려고 막 돌을 던지려는 참이다. 페이는 눈을 감은 채 달려가는데 이상하게도 입가에는 희미한 미소를 머금었다. 표정은 꿈을 꾸는 듯 평온하지만 몸에는 전속력으로 도망치느라 안간힘을 쓰는 기색이 역력하다. 이 대조적인 분위기는 그녀가 이렇게 정신없이 달아나는 와중에도 해방감을 맛보기 때문이라고 설명할 수밖에 없다. 이를테면 사냥꾼에게 쫓기던 새가 잔뜩 긴장한 채 몇 분 동안 숨어 있다가 완전히 공포에 사로잡혀 이것저것 생각할 겨를도 없이 은신처에서 뛰쳐나갈 때 바로 이런 기분을 느끼지 않을까.

14

　토드에게는 호머 심프슨보다 더 위협적인 경쟁자들이 있었다. 그중에서도 제일 중요한 경쟁자는 얼 슈프라는 젊은이였다.

　얼은 애리조나 소도시 출신의 카우보이였다. 이따금씩 서부 영화에 출연하기도 했지만 평소에는 선셋 대로의 마구점(馬具店) 앞에서 빈둥거리며 시간을 보냈다. 이 가게의 진열창 속에는 은 조각품으로 장식한 거대한 멕시코식 안장이 있고 그 주위에는 말을 괴롭히는 각양각색의 고문 도구가 걸려 있었다. 그중에는 가죽을 엮어서 만든 화려한 채찍도 있고, 큼직한 바퀴에 뾰족뾰족한 못이 달린 박차도 있고, 말의 턱뼈를 순식간에 으스러뜨릴 듯 무시무시한 이중 재갈도 있었다. 진열창 안쪽에는 나지막한 선반이 있고 그 위에 장화가 줄줄이 놓였는데 더러는 검은색, 더러는 빨간색, 더러는 연노란색이었다. 장화는 모두 상단을 가리비 모양의 부채꼴로 처리했고 뒤축이 아주 높았다.

　얼은 언제나 이 진열창을 등지고 서서 길 건너편 단층 건물의 지붕에 설치한 광고판을 뚫어져라 응시했다. 〈빨대를 꽂을 수 없을 만큼 걸쭉한 맥아 우유 팝니다.〉 그러다가 한 시간에 두 번씩 규칙적으로 셔츠 호주머니에서 담배쌈지와 종이 묶음을 꺼내 담배 한 개비를 말았다. 그다음에는 무릎을 들어 바지 옷감을 팽팽하게 당겨 놓고 넓적다리 뒤쪽에 성냥을 그었다.

그는 키가 6피트도 넘었다. 게다가 커다란 카우보이모자 때문에 5인치가 늘어났고 장화 뒤축 때문에 다시 3인치가 늘어났다. 그런데 어깨는 좁고 골반과 엉덩이에도 살이 별로 없어서 장대 같은 모습이 더욱더 길어 보였다. 그는 오랫동안 안장 위에서 생활했는데도 다리가 바깥으로 휘지 않았다. 오히려 너무 일직선이라서 수많은 세탁과 햇볕 때문에 물이 다 빠져 조금 푸르스름한 정도인 청바지가 마치 속이 텅 빈 듯 주름 하나 없이 똑바로 뻗어 내려갔다.

페이가 얼을 미남이라고 생각하는 이유는 토드도 충분히 짐작할 수 있었다. 얼의 얼굴은 마치 재능 있는 아이가 자와 컴퍼스를 이용하여 그린 그림처럼 평면적이었다. 턱은 완벽한 원형이었고 미간이 넓은 두 눈도 동글동글했다. 얇은 입술은 수직으로 곧게 내리뻗은 코와 직각을 이루었다. 햇볕에 타서 불그스름한 피부색은 마치 전문가의 색칠 솜씨인 듯 머리 선부터 목까지 한결같아서 기계적으로 그린 그림 같은 외모를 완벽하게 마무리했다.

토드는 페이에게 얼이 멍청한 녀석이라고 말한 적이 있었다. 그러자 그녀도 웃으며 맞장구를 치더니 〈그래도 얄미울 정도로 잘생겼잖아〉 하고 말했다. 그녀가 영화계 신문의 촌평란에서 발견한 표현이었다.

어느 날 밤, 계단에서 페이와 마주친 토드는 함께 저녁 먹으러 가지 않겠느냐고 물어보았다.

「안 돼. 데이트가 있거든. 하지만 토드 오빠도 데려갈 수는 있어.」

「얼을 만나려고?」

「응, 얼을 만나려고.」

그렇게 그의 말을 되풀이하면서 페이는 토드의 못마땅한 어조를 흉내 냈다.

「그럼 사양할래.」

페이는 그의 말을 오해했거나 아니면 일부러 오해하는 척했다.

「이번엔 얼이 내기로 했어.」

얼은 언제나 무일푼이었고 그들을 만날 때마다 돈을 내는 사람은 토드였다.

「돈 때문에 그러는 게 아니야. 너도 알잖아.」

「아, 그래?」 그녀는 장난스럽게 말하더니 아주 자신만만하게 덧붙였다. 「5시쯤에 하지스로 와.」

하지스는 마구점 이름이었다. 토드가 그곳에 도착했을 때 얼 슈프는 평소의 그 자리에 우두커니 서서 길 건너 광고판을 멍하니 응시하고 있었다. 물을 40리터는 담을 수 있을 듯한 카우보이모자를 쓰고 굽 높은 장화를 신었다. 단정하게 접은 진회색 재킷을 왼쪽 팔뚝에 걸치고 있었다. 그가 입은 셔츠는 10센트 동전만 한 물방울무늬가 큼직큼직하게 찍힌 짙은 감색 순면 셔츠였다. 셔츠 소매는 차곡차곡 접어 올린 게 아니라 팔뚝 중간까지 밀어 올려 화려한 장밋빛 완장으로 고정시켰다. 그의 두 손도 얼굴과 똑같이 불그스름한 빛깔이었다.

토드가 인사를 건네자 얼은 이렇게 대답했다.

「안녕허쇼!」

토드는 얼의 서부 사투리가 재미있다고 생각했다. 그 말을 처음 들었을 때 토드도 〈안녕허쇼, 형씨!〉 하고 대꾸했는데, 놀랍게도 얼은 자기를 놀리는 수작이라는 사실을 알아차리지 못했다. 심지어 토드가 일부러 〈조랑말〉이나 〈실력파 카우보이〉나 〈소도둑〉처럼 서부와 관련된 낱말을 사용해도 얼은 모두 곧이곧대로 받아들일 뿐이었다.

토드는 이렇게 대꾸했다.

「안녕, 친구.」

얼 옆에는 역시 커다란 모자를 쓰고 장화를 신은 서부 사나이 하나가 쭈그리고 앉아 작은 나뭇가지를 질겅질겅 열심히 씹었다. 그의 바로 뒤에는 굵은 밧줄로 동여매고 능숙한 솜씨로 매듭을 지은 낡아 빠진 종이 손가방 하나가 놓여 있었다.

토드가 도착한 직후에 또 한 명의 사내가 나타났다. 그는 진열창 안의 상품들을 꼼꼼히 살펴본 후 돌아서서 다른 두 사내처럼 길 건너편을 바라보았다.

이 사내는 중년이었는데 경마장 마사(馬舍)에서 일하는 조련사 같은 모습이었다. 얼굴 전체가 거미줄처럼 가느다란 잔주름으로 뒤덮여 마치 촘촘한 철망에 얼굴을 대고 자다가 방금 일어난 사람 같았다. 차림새는 몹시 꾀죄죄했고 커다란 모자는 팔아먹은 모양이지만 그래도 장화는 신고 있었다.

「안녕허쇼, 친구들.」 사내가 말했다.

「안녕, 힝크.」 종이 손가방을 가진 사내가 대답했다.

토드는 힝크의 인사말에 자신도 포함되는지 확신할 수 없었지만 일단 대답을 해주었다.

「안녕하세요.」

힝크가 발끝으로 손가방을 툭툭 차면서 물었다.

「어디 여행이라도 가는 길인가, 캘빈?」

「아주사에서 로데오 대회가 열리거든요.」

「누가 주최하는데?」

「자칭 〈황무지 잭〉이라는 사람이에요.」

「그 사기꾼!…… 자네도 가나, 얼?」

「아뇨.」

「난 뭘 좀 먹어야겠는데.」 캘빈이 말했다.

힝크는 방금 들은 모든 정보를 곰곰이 생각해 보고 나서야 다시 입을 열었다.

「모노그램 영화사에서 벅 스티븐스 영화를 또 찍는다고 하더군. 윌 페리스가 그러는데 기수가 마흔 명도 더 필요할 거래.」

그러자 캘빈이 고개를 돌려 얼을 올려다보면서 음흉하게 물었다.

「그 얼룩덜룩한 조끼 아직도 갖고 있냐?」

「그건 왜?」

「그것만 있으면 노상강도 역할은 따놓은 당상이거든.」

토드는 그 말이 농담이라는 것을 알 수 있었다. 캘빈과 힝크는 요란하게 무릎을 치며 낄낄거렸고 얼은 얼굴을 찡그렸기 때문이다.

다시 긴 침묵이 흐른 후 캘빈이 다시 말문을 열었다.

「얼, 너희 아버지, 아직도 소 몇 마리는 갖고 계시지?」

그러나 이번에는 얼도 경계심이 생겨 대답을 거부했다.

그러자 캘빈이 토드에게 윙크를 던졌다. 얼굴의 절반을 통째로 일그러뜨리는 이 윙크는 지속 시간도 꽤 길었다.

「그래, 얼.」 힝크가 말했다. 「자네 아버님, 아직도 소 몇 마리는 갖고 계시잖아. 그런데 왜 고향 집에 한 번도 안 내려가나?」

그러나 얼은 여전히 반응을 보이지 않았고 결국 캘빈이 대신 대답했다.

「무서워서 못 가는 거죠. 고무장화[22]를 신고 가축 트럭에 올라갔다가 들켰거든요.」

역시 농담이었다. 캘빈과 힝크가 무릎을 치며 웃어 댔다. 그러나 토드는 그들이 무엇인가를 기다리고 있다는 것을 알았다. 이윽고 얼이 발을 옮기지도 않고 별안간 다리를 쭉 뻗어 캘빈의 궁둥이를 호되게 걷어찼다. 바로 이 부분이 농담의 진짜 핵심이었다. 그들은 얼이 화내는 모습을 보고 꽤나 즐거워했다. 토드도 웃을 수밖에 없었다. 멍하니 서 있다가

22 콘돔을 뜻하는 속어.

느닷없이 벌컥 화를 내는 모습이 우스웠기 때문이다. 그가 결코 가볍지 않은 폭력을 행사해서 오히려 더 웃겼다.

잠시 후 페이가 낡은 포드 투어링카를 몰고 나타나서 5~6미터쯤 떨어진 길가에 차를 세웠다. 캘빈과 힝크가 손을 흔들었지만 얼은 꿈쩍도 하지 않았다. 위엄을 과시하려는 듯 일부러 뜸을 들였다. 그러다가 페이가 경적을 울리자 그제야 어슬렁어슬렁 움직였다. 토드는 조금 뒤에 따라갔다.

「안녕, 카우보이.」 페이가 명랑하게 말했다.

「안녕허쇼, 아가씨.」 얼이 조심스럽게 모자를 벗었다가 더욱더 조심스럽게 다시 쓰면서 느릿느릿 대답했다.

페이는 토드에게 미소를 던지고 두 사람에게 어서 타라고 손짓했다. 토드는 뒷좌석에 앉았다. 얼이 팔뚝에 걸쳤던 재킷을 집어 들고 몇 번 탁탁 털어 주름을 폈다. 그러고 나서 재킷을 입더니 목깃을 매만지고 옷깃을 바로잡았다. 그런 다음에야 비로소 페이의 옆자리에 앉았다.

페이가 차를 왈칵 출발시켰다. 이윽고 라브리 애비뉴에 이르렀을 때 우회전을 하여 할리우드 대로로 접어들었다가 다시 좌회전을 했다. 토드는 페이가 얼을 곁눈질하고 얼이 왠지 머뭇거리는 것을 보았다.

「어서 말해 봐.」 페이가 재촉했다. 「무슨 일인데 그래?」

「저기 말이야, 자기야, 내가 지금 밥값을 낼 돈이 없거든.」

그러자 페이는 몹시 당황한 표정을 지었다.

「토드 오빠한테 우리가 낸다고 했단 말이야. 벌써 몇 번이나 오빠가 냈잖아.」

「난 괜찮아.」 토드가 끼어들었다. 「다음에 내면 되지 뭐. 나 돈 많아.」

「안 돼, 젠장.」 페이가 뒤를 돌아보지도 않고 말했다. 「이젠 지긋지긋하다고.」

페이는 차를 길가에 붙이고 브레이크를 꽉 밟았다.

「언제나 이런 식이잖아.」 그녀가 얼에게 말했다.

얼은 모자와 목깃과 옷소매를 차례차례 매만지고 나서 이렇게 대답했다.

「막사에 가면 먹을 게 좀 있어.」

「기껏해야 콩이겠지.」

「아냐.」

페이가 다그쳤다.

「그럼 또 뭐가 있는데?」

「미겔이랑 내가 덫을 좀 놨거든.」

페이가 웃음을 터뜨렸다.

「쥐덫 말이지? 오늘은 쥐 고기를 먹게 생겼네.」

얼은 아무 말도 하지 않았다.

「이것 보세요, 덩치 크고 힘세고 과묵한 멍청이 아저씨. 말이 되는 소리를 하든지, 젠장, 당장 차에서 내리란 말이야.」

그러자 얼은 무덤덤하고 무뚝뚝한 태도를 조금도 바꾸지 않고 이렇게 말했다.

「쥐덫이 아니라 새덫이야.」

페이는 얼의 해명을 무시해 버렸다.

「너랑 얘기하면 너무 피곤해.」

토드는 이 싸움에 끼어들어 봤자 좋을 게 없음을 알았다. 모두 이미 들어 본 이야기였다.

「다른 뜻은 없었어.」 얼이 말했다. 「그냥 농담 좀 한 거라고. 내가 너한테 쥐 고기를 먹일 리가 있겠냐.」

페이가 탁 소리가 나게 사이드 브레이크를 풀고 차를 다시 출발시켰다. 이윽고 자카리아스 스트리트에서 언덕길로 접어들었다. 4분의 1마일쯤 꾸준히 올라가자 비포장도로가 나타났고 그녀는 그 길을 따라 끝까지 가서 차를 세웠다. 모두 차에서 내렸다. 얼이 페이를 도와주었다.

페이가 용서의 미소를 지었다.

「키스해 줘.」

얼은 점잖게 모자를 벗어 보닛 위에 내려놓고 긴 팔로 그녀를 감싸 안았다. 한두 걸음 떨어진 곳에서 토드가 지켜보는데도 둘 다 아랑곳하지 않았다. 토드는 얼이 눈을 감고 어린애처럼 입술을 삐죽 내미는 것을 보았다. 그러나 그가 페이에게 해준 키스는 어린애의 행동과는 거리가 멀었다. 이윽고 실컷 키스를 즐긴 페이가 얼을 밀어냈다.

「오빠도 할래?」 그녀가 등을 돌리고 서 있는 토드에게 명랑하게 말을 걸었다.

「아, 나중에 하지.」 토드는 그녀의 태연한 태도를 흉내 내면서 대답했다.

페이가 웃음을 터뜨리더니 콤팩트를 꺼내 입술 화장을 고치기 시작했다. 그녀가 화장을 마친 후 그들은 비포장도로에서 이어지는 작은 오솔길을 따라 걷기 시작했다. 얼이 앞장

섰고 페이가 그다음, 토드는 맨 뒤에서 따라갔다.

완연한 봄날이었다. 오솔길은 좁다란 협곡의 저지대를 따라가는 길이었는데 가파른 산비탈에도 뿌리를 내릴 만한 곳이라면 어디든 빠짐없이 이런저런 풀이 돋아나서 보라색이나 파란색이나 노란색 꽃을 활짝 피웠다. 길가에는 주황색 양귀비가 만발했다. 꽃잎은 크레이프지처럼 쪼글쪼글하고 풀잎 위에는 분가루 같은 흙먼지가 잔뜩 쌓였다.

한참 동안 걸어 올라가니 다른 협곡이 나타났다. 이 협곡은 불모지였지만 헐벗은 땅과 울퉁불퉁한 바위가 오히려 아까 보았던 꽃들보다 더 화려하고 다채로웠다. 오솔길은 은색 바탕에 장밋빛이 감도는 회색 줄무늬가 섞였고, 협곡 양쪽의 절벽은 청록색, 엷은 자주색, 초콜릿색, 연보라색 등으로 알록달록했다. 심지어 대기조차도 생생한 분홍색을 띠고 있는 듯했다.

그들은 잠시 멈춰 서서 벌새가 어치를 뒤쫓는 장면을 지켜보았다. 어치는 루비로 만든 총알 같은 조그마한 적을 꽁무니에 달고 깍깍거리며 순식간에 지나가 버렸다. 이 화려한 새들이 휘젓고 지나가는 바람에 폭발해 버린 대기 속에는 마치 수천 개의 금박 색종이를 뿌려 놓은 듯 반짝거리는 미립자들이 날아다녔다.

이윽고 협곡을 벗어나자 녹색 숲이 우거진 작은 분지가 내려다보였다. 나무는 주로 유칼립투스였지만 드문드문 포플러도 있고 거대하고 시꺼먼 떡갈나무 한 그루도 있었다. 세 사람은 말라붙은 물길을 따라 미끄러지고 비틀거리며 분지

쪽으로 내려갔다.

이윽고 토드는 숲 가장자리에서 그들을 지켜보는 한 사내를 발견했다. 페이도 그 사내를 보고 손을 흔들었다.

「안녕, 미겔!」

사내도 소리쳤다.

「꼬마 아가씨!」

페이가 비탈의 마지막 10미터 정도를 달려 내려가자 사내가 그녀를 얼싸안았다.

그는 토피 사탕처럼 가무잡잡하고 눈은 아르메니아인처럼 큼직하며 불룩 튀어나온 입술은 새까맸다. 머리는 촘촘하고 단정한 곱슬머리였다. 상반신에는 로스앤젤레스 일대에서 흔히 〈고릴라〉라고 부르는 장모(長毛) 스웨터 한 장을 걸쳤을 뿐, 그 속에는 아무것도 입지 않았고, 지저분한 즈크 바지는 흘러내리지 않도록 빨간 두건으로 질끈 동여맸다. 발에는 너덜너덜한 테니스화를 신었다.

그들은 숲 한복판의 공터에 자리 잡은 막사로 이동했다. 막사라고 해봤자 얼기설기 지은 움막집을 고속도로에서 훔쳐 온 함석 표지판 몇 장으로 보강한 것이 전부였다. 그리고 돌 몇 개를 쌓아 올린 후 다리도 없고 바닥도 없는 난로 하나를 얹어 놓았다. 움막집 근처에는 닭장 몇 개가 있었다.

얼이 난로 밑에 불을 지피는 동안 페이는 상자에 걸터앉아 그를 지켜보았다. 토드는 닭을 구경하러 갔다. 늙은 암탉 한 마리와 싸움닭 대여섯 마리가 있었다. 닭장은 공들여 만든 흔적이 역력했다. 널빤지에 홈을 파서 하나하나 정교하게 짜

맞춘 닭장이었다. 바닥에는 새로 물이끼를 깔아 놓았다.

멕시코인 미겔이 다가와 싸움닭에 대해 설명하기 시작했다. 그는 이 수탉들을 대단히 자랑스럽게 여겼다.

「저놈이 에르마노야. 다섯 번이나 우승한 녀석일세. 이 계통에서는 〈도살자〉로 통하는 놈이지. 페페와 엘 네그로는 아직 어리지만 다음 주엔 산페드로[23]에 가서 싸움을 붙일 예정이야. 저건 비야라는 놈인데 눈을 깜박거리는 버릇이 있어서 좀 아쉽지만 싸움은 제법 잘한다네. 저놈은 사파타라고 하는데 두 번이나 우승했고 아주 도도한 녀석이지. 그리고 저놈이 후후틀라야. 제일 센 놈이지.」

그는 닭장 문을 열고 그 수탉을 꺼내 토드에게 보여 주었다.

「이놈이야말로 정말 살인자 같은 놈이야. 아주 날쌔거든!」

수탉의 깃털은 녹색과 청동색과 구리색이었다. 부리는 레몬색이고 다리는 오렌지색이었다.

「아름답네요.」 토드가 말했다.

「그렇고말고.」

미겔은 수탉을 다시 닭장 안으로 던져 넣었고 두 사람은 불가에 둘러앉은 다른 사람들 곁으로 돌아갔다.

미겔이 난로에 침을 뱉어 화력을 시험해 보았다. 그다음에는 커다란 무쇠 프라이팬을 가져와서 모래로 문질러 닦기 시작했다. 얼이 페이에게 칼 한 자루와 감자 몇 알을 건네주더니 마대 한 장을 집어 들었다.

「내가 가서 새를 잡아 올게.」

[23] 멕시코 북부의 도시.

토드도 얼을 따라갔다. 두 사람은 양들이 다니는 길인 듯한 좁다란 오솔길을 따라 걷다가 키 큰 풀이 빽빽이 우거진 작은 들판에 이르렀다. 얼이 고무나무 덤불 뒤에서 걸음을 멈추더니 한 손을 들어 토드에게 조용히 하라는 신호를 보냈다.

가까운 곳에서 흉내지빠귀 한 마리가 울고 있었다. 그 울음소리는 마치 높은 곳에서 물웅덩이 속에 조약돌을 연달아 떨어뜨리는 소리 같았다. 이번에는 메추라기가 울기 시작했다. 차분하고 걸걸한 두 개의 음정으로 부르는 노래였다. 그러자 어디선가 다른 메추라기가 화답했고 두 마리는 주거니 받거니 대화를 나누었다. 그들의 울음소리는 동부에 사는 메추라기들의 명랑한 휘파람 소리와는 딴판이었다. 몹시 우울하고 나른하지만 신기할 정도로 감미로웠다. 그때 이 이중창에 또 다른 메추라기가 끼어들었다. 그 소리는 들판의 중심부 근처에서 들려왔다. 덫에 걸린 새였다. 그러나 그 울음소리에도 불안한 기색은 전혀 없고 다만 절망적이면서도 담담한 슬픔이 느껴질 뿐이었다.

얼은 혹시 이 밀렵 행위를 지켜보는 사람은 없는지 확인하고 나서 새덫 쪽으로 다가갔다. 윗부분에 작은 문이 달린 빨래 통만 한 크기의 철사 바구니였다. 얼이 허리를 굽히고 문을 만지작거렸다. 새덫 안에서 새 다섯 마리가 이리저리 뛰어다니며 철망에 몸을 던졌다. 한 마리는 수컷이었는데 정수리에 달린 멋진 깃털 한 가닥이 둥글게 휘늘어져 부리에 닿을락 말락했다.

얼은 새를 한 마리씩 꺼내 목을 비틀고 마대 속에 던져 넣었다. 그러고 나서 다시 막사 쪽으로 출발했다. 그는 걸어가면서 마대를 왼쪽 겨드랑이에 끼었다. 그러더니 오른손으로 새들을 한 마리씩 꺼내서 털을 뽑았다. 떨어지는 깃털은 깃촉 끝에 매달린 작은 핏방울의 무게 때문에 그 부분이 먼저 땅에 닿았다.

그들이 막사에 도착하기 전에 해가 넘어갔다. 기온이 뚝 떨어졌고 토드는 모닥불을 보고 반가워했다. 페이가 상자 위에 토드의 자리를 비워 주었고 두 사람은 나란히 앉아 모닥불 쪽으로 몸을 기울였다.

미겔이 움막집 안에서 테킬라 한 병을 꺼내 왔다. 그는 땅콩버터 병에 술을 부어 페이에게 주고 술병을 토드에게 건넸다. 썩은 과일 냄새를 풍기는 술이었지만 맛은 토드의 마음에 들었다. 토드가 마실 만큼 마시자 얼이 술병을 도로 가져갔고 그다음은 미겔이었다. 그들은 그렇게 계속 술병을 돌려가며 마셨다.

얼은 자꾸 페이에게 새들이 얼마나 통통한지 보라고 했지만 페이는 한사코 보지 않았다. 얼이 함석을 자르는 묵직한 가위로 새들의 배를 따고 각각 네 토막을 냈다. 가윗날이 살과 뼈를 자를 때마다 나지막이 찰칵거리는 소리가 났는데 페이는 그 소리를 듣지 않으려고 두 손으로 귀를 막았다. 얼은 그렇게 잘라 낸 살덩어리들을 넝마로 문질러 닦은 후 큼직한 돼지기름 한 덩어리가 지글지글 끓고 있는 프라이팬 속으로 던져 넣었다.

그토록 비위가 약한 체하던 페이도 막상 먹을 때는 남자들 못지않게 잘 먹었다. 커피가 없어 테킬라로 입가심을 했다. 그들은 담배를 피우면서 계속 술병을 돌렸다. 페이도 땅콩버터 병을 던져 버리고 남자들과 똑같이 고개를 뒤로 젖히고 술병을 기울여 가며 마셨다.

토드는 그녀가 점점 흥분해 가는 것을 느꼈다. 두 사람이 앉아 있는 상자가 너무 작아서 서로 등을 맞대고 있으니 그녀의 뜨거운 체온과 끊임없는 움직임이 고스란히 전달되었기 때문이다. 그녀의 목과 얼굴은 상앗빛에서 장밋빛으로 변했다. 그녀는 토드의 담배를 연거푸 뽑아 들었다.

얼의 얼굴은 커다란 모자의 그늘에 가려져 잘 보이지 않았고 멕시코인은 환한 불빛 속에 앉아 있었다. 멕시코인의 피부가 빨갛게 달아오르고 까만 곱슬머리는 기름기로 번질거렸다. 그가 페이를 바라보며 자꾸 빙글빙글 웃었는데 토드는 그 미소가 마음에 들지 않았다. 술을 마시면 마실수록 점점 더 불쾌했다.

페이가 자꾸 토드를 밀어붙여 그는 결국 상자에서 땅바닥으로 내려앉았는데 그 자리에서는 그녀가 더 잘 보였다. 페이도 멕시코인에게 미소를 던지고 있었다. 그녀는 그의 속마음을 아는 듯했고 그녀 역시 똑같은 생각을 하는 듯했다. 이윽고 얼도 두 사람 사이에서 벌어지는 일을 알아차렸다. 토드는 얼이 나지막이 욕설을 내뱉는 소리를 들었고 그가 모닥불 쪽으로 몸을 기울여 굵직한 장작개비를 집어 드는 것을 보았다.

미겔이 멋쩍은 듯이 웃더니 노래를 부르기 시작했다.

어머니 떠나신 후
야자나무도 슬퍼하고
호수는 다 말라 버렸네, 아아!
방목장 철사 울타리도
여지없이 쓰러졌구나![24]

그의 음성은 애조 띤 테너였기 때문에 혁명의 노래가 난데없이 넌더리가 날 만큼 달착지근하고 감상적인 애가로 변해 버렸다. 다음 절부터는 페이도 같이 불렀다. 스페인어로 된 노랫말은 알지 못했지만 선율을 따라가며 화음을 넣는 정도는 충분히 가능했다.

일찍이 어머니가 돌보셨거늘, 아아!
지금은 모두 사라져 버렸네, 아아!

그들의 목소리가 고요한 대기를 뚫고 허공에서 만나 단조 화음을 이루면서 마치 두 사람의 몸이 맞닿은 듯한 느낌을 주었다. 노래가 다시 달라졌다. 선율은 그대로였지만 리듬이 불규칙해지고 박자도 급해졌다. 이번에는 룸바[25]였다.

얼이 불안한 듯이 자꾸 엉덩이를 들썩거리며 장작개비로 손장난을 했다. 토드는 페이가 얼을 돌아보는 깃을 보았고 그녀가 걱정스러워한다는 것을 알았다. 그러나 그녀는 조심

---

24 멕시코 민요 「옥수수밭 네 마지기Cuatro Milpas」.
25 쿠바의 민속 춤곡.

하기는커녕 오히려 더 대담한 짓을 했다. 술병을 집어 들고 길게 한 모금 들이켜더니 벌떡 일어섰다. 그리고 양쪽 엉덩이에 손을 올려놓고 춤을 추기 시작했다.

미겔은 얼을 완전히 잊어버린 듯했다. 손바닥을 둥글게 오므리고 손뼉을 쳐 북소리처럼 둥둥 울리는 소리를 내면서 자신의 감정을 목소리에 고스란히 실어 보냈다. 노래도 좀 더 상황에 어울리는 것으로 바꿨다.

토니의 마누라를,
아바나의 사내들은 토니의 마누라를 사랑한다네……

페이는 이제 뒤통수에 두 손을 깍지 끼고 불규칙한 박자에 맞춰 엉덩이를 앞뒤로 흔들었다. 이른바 〈범프 춤〉이었다.

토니의 마누라를 걸고,
토니의 마누라를 걸고 결투를 벌인다네……

어쩌면 토드가 얼의 의도를 오해했는지도 모른다. 얼은 몽둥이로 프라이팬 바닥을 두드리며 박자를 맞추고 있었다.

멕시코인 미겔이 노래를 계속하면서 자리에서 일어나 페이와 함께 춤을 추기 시작했다. 그들은 주춤주춤 걸음을 옮겨 서로를 향해 다가갔다. 페이가 양손 엄지와 검지로 치맛자락을 들어 올려 앞으로 내밀었고 미겔도 바지를 가지고 똑같은 자세를 취했다. 두 사람은 정면으로 마주쳤고 칠흑처럼 새까만 머리와 밝은 금발이 만났다. 그들은 머리를 중심으로 몸을 홱 뒤집어 이번에는 서로를 등지고 엉덩이가 맞닿은 상태에서 무릎을 구부려 넓게 벌리고 춤을 추었다. 페이는 나머지 부분은 그대로 유지한 채 젖가슴과 머리만 마구 흔들어 댔고 미겔은 부드러운 땅을 발로 쿵쿵 구르면서 그녀를 중심으로 빙글빙글 돌았다. 그들은 다시 마주 보면서 숄을 가지고 엉덩이를 감싸는 듯한 시늉을 했다.

얼이 프라이팬을 점점 더 세게 두들겨 마치 망치로 모루를 때리듯 꽝꽝 울리는 소리를 냈다. 그러더니 갑자기 벌떡 일어나 춤을 추기 시작했다. 어설픈 포크 댄스였다. 허공으로 겅중겅중 뛰어올라 두 발을 마주치기도 하고 환호성을 지르기도 했다. 그러나 그는 페이와 미겔의 춤 속에 함께 녹아들지 못했다. 두 사람의 리듬이 투명한 유리 벽처럼 얼을 가로막았다. 아무리 크게 소리치고 이리저리 뛰어다녀도 얼은 두 사람이 나아갔다가 물러나고 떨어졌다가 다시 만나는 정확한 리듬을 흐트러뜨릴 수 없었다.

토드는 몽둥이가 떨어져 내리기 전부터 보고 있었다. 그는 얼이 몽둥이를 들어 멕시코인의 머리를 후려갈기는 것을 보았다. 따악 하는 소리도 들었고 다음 순간 멕시코인이 계속 춤을 추면서 털썩 무릎을 꿇는 것도 보았다. 그의 몸은 순간적으로 얼의 방해를 미처 깨닫지 못했거나 혹은 인정하기를 거부하는 듯했다.

미겔이 쓰러질 때 페이는 그를 등지고 있었지만 뒤를 돌아보지도 않고 그대로 도망쳤다. 그녀가 토드 앞을 지나갔다.

토드가 그녀의 발목을 붙잡으려고 손을 내밀었지만 놓치고 말았다. 그는 허둥지둥 일어나 그녀를 뒤쫓았다.

 이번에 그녀를 붙잡기만 하면 절대로 놓아주지 않으리라. 그는 그녀가 조금 앞쪽의 비탈길을 달려 올라가는 소리를 들었다. 버럭 고함을 질렀다. 우렁차고 고통스러운 소리, 마치 사냥감의 흔적을 놓치고 몇 시간이나 헤맨 끝에 드디어 새로운 흔적을 발견한 사냥개의 울부짖음 같은 소리였다. 그는 벌써부터 그녀를 땅바닥에 쓰러뜨리는 순간의 느낌을 미리 맛보고 있었다.

 그러나 추격은 쉽지 않았다. 돌과 모래 때문에 자꾸 발이 미끄러졌다. 결국 앞으로 넘어져 들갓 한 포기에 얼굴을 처박고 말았다. 비와 햇빛의 냄새, 깨끗하고 싱싱하고 맵싸한 냄새가 물씬 풍겼다. 그는 돌아누워 하늘을 올려다보았다. 격렬한 운동 때문에 혈관 속의 열기는 거의 다 빠져나갔지만 아직 남은 열기만으로도 온몸이 기분 좋게 화끈거렸다. 아주 편안하고 느긋한 기분이었다. 행복하기까지 했다. 저 멀리 언덕 위에서 새 한 마리가 노래를 부르기 시작했다. 처음에는 속이 빈 물체, 이를테면 은 항아리의 바닥에 떨어지는 물방울 소리처럼 낮고 낭랑한 소리였다가 곧 막대기로 하프 줄을 천천히 튕기는 듯한 소리로 바뀌었다. 그는 조용히 누워 귀를 기울였다.

 이윽고 새가 노래를 그쳤을 때 그는 페이를 마음속에서 지우려고 노력하면서「불타는 로스앤젤레스」의 화폭에 담으려고 준비 중인 일련의 밑그림을 떠올렸다. 그는 한낮에 불타고 있는 도시를 그릴 생각이었다. 그렇게 하면 불길이 사막의 태양과 경쟁해야 하므로 한결 덜 위협적으로 보이고, 따라서 무시무시한 대화재라기보다 지붕이나 창가에서 휘날리는 밝은 빛깔의 깃발처럼 보일 터였다. 그는 이 불타는 도시에서 오히려 유쾌한 축제 분위기가 느껴지기를 바랐다. 그리고 그곳에 불을 지르는 사람들도 축제를 즐기러 나온 군중이어야 했다.

새가 다시 노래를 불렀다. 그 소리가 그쳤을 때 그는 페이를 완전히 잊어버린 채 혹시 자기가 죽기 위해 캘리포니아로 찾아오는 사람들을 지나치게 중요시하는 건 아닐까 하는 생각에 골몰했다. 어쩌면 그들은 그리 절망적인 상태가 아니라서 미국 전역은커녕 도시 하나조차 불태우지 못할지도 모른다. 어쩌면 그들은 미국 정신병자들의 일부일 뿐, 미국인 전체를 대표하는 전형적인 사람들은 아닐지도 모른다.

그러나 그는 예언자가 아니라 화가이므로 어느 쪽이든 상관없다고 자신을 타일렀다. 어차피 그의 작품은 미래의 사건에 대한 예측의 정확성을 기준으로 평가받는 게 아니라 그림으로서의 가치를 기준으로 평가받을 터였다. 그러나 예레미야[26]의 역할을 완전히 포기할 수는 없었다. 그는 〈미국 정신병자들의 일부〉라는 말을 〈크림*cream*〉[27]이라는 단어로 바꿔 보았고, 그 크림을 떠낸 우유 속에도 크림 못지않게 폭력이

26 기원전 625년경 유다 왕국 말기에 활동한 비관적 예언자.
27 이 문장에서 〈크림〉은 두 가지 의미로 사용되었다. 우유에서 얻는 지방질 그리고 여럿 중에서 엄선한 〈정수(精髓)〉.

난무한다고 거의 확신했다. 로스앤젤레스 사람들이 선봉에 서긴 하겠지만 전국의 동료들이 줄줄이 그 뒤를 따르리라. 그리하여 결국 내전이 일어나리라.

이렇게 무서운 결론을 내렸는데도 강렬한 만족감이 느껴지는 것이 왠지 재미있다고 생각했다. 재앙과 파멸을 예고하는 예언자들은 모두 이런 쾌감을 느낄까?

그는 그 질문에 대답하려 하지 않고 몸을 일으켰다. 이윽고 협곡 정상의 비포장도로에 도착했을 때 페이와 그녀의 차는 이미 온데간데없었다.

15

이튿날 밤 토드가 페이를 찾아갔을 때 해리가 말해 주었다.
「페이는 그 심프슨이라는 친구랑 영화 보러 나갔어.」

토드는 의자에 앉아 페이를 기다렸다. 노인은 병세가 몹시 악화되었고 마치 침대가 선반처럼 비좁아서 조금만 움직여도 떨어질까 봐 걱정스럽다는 듯이 미동조차 하지 않았다.

「자네가 다니는 촬영소에선 요즘 어떤 영화를 찍나?」 머리는 꼼짝도 하지 않고 눈동자만 돌려 토드를 바라보면서 해리가 느릿느릿 물었다.

「〈명백한 운명〉, 〈달콤하고 애절하게〉, 〈워털루〉, 〈분수령〉, 〈실례합니……〉.」

「〈분수령〉?」[28] 해리가 불쑥 끼어들었다. 「그 영화라면 나도 좀 아는데.」

토드는 괜한 말을 꺼냈다는 것을 깨달았지만 이미 발동이 걸렸으니 어쩔 도리가 없었다. 시계처럼 해리의 태엽이 다 풀

---

28 「분수령The Great Divide」이라는 제목의 영화는 1915년부터 여러 차례 제작되었다.

릴 때까지 기다리는 수밖에 없었다.

「그 영화가 개봉될 무렵에 나는 〈두 신사 등장〉이라는 영화에 멍청이 역으로 출연 중이었지. 소품이지만 흥미진진한 영화였어. 정말 흥미진진했다고. 그때 내가 유대계 희극 배우 벤 웰치 흉내를 냈는데, 중산모를 쓰고 펑퍼짐한 바지를 입고, 〈이봐, 팻, 독수리 세탁소에서 나한테 일자리를 주겠다고 하더라.〉 …… 〈잘됐네, 아이키, 그래서 취직하기로 했어?〉 …… 〈아니, 내가 독수리나 씻겨 줄 사람으로 보여?〉 조 파보스가 경찰복을 입고 똑똑이 역을 맡았지. 그런데 〈분수령〉이 개봉되던 바로 그날 밤, 조가 5번가에서 어떤 여자랑 뒹굴고 있을 때 난로가 터져 버린 거야. 그 여자 남편이 고발해 버렸거든. 그 작자는……」

태엽이 다 풀린 것은 아니었다. 해리는 말을 멈추고 두 손으로 자기 몸의 왼쪽 이곳저곳을 꼬집어 보고 있었다.

토드는 걱정스러운 눈으로 해리를 내려다보았다.

「물 좀 드릴까요?」

해리는 입술만 움직여 〈아냐〉 하고 대답하더니 곧 능숙한 신음 소리를 냈다. 절망의 구렁텅이에 빠진 듯한 신음 소리였지만 거짓이 분명해서 토드는 애써 미소를 감춰야 했다. 그러나 노인의 창백한 얼굴은 결코 연기가 아니었다.

해리가 다시 신음 소리를 냈다. 고통에서 차츰 탈진으로 진행되는 과정이 실감 나게 느껴졌다. 이윽고 해리가 눈을 감았다. 토드는 노인이 베개를 이용하여 자신의 괴로워하는 옆얼굴을 더욱 부각시킴으로써 최대의 효과를 거두는 절묘

한 솜씨를 목격했다. 그리고 많은 배우들이 그렇듯이 해리의 경우에도 뒤통수나 정수리 쪽은 좀처럼 보기 힘들다는 것을 알았다. 가면처럼 거의 언제나 얼굴만 볼 수 있었다. 미간과 이마 그리고 코 양옆과 입가에 깊은 주름살이 잡힌 얼굴이었다. 오랜 세월에 걸쳐 활짝 웃거나 오만상을 짓는 과정에서 저절로 생긴 이런 주름살 때문에 해리는 미묘한 감정을 정확하게 전달하지 못했다. 단계적 표현이 힘들어 늘 극단적인 감정만 표현할 수 있었기 때문이다.

토드는 혹시 배우들은 다른 사람들보다 고통을 덜 겪는다는 말이 옳은 게 아닐까 생각했다. 그러나 잠시 그 문제를 곰곰이 생각한 끝에 잘못된 발상이라는 결론을 내렸다. 감정이나 감각은 마음과 신경의 산물이다. 그것을 표현하는 능력이 부족하다고 해서 그 사람이 실제로 느끼는 감정이나 감각의 강도가 약하다고 단정할 수는 없다. 해리는 걸핏하면 연기를 하듯이 신음 소리를 내거나 얼굴을 찡그리지만 그 역시 누구 못지않게 강렬한 고통을 느낄 수 있으리라.

해리는 고통을 즐기는 듯했다. 그러나 모든 종류의 고통을 즐기는 것은 아니고 질병의 고통은 더더구나 아니었다. 많은 이들이 그렇듯이 해리도 스스로 불러들인 고통만 즐겼다. 그가 제일 좋아하는 방식은 술집에서 만난 낯선 사람들에게 자신의 영혼을 고스란히 내보이는 것이었다. 그는 술에 취한 체하면서 낯선 사람의 테이블로 비틀비틀 다가갔다. 대개는 우선 시 한 편을 암송했다.

내 신발에 돌이 들어갔으니
　　잠시만 앉아 있게 해주오.
　　왕년엔 나도 즐겁고 행복했으며
　　그대처럼 새파란 젊은이였다오.

 그러다가 상대방이 〈이 비렁뱅이, 썩 꺼지쇼!〉 하고 외쳐도 그는 겸손한 미소를 머금고 공연을 계속했다.

　　여러분, 이 백발노인을 가엾이 여기시고……

 바텐더나 누군가가 완력으로 끌어내기 전에는 누가 뭐라고 지껄이든 아랑곳없이 공연을 계속했다. 그렇게 일단 시작하기만 하면 대개 술집 안의 모든 사람이 귀 기울여 들어 주었다. 그의 공연은 아주 훌륭했기 때문이다. 그는 포효하고 속삭이고 호령하고 살살 달랬다. 어린 소녀가 집 나간 엄마를 그리워하며 울먹이는 소리를 흉내 내기도 하고 자기가 지금까지 만난 무자비한 감독들의 다양한 사투리를 흉내 내기도 했다. 심지어 무대 뒤의 효과음까지 혼자 해치웠다. 사랑의 시작을 예고할 때는 지저귀는 새소리를 흉내 내고 끊임없이 그를 뒤쫓는 불운을 묘사할 때는 사냥개들이 짖는 소리를 흉내 냈다.
 해리는 청중에게 자신의 어린 시절을 보여 주었다. 그는 케임브리지 라틴어 학교의 강당에서 공연하는 셰익스피어 연극에 출연했다. 찬란한 영광을 꿈꾸며 야망을 불태우던 시절이었다. 그의 인생 역정을 따라가 보자. 아직 풋내기에 지나지 않았을 때 그는 브로드웨이의 어느 하숙집에서 쫄쫄 굶어 가며 생활했지만 자신의 예술적 재능을 세상에 베풀고 싶어 하는 이상주의자였다. 한창 나이에 거스 선 공연단의 인기 스타였던 아름다운 무용수와 결혼했는데 청중도 그의 곁에서 그 장면을 목격한다. 자, 이번엔 그의 등 뒤에 바싹 붙어야겠다. 어느 날 밤, 그가 예정보다 일찍 귀가했는데 아내가 객석 반장[29]의 품에 안겨 있었다. 그러나 그는 너그러운 마음씨와 깊은 사랑으로 아내를 용서했으니 우리도 그녀를 용서해야 한다. 자, 이번엔 담즙을 핥는 듯 씁쓸하게 웃을 차례다. 바로 다음 날 밤 그는 아내가 매표원의 품에 안겨 있는 장면을 목격했기 때문이다. 그는 또 그녀를 용서했고 그녀는 또 죄를 지었다. 그래도 그는 아내를 버리지 않았다. 그녀가 오히려 그를 비웃고 조롱하고 우산으로 몇 번이나 때리기까지 했는데도 기꺼이 용서했다. 그러나 그녀는 결국 어느 가무잡잡한 외국인 마술사와 함께 달아나 버렸다. 그에게 남은 것은 추억과 어린 딸뿐이었다. 그는 그 후 불운이 꼬리에 꼬리를 물고 이어지는 과정을 청중에게 보여 준다. 이윽고 중년의 나이에 이르렀을 때 그는 예전의 모습을 찾아볼 수 없을 만큼 초라한 행색으로 극장 매표소들을 전전했다. 일찍이 햄릿과 리어 왕과 오셀로를 연기하고 싶어 했던 그가 지금은 냇 플럼스톤 공연단에서 재담과 수다를 들려주는 일개 단원에 불과했다. 그는 발을 질질 끌면서 주춤주춤 걸어가는

29 객석 안내원들의 우두머리.

노인의 모습을 청중에게 보여 주고, 그다음에는…….

페이가 조용히 들어왔다. 토드가 인사를 건네려 했지만 그녀는 조용히 하라고 입술에 손가락을 대면서 침대 쪽을 가리켰다.

노인은 어느새 자고 있었다. 토드는 노인의 초췌하고 메마른 피부가 마치 갈라진 땅바닥 같다고 생각했다. 이마와 관자놀이에 맺힌 땀방울 몇 개가 구슬처럼 반짝거렸지만 그 정도로는 가뭄을 해소할 수 없었다. 너무 늦게 내린 비처럼 들판을 되살리지도 못하고 덧없이 스러져 버릴 터였다.

토드와 페이는 살금살금 방을 나섰다.

복도에서 토드는 페이에게 호머와 즐거운 시간을 보냈느냐고 물었다.

「그 얼뜨기!」 페이가 얼굴을 찡그리면서 외쳤다. 「그 사람은 심심풀이일 뿐이야.」

토드가 더 물어보려 했지만 그녀는 퉁명스럽게 말을 끊어 버렸다.

「너무 피곤해, 오빠.」

16

 이튿날 오후, 토드는 계단을 올라가다가 그리너 부녀의 집 앞에 많은 사람이 모여 있는 것을 보았다. 다들 흥분한 모습이었지만 조용히 속닥거렸다.
「무슨 일이 있었나요?」
「해리가 죽었어.」
 토드는 문고리를 돌려 보았다. 열려 있어서 안으로 들어갔다. 침대 위에 누워 있는 시신은 담요로 완전히 가려 놓은 상태였다. 페이의 방에서 울음소리가 흘러나왔다. 토드는 조용히 문을 두드렸다. 페이가 문을 열더니 한 마디 말도 없이 돌아서서 비틀거리며 침대로 걸어갔다. 그녀는 수건에 얼굴을 묻고 흐느꼈다.
 토드는 무엇을 해야 할지, 무슨 말을 해야 좋을지 몰라 우두커니 문가에 서 있었다. 이윽고 침대로 다가가 그녀를 위로하려 했다. 그녀의 어깨를 가볍게 두드려 주었다.
「가엾은 페이.」
 그녀는 여기저기 찢어져 커다란 구멍이 뚫리고 너덜너덜

한 검은색 레이스 네글리제를 입고 있었다. 그녀 쪽으로 몸을 숙이면서 토드는 그녀의 피부에서 메밀꽃처럼 달착지근하고 진한 향기를 맡았다.

그는 돌아서서 담배 한 개비를 피워 물었다. 방문 쪽에서 노크 소리가 났다. 토드가 문을 열자 메리 더브가 그의 곁을 스쳐 지나가 페이를 껴안았다.

메리도 페이에게 용기를 내라고 말했다. 그러나 메리는 토드와는 다른 식으로 표현했고 그 말이 훨씬 더 설득력이 있었다.

「근성을 보여 줘. 자, 페이, 네 근성을 보여 달라고.」

페이가 메리를 밀어내고 일어섰다. 그리고 미친 듯이 몇 걸음을 옮기더니 도로 침대에 주저앉아 신음하듯이 말했다.

「내가 죽였어.」

그녀는 자신을 욕하기 시작했다. 메리가 달래려고 했지만 토드는 그냥 두라고 말했다. 페이가 연기를 시작한 것인데 두 사람이 간섭하지만 않으면 그녀 스스로 출구를 찾아낼 것 같아서였다.

「한바탕 떠들고 나면 진정될 거야.」

페이는 자책감이 가득한 어조로 경위를 설명했다. 그녀가 촬영소에서 돌아왔을 때 해리는 침대에 누워 있었다. 페이는 아버지에게 몸이 좀 어떠시냐고 물어보았지만 대답을 기다리지는 않았다. 아버지를 등지고 서서 벽에 걸린 거울로 자신의 모습을 살펴보았다. 화장을 고치면서 그녀는 아까 벤 머피를 만났는데 해리의 병이 나으면 바우어리[30] 공연에 출연시켜 주겠다고 하더라는 말을 전했다. 그런데 평소와 달리 해리가 고함을 지르지 않아서 페이는 내심 놀랐다. 해리는 평소 벤을 시기해서 그 이름을 입 밖에 내기만 해도 버럭버럭 고함을 질렀기 때문이다. 〈그 망할 자식! 흑인 술집에서 타구(唾具)나 닦던 녀석인데 말이야.〉

그래서 페이는 해리가 많이 아프다는 사실을 알게 되었다. 그런데도 돌아보지 않았다. 여드름이 돋아날 징후 같은 것이 눈에 띄었기 때문이다. 알고 보니 티끌이어서 간단히 닦아 냈지만 그런 다음에는 화장을 다시 할 수밖에 없었다. 화장을 하면서 그녀는 새 야회복 한 벌만 있으면 드레스를 입고 출연하는 엑스트라 자리를 얻을 수 있다고 말했다. 그러면서 해리를 놀려 주려고 짐짓 강경한 태도로 이렇게 말했다.

「아빠가 야회복 안 사주면 다른 사람한테 사달라고 할래요.」

그러나 해리는 아무 말도 하지 않았고 페이는 심통이 나서 「지퍼스 크리퍼스」를 부르기 시작했다. 해리는 그만하라고 소리치지도 않았다. 페이는 그제야 뭔가 잘못되었음을 깨닫고 침대로 달려갔다. 해리는 이미 숨을 거둔 뒤였다.

이야기를 끝내자마자 페이는 비둘기 울음소리처럼 낮은 소리로 흐느껴 울면서 몸을 앞뒤로 흔들었다.

「불쌍한 아빠……. 불쌍한 우리 아빠…….」

그녀가 어렸을 때 두 부녀는 자주 즐거운 시간을 가졌다. 돈이 아무리 궁해도 해리는 늘 그녀에게 인형이나 사탕을 사

30 뉴욕 맨해튼 남부의 한 구역. 유흥가가 발달했으나 당시의 브로드웨이와 달리 하층민이 많이 모여들었다.

주고 몸이 아무리 피곤해도 그녀와 놀아 주었다. 그녀를 업어 주기도 하고 둘이서 방바닥에 누워 데굴데굴 구르며 깔깔 웃기도 했다.

메리가 흐느끼기 시작하자 페이는 더 크게 흐느꼈고 결국 둘 다 걷잡을 수 없는 상태가 되고 말았다.

그때 문에서 노크 소리가 났다. 토드가 열어 보니 아파트 관리인으로 일하는 존슨 부인이었다. 페이가 그녀를 들여보내지 말라고 고개를 가로저었다.

「나중에 오세요.」

토드는 그렇게 말하고 부인의 면전에서 문을 닫아 버렸다. 그러나 1분쯤 뒤에 문이 열리더니 존슨 부인이 제멋대로 들어왔다. 관리실의 만능열쇠를 사용했던 것이다.

「나가 주세요.」 토드가 말했다.

존슨 부인은 토드를 밀치고 지나가려 했지만 토드가 붙잡았다. 그런데 페이가 그녀를 놓아주라고 했다.

토드는 존슨 부인을 몹시 싫어했다. 남의 일에 참견하기 좋아하는 부산스러운 여자였기 때문이다. 얼굴은 구운 사과처럼 물렁물렁하고 검버섯투성이였다. 토드도 나중에 알게 되었지만 그녀의 취미는 장례식이었다. 그녀가 좋아하는 것은 장례식의 우울한 분위기가 아니라 격식이었다. 꽃의 배치, 의식의 순서, 조객들의 복장과 태도 따위에 관심이 많았다.

존슨 부인은 곧바로 페이에게 다가가서 단호한 말 한마디로 울음을 그치게 했다.

「그만 울어.」

기세등등한 음성과 태도를 무기로 그녀는 메리와 토드가 실패했던 일을 단숨에 성공시켰다.

페이가 공손하게 부인을 올려다보았다.

「첫째.」 존슨 부인은 첫째라는 표시로 오른손 엄지손가락을 왼손 집게손가락에 갖다 댔다. 「첫째, 내가 이 일에 끼어드는 이유는 순전히 너를 도와주기 위해서라는 걸 알아줬으면 좋겠어.」

그녀는 메리와 토드를 차례로 노려보았다.

「이런 일을 해봤자 얻는 것도 없고 고생만 잔뜩 할 게 뻔하거든.」

「알았어요.」

「좋아. 너를 도와주려면 내가 미리 알아 둬야 할 것들이 있어. 혹시 고인께서 돈이나 보험 같은 거 남기셨니?」

「아뇨.」

「그럼 너한테 돈 좀 있니?」

「아뇨.」

「어디서 빌릴 수는 있겠니?」

「어려울 것 같아요.」

존슨 부인은 한숨을 푹 쉬었다.

「그럼 장례는 시청에 맡길 수밖에 없겠구나.」

페이는 아무 말도 하지 않았다.

「내 말 못 알아들었니? 시청에 맡겨 버리면 너희 아버지는 극빈자 묘지에 묻히시는 거야.」

그녀가 〈시청〉이라는 말을 할 때는 극심한 경멸을, 〈극빈자〉라는 말을 할 때는 극심한 혐오감을 드러내는 바람에 페이는 얼굴을 붉히고 다시 흐느끼기 시작했다.

존슨 부인은 방에서 나가 버릴 태세였다. 실제로 문 쪽으로 몇 걸음 걸어가기까지 했다. 그러나 곧 마음을 바꿔 제자리로 돌아왔다.

「장례비가 얼마나 들어요?」 페이가 물었다.

「2백 달러. 하지만 그건 할부로 낼 수도 있지. 선금으로 50달러, 잔액은 매달 25달러씩.」

메리와 토드가 동시에 입을 열었다.

「돈은 내가 준비할게.」

「나한테 돈이 좀 있어.」

그러자 존슨 부인이 말했다.

「좋아. 그밖에도 잡비로 적어도 50달러 정도는 더 필요할 거야. 내가 가서 모든 일을 처리해 줄게. 장례는 홀셉 씨한테 맡길 거야. 일을 꽤 잘하거든.」

그녀는 마치 축하한다는 듯이 페이와 악수를 나누고 부리나케 나가 버렸다.

존슨 부인의 사무적인 태도가 페이에게 오히려 약이 된 모양이었다. 입술이 떨리지도 않고 눈물이 흐르지도 않았다.

「걱정하지 마.」 토드가 말했다. 「돈은 내가 마련해 볼게.」

「아냐, 괜찮아.」

그때 메리가 핸드백을 열고 지폐 다발을 꺼냈다.

「이거 받아.」

페이는 돈다발을 밀어냈다.

「괜찮다니까.」

그녀는 잠시 생각에 잠겼다가 화장대로 가서 눈물로 얼룩진 얼굴을 매만지기 시작했다. 화장을 하는 동안 굳은 미소를 머금고 있던 그녀가 립스틱을 들어 올린 채 갑자기 고개를 돌리고 메리에게 말했다.

「나도 제닝 부인네 집에 넣어 줄 수 있지?」

그 말을 듣고 토드가 나무라듯이 말했다.

「거긴 또 왜? 돈은 내가 준비한다니까.」

그러나 두 여자는 그의 말을 무시해 버렸다.

「물론이지.」 메리가 말했다. 「진작 그러지 그랬어. 돈 벌기 쉬운데.」

페이가 웃었다.

「아껴 두느라 그랬지 뭐.」

토드는 두 사람의 분위기가 확 달라진 것을 보고 놀랐다. 그들은 어느새 강인한 여자로 돌변했다.

「얼 슈프 같은 빈털터리를 위해서? 정신 차려, 애. 그런 개털은 빨리 차버리는 게 상책이야. 꼴에 카우보이라면서? 가서 말이나 타라고 해.」

그들은 깔깔대고 웃으면서 어깨동무를 하고 나란히 화장실로 들어가 버렸다.

토드는 그들이 갑자기 속어를 쓰기 시작한 이유를 알아차렸다. 속어를 쓰면 왠지 세상사에 통달하고 현실적인 사람이 된 듯한 기분이 들고, 따라서 심각한 상황에 대처하기가 그만큼 쉬워지기 때문이다.

그는 화장실 문을 두드렸다.

페이가 버럭 소리쳤다.

「뭐야, 또?」

토드는 그들의 말투를 흉내 내려고 했다.

「어이, 아가씨. 몸을 왜 팔아? 쇳가루는 내가 준다니까.」

「아, 그러셔? 필요 없어.」

「그러지 말고…….」

토드가 다시 설득하려 하자 이번엔 메리가 소리쳤다.

「씨도 안 먹히는 소리 집어치우셔!」

17

해리의 장례식 날 토드는 술에 취했다. 페이가 메리 더브와 함께 나가 버린 다음에는 한 번도 만나지 못했지만 장의사에 가면 틀림없이 만날 수 있을 텐데, 그녀와 입씨름을 하려면 용기가 필요했기 때문이다. 그래서 점심때부터 술을 마시기 시작했다. 그러나 오후 늦게 홀셉 장의사에 도착할 무렵에는 용감한 단계를 지나서 추태 단계로 접어든 지 오래였다.

해리는 관 속에 누워 있었다. 장의사 옆에 있는 예배당으로 옮겨 조객들에게 보일 준비가 다 끝난 상태였다. 관 뚜껑은 열려 있었고 노인은 아주 편안해 보였다. 어깨 바로 아래까지 상앗빛 공단을 덮었는데 화려한 안감이 보이도록 끝단을 접어 놓았다. 머리 밑에는 작은 레이스 쿠션이 놓였다. 그는 턱시도를 입은 듯했는데, 어쨌든 윙 칼라가 달린 빳빳한 셔츠에 검은색 나비넥타이를 매고 있었다. 얼굴은 깔끔하게 면도를 하고 눈썹도 다듬고 입술과 뺨에는 연지를 발랐다. 마치 민스트럴 쇼[31]의 사회자 같은 모습이었다.

---

31 백인이 흑인으로 분장하고 춤, 노래, 만담 등을 공연하는 무대.

토드가 묵념을 하듯이 고개를 숙였을 때 누군가 들어오는 소리가 들렸다. 그는 존슨 부인의 목소리를 듣고 조심스럽게 그쪽으로 돌아섰다. 눈이 마주치는 순간 목례를 했지만 부인은 거들떠보지도 않았다. 몸에 잘 맞지도 않는 프록코트를 입은 남자와 말다툼을 벌이느라 여념이 없었기 때문이다.

「이건 원칙의 문제라고요.」 그녀가 비난조로 말했다. 「견적서에는 청동을 쓴다고 하셨잖아요. 그런데 저 손잡이는 청동이 아니라는 거 아실 텐데요.」

그러자 남자가 변명조로 말했다.

「그러니 양에게 물어봤더니 괜찮다고 하던데요.」

「상관없어요. 정말 실망했어요. 저따위 싸구려 쇠붙이로 불쌍한 어린애한테서 몇 달러를 떼어먹으려 하시다니 말예요.」

토드는 장의업자의 답변을 기다리지 않았다. 방금 리 자매 중 한 명의 팔에 매달려 문 앞을 지나가는 페이를 보았기 때문이다. 그는 얼른 달려가서 그녀를 따라잡았지만 무슨 말을 해야 좋을지 몰랐다. 그녀는 토드가 쩔쩔매는 모습을 오해하고 감동을 받았다. 토드에게 보여 주려고 조금 흐느껴 울었다.

페이는 어느 때보다도 아름다웠다. 몸에 꼭 끼는 새 검정 드레스를 입었는데 둥글게 말아 올린 백금색 머리가 검은색 밀짚으로 만든 선원 모자 밑에서 밝게 빛났다. 그녀는 이따금씩 작은 레이스 손수건으로 눈가를 톡톡 두드렸다. 그러나 토드의 머릿속에는 그녀가 〈누워서 번 돈〉으로 그 옷을 사 입었다는 생각뿐이었다.

토드가 계속 바라보자 페이는 어색해서 슬그머니 자리를 피하려 했다. 토드는 그녀의 팔을 붙잡았다.
「잠깐 얘기 좀 할 수 있을까?」
미스 리가 말귀를 알아듣고 자리를 피해 주었다.
「무슨 일인데?」 페이가 물었다.
「여기서 말고.」 토드는 무슨 말을 해야 좋을지 모르면서도 짐짓 중요한 용건이 있다는 듯이 속삭였다.

그는 페이를 데리고 복도를 따라 걷다가 아무도 없는 전시실로 들어갔다. 벽에는 유명 인사들의 장례식을 찍은 사진 액자가 즐비했고 작은 받침대와 탁자 위에는 관을 만드는 각종 재료의 견본과 함께 묘비와 무덤의 모형들이 놓여 있었다.

토드는 할 말이 생각나지 않아서 순진한 바보처럼 더 쩔쩔매는 시늉을 했다.

페이가 빙그레 웃으면서 제법 다정하게 굴었다.
「얼뜨기 오빠, 빨리 말해 봐.」
「키스를……」
페이가 웃음을 터뜨렸다.
「그래, 알았어. 얼굴 화장 망치지만 말아 줘.」
그들은 가벼운 입맞춤을 나눴다.

페이는 곧 돌아서려 했지만 토드가 놓아주지 않았다. 그녀가 짜증을 내면서 왜 그러느냐고 따졌다. 토드는 변명을 하려고 머리를 쥐어짰다. 그러나 아무리 쥐어짜도 헛일이었다.

그녀가 힘을 빼고 그에게 몸을 기댔다. 그러나 피곤해서 그러는 것은 아니었다. 토드는 한낮의 햇볕 아래 서 있는 어린 자작나무들이 그렇게 축 늘어진 것을 본 적이 있었다.

「취했구나.」 페이가 그를 밀어내면서 말했다.

「제발.」 토드가 애원했다.

「이거 놔, 망할 자식.」

그녀는 화를 내도 여전히 아름다웠다. 그녀의 아름다움은 지성이나 마음씨에서 비롯된 것이 아니라 나무의 아름다움처럼 겉모습에서 비롯되었기 때문이다. 그래서 몸을 팔아도 아름다움은 망가지지 않는 모양이었다. 그런 아름다움을 망가뜨릴 수 있는 것은 세월이나 사고나 질병뿐이다.

조금만 더 있으면 그녀가 비명을 질러 도움을 청할 터였다. 빨리 무슨 말이든 해야만 했다. 그러나 그녀에게 미학적 논리를 내세워 봤자 알아듣지도 못할 것이다. 그렇다고 윤리적 논리를 내세우자니 도대체 어떤 가치 기준을 제시해야 설득력이 있을까? 경제적 논리도 쓸모가 없다. 매춘은 짭짤한 돈벌이 수단이기 때문이다. 손님이 내는 30달러에서 절반을 챙긴다. 일주일에 열 명만 받아도 그게 얼마냐.

페이가 그의 정강이를 걷어찼지만 토드는 그녀를 붙잡은 채 버텼다. 그러다가 갑자기 말하기 시작했다. 드디어 그럴싸한 쟁점을 찾아냈기 때문이다. 질병은 그녀의 아름다움을 망가뜨릴 것이다. 그는 YMCA의 성교육 강사처럼 그녀에게 고함을 질렀다.

그녀가 몸부림을 멈추고 고개를 푹 숙인 채 발작하듯이 흐느껴 울었다. 이윽고 말을 끝낸 토드가 페이의 두 팔을 놓아주자 그녀는 곧바로 뛰쳐나갔다. 토드는 조각이 새겨진 대리석 관을 향해 비틀비틀 걸어갔다.

그가 관 위에 걸터앉아 있을 때 검은색 웃옷에 회색 줄무늬 바지를 입은 젊은 남자가 들어왔다.

「그리너 씨 장례식에 오셨습니까?」

토드는 일어나서 어렴풋이 고개를 끄덕였다.

「예식이 곧 시작됩니다.」

남자가 그렇게 말하더니 비단 천으로 덮인 작은 상자를 열고 먼지 닦는 헝겊을 꺼냈다. 토드는 남자가 전시실 안을 돌아다니며 견본을 차례차례 닦는 모습을 지켜보았다.

남자가 문 쪽을 가리키면서 다시 말했다.

「벌써 시작됐을 겁니다.」

토드는 그제야 말귀를 알아듣고 전시실을 나섰다. 그가 찾아낸 유일한 출구는 예배당을 통과해서 나가는 길이었다. 그런데 토드가 예배당에 들어서자마자 존슨 부인이 그를 붙잡고 좌석으로 데려갔다. 토드는 바깥으로 나가고 싶은 마음이 간절했지만 한바탕 소란을 피우기 전에는 불가능한 일이었다.

페이는 맨 앞줄에 있는 긴 의자에 앉아 설교단을 마주 보고 있었다. 그녀의 한쪽 옆에는 리 자매가, 다른 쪽에는 메리 더브와 에이브 쿠직이 앉아 있었다. 그들 뒤에는 산베르두 주민들이 여섯 줄 가량을 채우고 있었다. 토드는 그다음 줄에 혼자 앉았다. 그 뒤는 몇 줄이 비고 그 너머에 다시 몇몇 남녀가 군데군데 흩어져 앉았는데 이 자리에 전혀 어울리지 않는 사람들이었다.

토드는 페이의 들썩거리는 어깨를 보지 않으려고 고개를 돌려 맨 뒤에 앉은 사람들을 살펴보았다. 토드가 잘 아는 부류였다. 횃불을 들고 앞장설 사람들은 아니지만 횃불을 따라가면서 고래고래 고함을 지를 만한 사람들이었다. 그들이 해리의 장례식을 보러 온 이유는 극적인 사건을 구경하고 싶어서였다. 이를테면 적어도 조객 한 명쯤은 목 놓아 울다가 예배당에서 쫓겨나게 되기를 그들은 기대했다. 토드는 그들이 아주 사납고 호전적인 표정으로 자신을 노려보는 것 같다고 생각했다. 자칫하면 폭력으로 발전할 소지가 다분했다. 그들이 자기들끼리 뭐라고 툴툴거리기 시작하자 토드는 고개를 반쯤 돌리고 곁눈질로 그들을 지켜보았다.

잘 맞지도 않는 틀니를 끼어 얼굴이 일그러진 노파가 들어오더니 집에서 만든 엉성한 지팡이의 손잡이를 쪽쪽 빨고 있는 남자에게 뭐라고 속닥거렸다. 남자는 노파의 말을 다른 사람들에게 전해 주었고 그들은 일제히 일어나서 황급히 바깥으로 나갔다. 토드는 아마도 어느 유명한 영화배우가 식당에 들어가다가 파수꾼의 눈에 띈 모양이라고 짐작했다. 그게 사실이라면 그들은 영화배우가 다시 나오거나 경찰이 강제로 해산시킬 때까지 식당 앞에 죽치고 앉아 몇 시간이라도 기다릴 것이 분명했다.

그들이 떠난 직후 징고 일가가 도착했다. 징고 일가는 어느 영화사에서 북극 탐험에 대한 영화의 몇 장면을 다시 찍으려고 할리우드로 불러들인 에스키모들이었다. 그 영화는 이미 오래전에 개봉되었지만 그들은 알래스카로 돌아가지 않았다. 할리우드가 마음에 들었기 때문이다.

해리는 그들과 친해서 거의 정기적으로 식사를 함께 했었다. 그들은 유대인 식품점에서 구입한 청어 절임이나 훈제 연어, 송어 따위를 나눠 먹었다. 그리고 짭짤한 버터와 뜨거운 물을 싸구려 브랜디에 타서 양철 컵으로 함께 퍼마셨는데 다들 주량이 엄청났다.

아버지 징고와 어머니 징고는 아들을 데리고 예배당 중앙 통로를 따라 올라가면서 사람들에게 일일이 인사를 하고 손을 흔들었다. 이윽고 맨 앞줄에 도달한 그들은 페이를 둘러싸고 차례로 악수를 나누었다. 존슨 부인이 뒷줄로 보내려 했지만 그들은 부인의 지시를 무시하고 앞쪽에 앉았다.

예배당의 천장 조명이 갑자기 어두워졌다. 그와 동시에 가짜 참나무 벽널을 붙인 벽에 걸어 놓은 가짜 스테인드글라스 창에 불이 켜졌다. 일순 장내가 숙연해졌고 그 침묵을 깨뜨리는 소리는 페이의 울음소리뿐이었다. 곧이어 전자 오르간에서 녹음된 바흐의 합창곡 〈오소서, 주여, 구세주여〉가 흘러나왔다.

토드도 잘 아는 곡이었다. 집에서 어머니가 일요일에 피아노로 자주 연주했기 때문이다. 이 곡은 딱 적당한 정도의 애원이 담긴 맑고 진솔한 음색으로 그리스도에게 어서 오시라고 간곡히 호소했다. 이 곡이 부르는 그리스도는 왕 중 왕 그리스도가 아니라 처녀들에게 둘러싸인 처녀처럼 수줍어하는 온화한 그리스도였고, 그 초대는 어느 지치고 고통받는 죄인의 집을 찾아 달라는 게 아니라 잔디밭에서 열리는 잔치에 참석해 달라는 것이었다. 이 곡은 구차스럽게 애걸하지 않았다. 마치 초대받은 손님이 겁을 낼까 봐 걱정하는 듯 지극히 정중하고 세심하게 권유했다.

그러나 토드가 보기에 그 음악을 귀담아듣는 사람은 아무도 없었다. 페이는 흐느껴 울고 다른 이들은 저마다 자기만의 생각에 빠진 듯했다. 그리스도를 부르는 바흐의 세레나데는 그들의 관심사가 아니었다.

그러나 곧 음악의 분위기가 바뀌면서 흥분이 고조될 터였다. 토드는 그래 봤자 달라질 것은 없다고 생각했다. 벌써부터 저음부가 쿵쿵 울리기 시작했다. 토드는 그 진동 때문에 에스키모들이 안절부절못하는 모습을 보았다. 저음부가 더욱 힘차게 울려 퍼지며 고음부를 압도하자 아버지 징고가 신이 나서 나지막한 탄성을 흘렸다. 존슨 부인이 노려보자 어머니 징고가 남편을 진정시키려고 살찐 손으로 그의 뒤통수를 어루만졌다.

〈지금 오소서, 구세주여!〉 음악이 간청했다. 머뭇거리던 기색은 사라졌고 더 이상 공손하지도 않았다. 강렬한 저음부가 일으킨 변화였다. 심지어 조금 위협적인 느낌마저 들었고 약간 초조해하는 기미도 보였다. 그러나 그 와중에도 의심의 기미는 티끌만큼도 느껴지지 않았다.

토드는 이렇게 생각했다. 조금, 아주 조금 위협적인 느낌이 들고 아주 약간 초조해하는 기미가 보인다고 해서 바흐를 나무랄 수 있을까? 바흐가 이 음악을 작곡할 당시만 하더라도 세상은 사랑하는 그리스도를 오매불망 그리워하며 이미

1천 7백 년이 넘도록 기다렸는데. 음악이 다시 달라지면서 위협조와 초조함이 말끔히 사라졌다. 고음부가 마음껏 솟구치며 의기양양하게 날아다녔고 저음부도 그것을 억제하려 하지 않았다. 오히려 묵직한 반주로 고음부를 받쳐 주었다. 음악은 이렇게 말하는 듯했다. 〈당신이 오시든 아니 오시든, 저는 당신을 사랑하며 그 사랑으로 족하옵니다.〉 그것은 있는 그대로의 사실에 대한 진술일 뿐 외침도 연가도 아니었고, 그 속에는 오만함도 겸손함도 전혀 없었다.

어쩌면 그리스도가 이 음악을 들었을지도 모른다. 어쨌든 그는 들었다는 표시를 하지 않았다. 그러나 장의사 직원들은 분명히 들었다. 이 음악은 해리의 관을 장례식장으로 옮기라는 신호였기 때문이다. 존슨 부인이 바싹 따라붙어 관이 적당한 위치에 놓이도록 했다. 그녀가 한 손을 들자 바흐의 음악이 소절 중간에 뚝 끊어졌다.

존슨 부인이 큰 소리로 외쳤다. 「예배가 시작되기 전에 고인을 뵙고 싶은 분들은 앞으로 나와 주시겠어요?」

즉시 일어난 사람들은 징고 일가뿐이었다. 그들은 일제히 관 앞으로 다가갔다. 존슨 부인이 그들을 제지하고 페이에게 먼저 보라고 손짓했다. 페이는 메리 더브와 리 자매의 부축을 받으며 관 속을 잠깐 들여다보더니 잠시 동안 더 빠른 박자로 흐느끼다가 황망히 자기 자리로 돌아갔다.

그다음은 징고 일가의 차례였다. 그들은 몸을 숙이고 관을 내려다보며 걸걸하고 격렬한 성문음(聲門音)이 많은 언어로 대화를 나누었다. 그들이 고인을 다시 보려고 하자 존슨 부인이 단호하게 그들의 자리로 내몰았다.

난쟁이가 주춤주춤 관 앞으로 다가가더니 손수건을 한 번 흔들고 물러났다. 그다음에는 아무도 나서지 않았는데 존슨 부인은 그것을 무관심으로 해석하고 마치 자기가 모욕을 당한 듯이 발끈 화를 냈다.

「고인이 되신 그리너 씨의 유체를 보실 분들은 지금 나오셔야 합니다!」 그녀가 버럭 소리쳤다.

사람들이 조금 술렁거렸지만 아무도 일어나지 않았다.

마침내 존슨 부인이 누군가를 똑바로 노려보면서 말했다. 「거기, 게일 부인. 부인은 어떠세요? 마지막으로 뵙고 싶지 않으세요? 곧 이웃의 유해가 영원히 땅에 묻힐 텐데요.」

그렇게까지 나오는 데야 더 이상 피할 도리가 없었다. 게일 부인은 통로로 나와 앞으로 걸어갔고 몇 사람이 그 뒤를 따랐다.

토드는 그 틈을 타서 슬그머니 빠져나왔다.

18

 페이는 장례식 다음 날 곧바로 산베르두 아파트에서 나가 버렸다. 토드는 그녀가 어디로 갔는지 몰랐는데, 제닝 부인에게 연락해 보려고 용기를 짜내던 참에 때마침 사무실 창밖으로 지나가는 페이를 발견했다. 그녀는 나폴레옹 시대 종군상인(從軍商人)의 의상을 입고 있었다. 토드가 창문을 열었을 때 그녀는 막 건물 모퉁이를 돌아가려는 찰나였다. 그는 페이에게 기다리라고 소리쳤다. 그녀가 손을 흔들었지만 토드가 아래층으로 내려갔을 때는 벌써 온데간데없었다.

 그는 페이의 옷차림으로 미루어 「워털루」라는 영화에 출연 중일 거라고 확신했다. 촬영소 경비원에게 촬영 장소를 물어보니 뒷마당에서 찍는다고 했다. 토드는 당장 그곳으로 향했다. 흉갑 기병 소대가 지나갔다. 몸집 큰 사내들이 거대한 말을 타고 있었다. 그들도 같은 세트장으로 가는 길이 틀림없겠다 싶어 그 뒤를 따라갔다. 그러나 그들이 갑자기 질주하기 시작하면서 금방 간격이 벌어지고 말았다.

 햇볕이 몹시 뜨거웠다. 말발굽이 일으킨 먼지 때문에 눈과

목구멍이 따갑고 머리가 지끈거렸다. 그때 원양 여객선 밑에 있는 유일한 그늘이 눈에 띄었다. 색칠한 화포(畫布)로 만든 가짜 여객선이었지만 쇠기둥에 매달린 구명정들은 진짜였다. 그는 그 좁다란 그늘 속에 잠시 서 있다가 멀찌감치 우뚝 솟아오른 12미터 높이의 지점토 스핑크스 쪽으로 발길을 옮겼다. 거기까지 가려면 사막을 건너야 했다. 트럭 여러 대가 하얀 모래를 쏟아부을 때마다 이 사막은 점점 더 넓어졌다. 토드가 겨우 몇 걸음 걸어갔을 때 확성기를 든 남자가 어서 비키라고 명령했다.

토드는 오른쪽으로 크게 방향을 틀고 사막을 우회하여 보도에 널빤지를 깔아 놓은 서부 개척 시대의 거리에 이르렀다. 〈라스트 찬스 주점〉의 툇마루에 흔들의자 하나가 있었다. 토드는 그 의자에 앉아 담뱃불을 붙였다.

그 자리에서 그는 밀림 지대를 볼 수 있었다. 원뿔 모양의 초가집 옆에 물소 한 마리가 묶여 있었다. 물소는 몇 초 간격으로 노래하는 듯한 신음 소리를 냈다. 그때 별안간 아랍인 한 명이 하얀 수말을 타고 쏜살같이 지나갔다. 토드가 그 남자에게 소리쳤지만 대답은 듣지 못했다. 잠시 후 눈 더미를 싣고 맬러뮤트 몇 마리를 태운 트럭이 나타났다. 그는 다시 소리쳤다. 운전사도 뭐라고 소리쳤지만 차를 세우지는 않았다.

토드는 담배꽁초를 던져 버리고 주점의 흔들 문 안으로 들어갔다. 이 건물에는 내부가 없었고 곧바로 파리의 거리가 나타났다. 그는 그 거리가 끝나는 곳까지 걸어가서 로마네스크 양식의 안뜰로 들어섰다. 가까운 곳에서 몇 사람의 목소리가 들려 그쪽으로 가보았다. 승마복 차림의 남녀 한 무리가 인조 잔디밭에서 소풍을 즐기는 중이었다. 그들은 셀로판지로 만든 폭포 앞에서 마분지로 만든 음식을 먹었다. 토드가 길을 물어보려고 그들 쪽으로 걸어가자 한 남자가 앞을 가로막고 얼굴을 찡그리며 안내판을 들어 보였다. 〈조용히 해주세요. 촬영 중입니다.〉 토드가 한 걸음 더 다가가자 남자가 위협하듯이 주먹을 흔들었다.

그다음에는 커다란 셀룰로이드 백조들이 떠다니는 작은 연못에 이르렀다. 한쪽 끝에 다리가 있고 〈캄프 콤피트 가는 길〉이라는 표지판이 있었다. 그 다리를 건너 오솔길을 따라가자 에로스 신을 모시는 신전이 나왔다. 그러나 정작 신상은 묵은 신문지와 빈 병 무더기 속에 얼굴을 처박고 있었다.

신전 계단에 올라서자 저 멀리 양버들이 늘어선 길이 보였다. 아까 흉갑 기병대를 놓쳤던 바로 그 길이었다. 그는 우거진 찔레 덤불과 낡은 합판과 고철 따위가 마구 뒤엉킨 곳을 비집고 나아가다가 뼈대만 남은 비행선을 지나고, 대나무 울타리, 벽돌로 지은 요새, 나무로 만든 트로이의 목마를 지나고, 잡초 밭에서 시작하여 참나무 가지까지 이어지는 바로크식 궁전의 계단을 지나고, 14번가 고가 철도역의 일부, 네덜란드 풍차, 공룡의 뼈, 증기선 메리맥 호의 선체 상부, 마야 신전의 한 귀퉁이 등을 지나서 마침내 그 길에 도착했다.

숨이 가빴다. 토드는 어느 양버들 밑으로 가서 갈색 벽토로 만든 바위에 걸터앉아 웃옷을 벗었다. 시원한 산들바람이 불어와서 곧 숨쉬기가 한결 편해졌다.

최근에 그는 고야와 도미에뿐만 아니라 17세기와 18세기의 몇몇 이탈리아 화가들, 즉 살바토르 로사, 프란체스코 과르디, 몬수 데시데리오 같은 퇴폐와 신비의 화가들에 대해서도 생각해 보기 시작한 터였다. 지금 언덕 아래를 굽어보면서 그는 실제로 로사가 그린 칼라브리아[32] 풍경을 바탕으로 만들었는지도 모르는 몇몇 구도를 발견했다. 일부가 무너져 내린 건물과 부서진 유적들이 있었는데, 바싹 마른 땅에서 고통에 시달리며 꿈틀거리는 뿌리가 인상적인 거목들 그리고 꽃이나 열매가 아니라 대못, 갈고리, 칼 등의 병기류를 주렁주렁 달고 있는 떨기나무들이 그 폐허를 반쯤 가려 주었다.

과르디와 데시데리오의 몫으로는 어디로도 건너갈 수 없는 다리들, 나무에 걸린 조각품들 그리고 얼핏 보면 대리석으로 지은 듯하지만 가벼운 바람결에도 석조 주랑 현관 전체가 쁠럭거리는 궁전들이 있었다. 사람들도 눈에 띄었다. 토드가 앉아 있는 곳에서 90미터쯤 저쪽에는 중산모를 쓰고 베네치아 범선의 도금한 뱃고물에 나른하게 몸을 기댄 채 사과 껍질을 벗기는 남자가 있었다. 좀 더 먼 곳에는 발판 사다리에 올라서서 높이 9미터에 달하는 불상의 얼굴을 비누와 물로 닦아 주는 여자 잡역부가 있었다.

토드는 길가를 벗어나 언덕 비탈을 올라가서 건너편을 내려다보았다. 그곳에서는 해바라기와 야생 고무나무가 군데군데 섞인 10에이커 넓이의 도꼬마리 풀밭을 볼 수 있었다. 들판 한복판에는 각종 무대 장치와 합판과 소품들을 산더미

32 이탈리아 남부의 주(州).

처럼 쌓아 두었다. 그가 바라보는 동안에도 10톤 트럭 한 대가 또 한 무더기를 쏟아 놓았다. 그곳은 최후의 쓰레기장이었다. 그는 잰비어[33]의 사르가소 해(海)를 떠올렸다. 그 가상의 해역이 바다의 고물 하치장이라는 모습을 띤 일종의 문명사였듯이 이 촬영소 공터는 꿈 하치장의 모습을 띤 문명사였다. 상상력이 버려지는 사르가소 해! 이 쓰레기장은 끊임없이 성장했다. 모든 꿈이 처음에는 석고와 화포와 윗가지와 도료 덕분에 제법 근사한 모습으로 어딘가를 둥실둥실 떠다니다가도 언젠가는 반드시 이곳으로 모여들기 때문이다. 배는 사르가소 해에 이르지 못하고 침몰하는 경우도 많지만 꿈은 완전히 사라져 버리는 일이 없다. 꿈은 다시 어딘가에서 운수 사나운 누군가를 괴롭히다가 그 사람을 충분히 괴롭힌 다음 이렇게 이 공터에서 재활용된다.

하늘에 붉은 섬광이 번쩍거리고 대포 소리가 들려왔을 때 그는 바로 그곳이 워털루[34]라는 것을 알았다. 몇몇 기병 연대가 길모퉁이를 돌아 달려왔다. 빅토르 위고의 병사들이었다. 토드 자신이 『레 미제라블』의 묘사를 꼼꼼하게 참고하여 그들의 군복 도안을 그려 준 일이 있었다.

33 Thomas Allibone Janvier(1849~1913). 미국 소설가이자 역사가. 대표작은 사라진 난파선들의 종착지를 묘사한 모험 소설『사르가소 해에서』이다.
34 이 대목은 영화 촬영 장면이며 1815년 6월 18일 브뤼셀 남쪽의 워털루 교외에서 벌어진 전투를 묘사하고 있다. 엘바 섬을 탈출하여 재집권한 나폴레옹은 영국의 웰링턴과 프로이센의 블뤼허가 이끄는 연합군 — 영국, 네덜란드, 벨기에, 독일, 프로이센 — 에 대한 총공격을 감행했으나 결국 프랑스군의 참패로 끝났다. 이 패배를 계기로 나폴레옹은 이른바 〈백일천하〉를 마감하고 세인트헬레나 섬으로 유배되어 그곳에서 일생을 마쳤다.

그는 병사들이 달려가는 방향으로 걸어갔다. 오래잖아 르페브르 데누에트 장군의 부하들이 그를 앞질러 갔고 헌병 정예 부대 일개 연대, 근위대의 경보병 몇몇 중대 그리고 랭보의 창기병 유격대가 잇따라 지나갔다.

그들은 비운의 공격을 앞두고 상태 고지로 이동 중인 것이 분명했다. 대본을 읽어 보지 않은 토드는 혹시 어제 비가 내렸나 생각해 보았다. 그루시 장군이나 블뤼허 장군도 나타날까? 그 부분은 그로텐슈타인 감독이 바꿔 버렸는지도 모른다.

대포 소리가 점점 더 요란해지고 부채꼴로 붉게 물든 하늘의 빛깔도 더욱 강렬해졌다. 그는 달착지근하고 매캐한 공포탄 화약의 냄새를 맡았다. 그가 도착하기도 전에 촬영이 끝나 버릴지도 몰랐다. 그는 뛰기 시작했다. 길이 갑자기 꺾인 후 언덕 꼭대기에 이르렀을 때 토드는 발아래 펼쳐진 드넓은 평야를 보았다. 그가 어렸을 때 그토록 좋아했던 화려하고 정교한 군복을 입은 19세기 초의 병사들이 우글거렸다. 그 시절에 그는 낡은 사전에 실린 병사들의 모습을 들여다보며 많은 시간을 보냈다. 평야 저쪽 끝에는 거대한 언덕이 있고 그 아래 영국군과 동맹군이 모여 있었다. 그곳이 몽생장이었고 그들은 그곳을 지키기 위해 용맹스럽게 싸울 태세였다. 그러나 이 언덕은 아직 완성되지 않아서 촬영 보조, 소품 담당자, 세트 담당자, 목수, 도장공 등이 몰려 있었다.

토드는 유칼립투스 근처에서 〈찰스 H. 그로텐슈타인 감독의 「워털루」〉라는 표지판 뒤에 몸을 숨기고 그 광경을 지켜보았다. 공들여 찢어 놓은 근위 기병대 군복 차림의 청년 하나가 조감독 한 명의 지시에 따라 대사 연습을 하고 있었다.

「황제 폐하 만세!」 청년이 소리치더니 가슴을 움켜쥐고 푹 고꾸라져 숨을 거두었다. 그러나 까다로운 조감독은 만족하지 못하고 같은 장면을 몇 번이나 되풀이하게 했다.

평야 한복판에서는 급박한 전투가 벌어졌다. 전황은 영국군과 동맹군 쪽이 불리해 보였다. 오랑주 공이 지휘하는 중군, 힐의 우군, 픽턴의 좌군이 노련한 프랑스군의 혹독한 공격에 시달렸다. 용감하고 의욕적인 오랑주 공은 특히 심각한 곤경에 빠졌다. 그가 네덜란드-벨기에 연합군에게 외치는 목쉰 고함이 전투의 소음을 뚫고 들려왔다. 「나사우! 브라운슈바이크! 한 걸음도 물러서지 마라!」 그러나 곧 퇴각이 시작되었다. 힐도 후퇴했다. 프랑스군의 총탄에 머리가 뚫려 전사한 픽턴 장군은 분장실로 돌아갔다. 알턴도 칼에 찔려 물러났다. 되퐁 가문의 공작이 들고 있던 뤼네부르크 대대의 깃발은 파리 출신 소년 고수(鼓手)의 제복을 입은 유명한 아역 배우에게 빼앗겼다. 영국 기병대는 풍비박산이 나서 다른 군복으로 갈아입으러 갔다. 폰슨비의 중기병들도 난도질을 당했다. 그로텐슈타인 감독은 웨스턴 의상 회사에 거액을 지불해야 할 터였다.

나폴레옹과 웰링턴의 모습은 보이지 않았다. 조감독 중 한 명인 크레인 씨라는 사람이 웰링턴을 대신하여 동맹군을 지휘했다. 그는 샤스 휘하의 일개 여단과 빙케 휘하의 일개 여단을 동원하여 중군을 보강했다. 그다음에는 브라운슈바이크 보병대, 웨일스 보병대, 데번의 기마 의용병 그리고 직사각형 가죽 모자를 쓰고 치렁치렁한 말총 깃 장식을 늘어뜨린 하노버 경기병들을 지원 부대로 삼았다.

프랑스군에서는 바둑판무늬 모자를 쓴 남자가 미요의 흉갑 기병대에게 몽생장을 점령하라고 명령했다. 그들은 저마다 손에 권총을 쥐고 기병도를 입에 문 채 돌격을 감행했다. 무시무시한 광경이었다. 그러나 바둑판무늬 모자를 쓴 남자의 명령은 크나큰 실수였다. 몽생장은 아직 완성되지 않았기 때문이다. 도료도 덜 말랐고 모든 버팀목이 제자리에 설치되지도 않은 상태였다. 자욱한 포연 때문에 그 남자는 아직도 언덕에서 작업 중인 소품 담당자, 촬영 보조, 목수 등을 보지 못했던 것이다.

토드는 역사에서 흔히 볼 수 있는 실수라고 생각했다. 나폴레옹도 똑같은 실수를 저질렀다. 다만 그때는 잘못의 성격이 좀 달랐을 뿐이다. 황제는 적군이 그의 중기병들을 함정에 빠뜨리려고 언덕 기슭에 깊은 구덩이를 파놓았다는 사실을 미처 모르는 채 기병대에게 몽생장을 공격하라고 명령했다. 그 명령은 프랑스군에게 참혹한 결과를 가져왔다. 파멸의 시작이었다.

이번에는 똑같은 실수에서 다른 결과가 나왔다. 워털루 전투는 프랑스군의 종말이 아니라 무승부로 끝나고 말았다. 어느 쪽도 승리하지 못했으니 이튿날 다시 싸워야 할 터였다. 그러나 보험 회사는 산재 보상금 때문에 엄청난 손해를 보게 되었다. 나폴레옹이 세인트헬레나 섬으로 추방되었듯이 바둑판무늬 모자를 쓴 남자도 그로텐슈타인 감독의 미움을 사서 쫓겨났다.

미요의 중기병들이 몽생장 비탈을 오르기 시작했을 때 언덕이 무너져 버렸다. 굉장한 소음이 울려 퍼졌다. 들보에 박힌 못들이 일제히 고통의 비명을 지르며 빠져 버렸다. 화포가 찢어지는 소리는 마치 어린 아이들이 울부짖는 소리 같았다. 윗가지와 각목들이 무른 뼈처럼 우둑우둑 부러졌다. 언덕 전체가 거대한 우산처럼 푹 꺼지면서 색칠한 천이 나폴레옹의 군대를 덮쳤다.

그것이 신호였다. 베르시나, 라이프치히, 아우스터리츠 등지를 정복한 용사들이 마치 유리창을 깨뜨린 아이들처럼 부리나케 도망쳤다. 「해산합시다!」 그들은 그렇게 외쳤지만 그 말의 속뜻은 〈튀어라!〉였다.

영국군과 동맹군은 무대 장치 밑에 깊이 파묻혀 달아나지도 못했다. 그들은 목수들과 구급차들이 도착할 때까지 기다려야 했다. 75사단의 용맹스러운 스코틀랜드 병사들이 도르래 장치 덕분에 잔해 속에서 구출되었다. 그들은 여전히 씩씩하게 장검을 움켜쥔 채 들것에 실려 떠나갔다.

19

 토드는 촬영소 차를 얻어 타고 사무실로 돌아왔다. 그는 발판에 올라타고 매달려 가야 했다. 왈론족 척탄병 두 명과 슈바벤 보병 네 명 때문에 빈자리가 없었기 때문이다. 보병 한 명은 다리가 부러지고 나머지 엑스트라들은 찰과상과 타박상을 입었다. 그렇게 부상을 당했는데도 그들은 오히려 기뻐했다. 며칠치 급료를 받게 될 거라고 믿었기 때문인데, 다리가 부러진 남자는 최고 5백 달러쯤 받을 수 있을 거라고 예상했다.

 사무실에 도착해 보니 페이가 기다리고 있었다. 그녀는 전투 장면에 출연하지 않았다. 감독이 마지막 순간에 종군 상인들을 쓰지 않기로 결정했기 때문이다.

 뜻밖에도 페이는 다정하고 따뜻하게 토드를 맞아 주었다. 그래도 그는 장례식장에서의 행동에 대하여 사과하려 했다. 그러나 미처 시작하기도 전에 페이가 말을 가로막았다. 그녀는 화가 나지 않았고 오히려 성병에 대한 훈계를 해줘서 고맙다고 했다. 그 덕분에 정신이 번쩍 들었다는 말도 덧붙였다.

페이는 놀라운 소식을 하나 더 말해 주었다. 자기가 호머 심프슨의 집에 살고 있다는 것이었다. 그러나 그들은 사무적인 관계였다. 호머는 페이가 스타가 될 때까지 침식과 의상을 제공하기로 했다. 호머가 사용하는 비용은 한 푼도 빠짐없이 기록해 두었다가 페이가 영화계에서 성공하면 6퍼센트의 이자를 붙여 갚기로 했다. 그들은 이 약속을 법적으로 완벽하게 공식화하기 위해 변호사를 만나서 계약서를 작성할 예정이었다.

페이는 토드에게 의견을 말해 달라고 졸랐고 그는 아주 좋은 생각이라고 대답했다. 그녀는 고맙다고 하면서 그를 저녁 식사에 초대했다.

페이가 떠난 후 토드는 그녀와 함께 사는 것이 호머에게 어떤 영향을 미칠까 생각해 보았다. 그의 생활을 바로잡아 줄 듯싶기도 했다. 그런 생각을 하면서 토드는 엉뚱한 심상을 떠올렸다. 쇳덩어리처럼 사람을 가열하고 망치로 두드려 곧게 펴는 장면이었다. 그러나 그것은 잘못된 판단이었다. 호머처럼 달라지기 어려운 사람도 드물기 때문이다.

토드는 두 사람과 저녁 식사를 하는 동안에도 그런 착각을 버리지 못했다. 페이는 아주 행복해 보였고 외상 거래와 멍청한 점원들에 대하여 이야기했다. 단춧구멍에 꽃 한 송이를 꽂고 융단 슬리퍼를 신은 호머가 페이를 바라보며 끊임없이 환한 미소를 지었다.

식사가 끝난 후 호머가 부엌에서 설거지를 하는 동안 토드는 페이에게 하루 종일 둘이서 무엇을 하면서 지내느냐고 물어보았다. 그녀는 둘 다 조용히 살고 있는데, 자극적인 생활에 싫증이 난 그녀로서는 반가운 일이라고 했다. 그녀는 배우로서 성공하기를 바랄 뿐이었다. 집안일은 호머가 도맡아 했으므로 그녀는 제대로 쉴 수 있었다. 페이는 아버지의 오랜 투병 생활 때문에 완전히 지쳐 버린 터였다. 호머는 집안일을 좋아하기도 했거니와 물을 만지면 손이 거칠어진다면서 그녀가 부엌에 얼씬거리지도 못하게 했다.

「투자 대상을 보호하자는 거네.」

토드가 말하자 페이가 진지하게 대답했다.

「맞아. 내 손은 아름다워야 하니까.」

두 사람은 10시쯤에 아침을 먹는다고 했다. 호머가 식사를 페이의 침대로 갖다 주었다. 그는 가정생활에 대한 잡지를 보고 그 속에 실린 사진대로 쟁반을 꾸몄다. 그녀가 목욕을 하고 옷을 입는 동안 그는 집 안 청소를 했다. 그다음에는 함께 시내에 가서 장을 보았는데, 그녀는 온갖 물건을 사들였지만 주로 옷 종류가 많았다. 그녀의 몸매 때문에 둘 다 점심은 걸렀고 저녁에는 주로 외식을 하고 영화를 보러 갔다.

「그다음에는 아이스크림소다를 마시지.」 호머가 부엌에서 나오면서 페이 대신 덧붙였다.

페이가 웃음을 터뜨리며 잠시 자리를 비웠다. 영화를 보러 가기 전에 옷을 갈아입기 위해서였다. 페이가 자리를 뜨자 호머가 안뜰로 나가 바람 좀 쐬자고 했다. 그는 접의자를 토드에게 양보하고 엎어 놓은 오렌지 상자에 걸터앉았다.

토드는 만약 자기가 좀 더 신중하고 반듯하게 행동했다면 지금쯤 페이가 자신과 함께 살고 있을지도 모른다는 생각을 지워 버릴 수 없었다. 적어도 호머보다는 그가 더 잘생겼으니까. 그러나 그녀에게는 다른 것들도 필요했다. 호머는 수입이 있고 어엿한 집 한 채도 있지만 토드는 주급 30달러를 받으면서 셋방살이를 하는 신세였다.

호머의 행복한 미소 때문에 토드는 부끄러움을 느꼈다. 너무 편파적인 생각을 했기 때문이다. 호머는 겸손하고 고마움을 아는 사람이었다. 절대로 페이를 비웃지 않을 사람, 아니, 그 무엇도 비웃을 줄 모르는 사람이었다. 이렇게 큰 장점을 가졌기 때문에 페이가 그의 곁에서 훨씬 더 수준 높은 생활을 누리게 된 것이다.

「무슨 일 있나?」 호머가 묵직한 손을 토드의 무릎에 얹으며 나지막이 물었다.

「없는데요. 왜요?」

토드는 몸을 움직여 호머의 손을 떨어뜨렸다.

「얼굴을 찡그리던데.」

「딴생각을 하느라고요.」

「아.」 호머가 이해한다는 듯이 말했다.

토드는 불쾌한 의문을 마음속에만 담아 둘 수 없었다.

「두 분은 언제 결혼하실 겁니까?」

그러자 호머가 불쾌한 표정을 지었다.

「페이가 우리 관계에 대해 말하지 않던가?」

「대충 듣긴 했습니다만.」

「사무적인 거래일 뿐이야.」

「그런가요?」

호머는 토드를 납득시키려고 조리도 없는 장광설을 늘어놓았다. 아마 자신에게도 똑같은 논리로 상황을 합리화했을 것이다. 심지어 사무적인 관계에서 한 걸음 더 나아가, 세상을 떠난 해리를 위해서라도 두 사람이 이렇게 할 수밖에 없다고 주장하기까지 했다. 이 세상에서 페이에게 남은 것이라고는 영화뿐인데, 아버지를 위해서라도 그녀가 반드시 성공해야 한다. 그녀가 아직 스타가 되지 못한 이유는 변변한 옷이 없었기 때문이다. 그에게는 돈이 있고 그녀의 재능에 대한 믿음이 있으니 두 사람이 사무적인 거래를 하는 것이야말로 자연스러운 일이다. 그러면서 그는 토드에게 혹시 〈좋은 변호사〉를 아느냐고 물었다.

그 말은 농담이겠지만 만약 토드가 미소를 짓는다면 지긋지긋할 정도로 집요한 진짜 질문으로 돌변할 터였다. 토드는 얼굴을 찡그렸다. 그것도 실수였다.

「이번 주 안에 변호사를 만나서 서류를 꾸며야 하거든.」

호머의 의욕은 애처로울 정도였다. 토드는 그를 도와주고 싶었지만 무슨 말을 해야 좋을지 몰랐다. 대답이 궁해서 우물쭈물할 때 차고 뒤쪽의 언덕에서 여자의 고함이 들렸다.

「어도어! 어도어!」

소프라노 음성이었는데 아주 맑고 낭랑했다.

「웃기는 이름이네요.」[35] 토드는 화제를 바꾸게 되어 기뻤다.

「외국인인지도 모르지.」 호머가 말했다.

35 〈어도어 adore〉는 〈숭배하다, 떠받들다, 찬미하다〉라는 뜻의 동사다.

차고 모퉁이 너머에서 한 여자가 나타나 마당 안으로 들어왔다. 의욕적이고 풍만하고 대단히 미국적인 여자였다.

「우리 아들 못 보셨어요?」 여자가 난감하다는 몸짓을 하면서 물었다. 「어도어는 걸핏하면 이리저리 돌아다녀요.」

토드는 호머가 벌떡 일어나서 여자에게 미소를 던지는 것을 보고 놀랐다. 페이 덕분에 수줍음이 많이 사라진 모양이다.

「아드님이 길을 잃었나요?」 호머가 물었다.

「아, 그건 아니고……. 저를 놀리려고 숨은 거예요.」 그녀가 손을 내밀었다. 「옆집에 살아요. 메이벨 루미스라고 해요.」

「반갑습니다, 부인. 저는 호머 심프슨이고 이쪽은 해케트 씨예요.」

토드도 그녀와 악수를 나누었다.

「이 집에서 오래 사셨나요?」 여자가 물었다.

「아뇨. 동부에서 온 지 얼마 안 됐습니다.」

「아, 그러세요? 저는 남편이 6년 전에 세상을 떠나고 나서부터 줄곧 여기서 살았어요. 꽤 오래 산 셈이죠.」

「여기를 좋아하시는 모양이죠?」 토드가 물었다.

「캘리포니아를 좋아하느냐고요?」 여자는 캘리포니아를 싫어하는 사람도 있느냐는 듯이 웃었다. 「아니, 여긴 지상 낙원이잖아요!」

「그건 그렇죠.」 호머가 시무룩하게 동의했다.

여자가 말을 이었다.

「더구나 저는 어도어 때문에라도 꼭 여기서 살아야 해요.」

「애가 어디 아픈가요?」

「아, 그런 게 아니에요. 성공시키기 위해서죠. 매니저가 그러는데 어도어는 할리우드에서도 제일 매력적인 아이래요.」

호머가 움찔 놀랄 정도로 열성적인 태도였다.

「영화에 출연하는 모양이죠?」 토드가 물었다.

「당연하죠.」 여자가 딱 잘라 말했다.

호머가 비위를 맞춰 주었다.

「그거 아주 잘됐군요.」

그러자 여자가 씁쓸하게 내뱉었다. 「인맥 사회만 아니었다면 벌써 스타가 됐을 거예요. 재능은 중요하지 않아요. 연줄이 우선이죠. 어도어가 셜리 템플보다 못한 구석이 하나라도 있는 줄 아세요?」

「글쎄요, 저야 모르죠.」 호머가 중얼거렸다.

여자는 그 말을 무시해 버리고 굉장한 고함을 질렀다.

「어도어! 어도어!」

토드는 촬영소 주변에서 그런 여자들을 많이 보았다. 세상에는 자식을 데리고 배역 담당자 사무실을 전전하면서 자식의 재능을 보여 줄 기회를 얻기 위해서라면 몇 시간, 몇 주, 몇 달이라도 기꺼이 기다리는 여자들이 흔해 빠졌다. 더러는 몹시 가난한 여자들이지만 엄청난 희생을 치러서라도 어떻게든 돈을 긁어모아 자식을 수많은 예능 학원 중 한 곳에 집어넣고야 만다.

「어도어!」 여자가 한 번 더 소리치더니 웃음을 터뜨리고 다시 싹싹한 가정주부의 모습으로 돌아왔다. 작고 통통한 여자, 토실토실한 뺨과 토실토실한 팔꿈치에 보조개가 옴폭 옴폭 들어간 여자.

「혹시 자녀분이 있나요, 심프슨 씨?」

「아뇨.」 호머가 얼굴을 붉히며 대답했다.

「다행인 줄 아세요. 애들은 정말 골칫거리거든요.」

그녀는 진심이 아니라는 표시로 웃음을 터뜨리더니 다시 아들을 불렀다.

「어도어…… 얘, 어도어…….」

그녀의 다음 질문은 두 사람을 어리둥절하게 만들었다.

「두 분은 누구를 따르시나요?」

「뭐라고요?」 토드가 되물었다.

「제 말은…… 건강을 얻기 위해서, 생명의 길을 찾기 위해서 말예요.」

두 남자는 입을 딱 벌리고 멍하니 그녀를 바라보았다.

「저는 생식주의자예요. 우리 지도자는 피어스 박사님이죠. 두 분도 박사님의 광고를 보셨을 텐데요. 〈척척박사 피어스〉.」

「아, 맞아요. 채식주의자들 말씀이군요.」 토드가 말했다.

그러자 여자가 그의 무지를 비웃었다.

「천만에요. 우린 훨씬 더 엄격해요. 채식주의자들은 익힌 야채를 먹죠. 우린 날것만 먹어요. 죽은 음식은 죽음을 부르거든요.」

토드와 호머는 둘 다 할 말을 찾지 못했다.

여자가 다시 부르기 시작했다.

「어도어! 어도어…….」

이번에는 차고 모퉁이 너머에서 대답이 들려왔다.

「나 여기 있어, 엄마.」

잠시 후 어린 소년이 바퀴 달린 작은 돛단배를 질질 끌면서 나타났다. 나이는 여덟 살쯤 되었는데 얼굴이 수척하고 창백했으며 널찍한 이마에는 수심이 가득했다. 커다란 두 눈이 돋보였다. 눈썹은 털을 뽑아 단정하게 모양을 다듬었다. 버스터 브라운 칼라[36]를 제외하면 어른의 옷차림과 다름없이 긴 바지와 조끼 그리고 재킷을 갖춰 입었다.

소년이 엄마에게 입을 맞추려 했지만 그녀는 아들을 제지하고 그의 옷자락을 모질게 탁탁 잡아당겨 구김살을 펴고 매무시를 바로잡았다.

여자가 엄격한 어조로 말했다.

「어도어, 옆집 심프슨 아저씨께 인사 드려.」

그러자 소년은 교관의 명령에 복종하는 훈련병처럼 휙 돌아서서 호머에게 다가와 악수를 나누었다.

「반갑습니다, 아저씨.」 그러면서 두 발꿈치를 탁 마주치고 뻣뻣한 동작으로 고개를 까닥 숙였다.

루미스 부인이 환하게 웃었다.

「유럽에서는 이렇게 인사한대요. 너무 귀엽죠?」

「돛단배가 참 예쁘구나!」 호머가 붙임성 있게 말을 걸었다.

그러나 엄마와 아들은 호머의 말을 묵살해 버렸다. 여자가 토드 쪽을 가리키자 아이는 다시 두 발꿈치를 마주치며 인사를 했다.

36 주로 아동복에 사용하는, 끝 부분을 둥글게 처리한 목깃.

「자, 우린 이제 가볼게요.」 여자가 말했다.

토드는 엄마 곁에서 조금 떨어져 서서 호머를 향해 오만상을 짓는 소년을 지켜보았다. 아이는 눈을 허옇게 까뒤집고 으르렁거리듯이 입술을 일그러뜨렸다.

루미스 부인이 토드의 시선을 보고 별안간 휙 돌아섰다. 어도어가 하는 짓을 본 그녀는 아들의 몸이 번쩍 들릴 정도로 팔을 확 잡아당겼다.

「어도어!」 부인이 빽 소리쳤다.

그러더니 토드에게 변명조로 말했다. 「프랑켄슈타인의 괴물 흉내를 내는 거예요.」

그녀는 아들을 들어 올려 부둥켜안고 열렬한 입맞춤을 퍼부었다. 그러더니 아이를 도로 내려놓고 구겨진 옷을 매만졌다.

「어도어가 우리한테 노래 한 곡 불러 줄 수 있을까요?」 토드가 물었다.

「싫어요.」 아이가 매몰차게 말했다.

「어도어, 당장 불러 드려.」 아이 엄마가 꾸짖듯이 명령했다.

「괜찮습니다. 내키지 않으면 어쩔 수 없죠.」 호머가 말했다.

그러나 루미스 부인은 이미 노래를 시켜야겠다고 마음먹은 뒤였다. 관객의 요청을 거부하다니 도저히 용납할 수 없는 일이다.

「어서 불러, 어도어.」 그녀가 은근히 위협적인 말투로 다시 명령했다. 「〈엄마는 완두콩을 좋아하지 않네〉를 불러 봐.」

그러자 어도어의 두 어깨가 벌써 한 대 맞은 듯이 부르르 떨렸다. 그는 밀짚 선원 모자를 기울여 한쪽 눈을 가리고 옷

옷 단추를 채우더니 으쓱거리며 몇 걸음 걷다가 노래를 시작했다.

> 엄마는 완두콩을 좋아하지 않네,
> 밥도 싫고 코코넛 기름도 모두 싫다나,
> 브랜디 한 병만 있으면 하루가 거뜬하다고,
> 엄마는 완두콩을 좋아하지 않네,
> 밥도 싫고 코코넛 기름도 모두 싫다나.

소년의 노랫소리는 굵고 거칠었으며 블루스 가수의 구슬픈 영탄조를 능숙하게 구사했다. 그러면서 몸을 조금씩 흔들었는데 노랫가락에 박자를 맞추지 않고 엇박으로 움직였다. 손동작은 몹시 외설적이었다.

> 엄마는 진을 좋아하지 않네,
> 진을 마시면 죄를 짓게 된다고,
> 진이라면 한 잔도 마시지 않네,
> 보나마나 죄를 짓게 된다고,
> 하루 종일 몸이 뜨거워 성가시다고.

소년은 이 노랫말의 의미를 아는 듯했다. 적어도 그의 몸과 목소리는 알고 있는 듯했다. 이윽고 마지막 후렴 부분에 이르렀을 때 그의 엉덩이가 몸부림치듯 꿈틀거리고 목소리에는 욕정의 괴로움이 듬뿍 담겼다.

토드와 호머는 박수를 쳤다. 어도어가 돛단배의 줄을 집어 들고 마당 안을 한 바퀴 돌았다. 예인선 흉내였다. 그는 뿌우뿌우 기적 소리를 내다가 어디론가 달려갔다.

루미스 부인이 자랑스러운 듯이 말했다.

「아직 어리지만 재능이 참 많아요.」

토드와 호머도 맞장구를 쳤다.

여자는 아들이 다시 사라진 것을 깨닫고 황급히 자리를 떴다. 두 사람은 그녀가 차고 뒤편의 덤불숲에서 외치는 소리를 들었다.

「어도어! 어도어……」

「웃기는 여자네요.」 토드가 말했다.

호머는 한숨을 쉬었다.

「영화계에서 성공하기는 정말 어려운 모양일세. 하지만 페이는 굉장히 예쁘니까.」

토드도 그 말에 동의했다. 잠시 후 페이가 나타났는데 새로 산 꽃무늬 드레스에 그림이 그려진 모자를 쓰고 있었다. 이번에는 토드가 한숨지을 차례였다. 페이는 단순히 예쁘다고 말할 정도가 아니었다. 그녀가 현관 계단에서 포즈를 취하고 흔들흔들 균형을 잡으면서 안뜰에 서 있는 두 남자를 내려다보았다. 그러면서 미소를 지었는데 상념으로 오염되지 않은 어렴풋한 미소였다. 그녀는 마치 방금 태어나기라도 한 듯이 마냥 싱싱하고 촉촉하고 발랄하고 향기로웠다. 별안간 토드는 죽은 가죽 속에 갇힌 자신의 둔하고 무감각한 발을, 그리고 무겁고 투박한 중절모를 들고 있는 끈끈하고 두툼한 손을 몹시 의식했다.

그는 두 사람과 함께 영화관에 가는 일만은 피하고 싶었지만 어쩔 수 없었다. 어둠 속에서 페이 곁에 앉아 있는 일은 예상대로 큰 고역이었다. 그녀의 흠잡을 데 없는 아름다움 때문에 자꾸 몸을 꼼지락거리게 되었고, 차라리 주먹을 휘둘러 그녀의 잔잔한 수면을 흔들어 놓거나 별안간 음탕한 짓을 해버리고 싶은 충동을 억누르기 힘들었다.

토드는 혹시 자기가 남들을 그릴 때 표현하고 싶어 하는 고질적이고 병적인 무감각에 스스로 물들어 버린 것이 아닐까 생각했다. 어쩌면 강렬한 자극을 받아야만 감수성을 되찾을 수 있기 때문에 이렇게 페이를 따라다니는 것인지도 모른다.

그는 작별 인사도 하지 않고 서둘러 떠나 버렸다. 이제 더 이상 페이를 뒤쫓지 말자고 결심했던 것이다. 마음먹기는 쉬웠지만 실천하기는 어려웠다. 그 일을 해내기 위해서 그는 지식인들이 흔히 써먹는 케케묵은 수법에 의존했다. 어차피 페이의 모습이라면 충분히 그려 보지 않았느냐고 자신을 타일렀다. 그는 그녀를 그린 작품들을 화첩에 넣고 끈으로 꽁꽁 묶어 트렁크 속에 처박아 버렸다.

야만적인 주술사도 마다할 만큼 유치한 방법이었지만 제법 효과적이었다. 몇 달 동안이나 그녀를 만나지 않고 버틸 수 있었다. 그 기간 동안 그는 스케치북과 연필을 가지고 끊임없이 다른 모델을 찾아다녔다. 밤마다 할리우드의 여러 교회를 찾아가서 교인들을 그리며 시간을 보냈다. 그는 〈육체를 중시하는 그리스도 교회〉를 방문했는데, 그곳에서는 역기와 악력기를 꾸준히 사용하면 신성함을 얻는다고 설교했다. 〈보이지 않는 교회〉에서는 운수를 점쳐 주고 망자들을 부려 잃어버린 물건을 찾아 주었다. 〈세 번째 강림의 예배당〉에서는 남자 옷을 입은 여자가 〈소금과 싸우는 성전(聖戰)〉을 역설했다. 그리고 지붕을 유리와 크롬으로 만든 〈현대 신전〉에서는 〈아스텍의 비법 뇌 호흡〉을 가르쳤다.

교회 신도석에서 몸부림치는 교인들을 지켜보면서 토드는 알레산드로 마냐스코[37]라면 그들의 지치고 나약한 육체와 거칠고 난잡한 정신의 대조를 극적으로 표현할 수 있을 거라고 생각했다. 호가스[38]나 도미에와 달리 마냐스코는 그들을 비웃지도 않고 동정하지도 않을 것이다. 그들을 존중하는 마음을 가지고 그들의 분노를 그려 내면서 그 속에 담긴 막강하고 무정부주의적인 힘을 꿰뚫어 보고 그들에게 문명을 파괴할 능력이 있음을 알아차릴 것이다.

어느 금요일 저녁, 〈세 번째 강림의 예배당〉에서 토드 근처에 앉아 있던 남자가 일어나서 입을 열었다. 그의 성은 아마도 톰프슨이나 존슨쯤일 테고 고향은 수시티 같은 곳이겠지만 번쩍거리는 못대가리를 연상시키는 움푹 꺼진 두 눈은 마치 마냐스코가 그린 수도사의 눈 같았다. 어쩌면 소보바 핫스프링스 근방의 사막에 있는 어느 단체에서 생과일과 견과

---

37 Alessandro Magnasco(1667~1749). 이탈리아 화가.
38 William Hogarth(1697~1764). 영국 화가, 판화가, 만화가, 사회 비평가.

류만 먹으면서 자신의 영혼을 들여다보다가 방금 돌아왔는지도 모른다. 그는 노발대발했다. 그가 이 도시로 가져온 가르침은 일자무식의 어느 은둔 수행자가 타락한 로마에 내렸음직한 가르침이었다. 각종 식사 규칙, 경제학 그리고 성서에 바탕을 둔 위협 따위가 마구 뒤섞여 도무지 종잡을 수가 없었다. 그는 성벽 너머에 〈분노의 호랑이〉가 어슬렁거리고 떨기나무 숲에 〈욕망의 자칼〉이 숨어 있는 것을 보았는데 이런 징조는 실업자 연금과 육식 때문이라고 주장했다.

토드는 그 남자의 논리를 비웃지 않았다. 논리 따위는 중요하지 않음을 알기 때문이다. 정말 중요한 것은 그의 메시아 같은 분노와 청중의 정서적 반응이었다. 사람들은 일제히 벌떡 일어나 주먹을 휘두르며 고함을 질렀다. 설교단 위에서 누군가 큰북을 두드리기 시작했고 곧 신도 전체가 「믿는 사람들은 군병 같으니」를 합창했다.

20

 시간이 흐르면서 페이와 호머의 관계도 변해 갔다. 페이는 두 사람의 생활에 권태를 느꼈고 그 권태가 깊어지면서 호머를 구박하기 시작했다. 처음에는 무의식적으로 그랬지만 나중에는 악의적으로 괴롭혔다.

 호머는 파국이 멀지 않았음을 페이보다 먼저 알아차렸다. 파국을 막기 위해 그가 할 수 있는 일은 더욱더 비굴해지고 너그러워지는 것이 전부였다. 그는 지극 정성으로 그녀를 받들어 모셨다. 담비의 여름 털가죽으로 만든 외투와 담청색 뷰익 소형차를 사주기도 했다.

 그는 금방이라도 회초리가 날아들까 봐 쩔쩔매면서도 한편으로는 매를 반가워하는 꼴사나운 개처럼 굽실거렸다. 어떤 면에서는 그런 태도가 오히려 때려 주고 싶은 충동을 불러일으켰다. 그의 너그러움은 더욱더 짜증스러웠다. 한없이 무력하고 사심 없는 그 너그러움 때문에 페이는 그를 상냥하게 대하려고 아무리 노력해도 자꾸 더 짓궂고 잔인해졌다. 게다가 너그러움이 너무 두드러져 무시해 버릴 수도 없었다.

그래서 그녀는 그 너그러움에 반감을 느낄 수밖에 없었다. 그는 자신을 망치고 있었는데, 비록 본심은 아니지만 그 책임을 그녀에게 강요하는 셈이었다.

토드가 두 사람을 다시 만난 것은 그들이 최후의 위기를 맞이하기 직전이었다. 어느 늦은 밤, 토드가 잠자리에 들 준비를 할 때 호머가 방문을 두드리더니 페이가 차 안에서 기다린다면서 두 사람이 지금 나이트클럽에 가는 길인데 토드도 함께 가줬으면 좋겠다고 말했다.

호머의 옷차림은 몹시 괴상했다. 헐렁한 파란색 리넨 슬랙스에 노란색 폴로셔츠를 입고 초콜릿색 플란넬 재킷을 걸쳤다. 그런 옷차림을 하고도 우스꽝스럽지 않은 사람은 흑인뿐일 텐데, 호머는 누구보다도 흑인과는 거리가 먼 사람이었다.

토드는 그들과 함께 차를 타고 웨스턴 애비뉴에 있는 〈신데렐라 클럽〉으로 향했다. 여자 구두 모양의 조그마한 치장 벽토 건물이었다.

페이는 몹시 심술궂게 굴었다. 웨이터가 주문을 받으러 왔을 때 페이는 호머에게 샴페인 칵테일을 마시라고 강요했다. 호머는 커피를 마시고 싶어 했다. 웨이터는 둘 다 가져왔지만 페이가 커피를 돌려보냈다.

호머는 술만 마시면 탈이 나니까 마시지 말아야 한다고 간곡하게 설명했다. 아마 벌써 여러 번 그렇게 설명했을 것이다. 페이는 짐짓 참을성 있게 들어 주는 척했다. 그러나 호머의 말이 끝나자 웃음을 터뜨리며 칵테일 잔을 그의 입가에 들이밀었다.

「어서 마셔요, 젠장.」

페이가 술잔을 기울였지만 호머는 입을 벌리지 않았고 술이 턱으로 줄줄 흘러내렸다. 그는 냅킨을 접힌 채로 집어 들어 얼굴을 닦았다.

페이가 웨이터를 다시 불렀다.

「샴페인 칵테일이 마음에 안 드나 봐요. 브랜디를 갖다 주세요.」

호머가 고개를 흔들며 애처롭게 호소했다. 「제발 이러지 마, 페이.」

그러나 그녀는 브랜디 잔을 호머의 입술에 갖다 대고 그가 얼굴을 돌리는 대로 따라 움직였다.

「어서요, 아저씨. 쭉 들이켜요.」

「그냥 좀 내버려 두지 그래.」 보다 못해 토드가 말했다.

페이는 그의 참견을 못 들은 척 무시해 버렸다. 그녀는 화가 나기도 하고 부끄럽기도 했다. 수치심은 분노를 부채질하고 분노의 표적을 제공했다.

그녀가 사납게 쏘아붙였다.

「어서요, 아저씨. 안 마시면 엄마가 맴매한다.」 그러더니 토드를 돌아보았다. 「술도 안 마시는 사람은 딱 질색이야. 사교성이 없잖아. 그러면서 괜히 잘난 체하는데, 잘난 체하는 사람도 질색이거든.」

「잘난 체하는 게 아니야.」 호머가 말했다.

「아니, 잘난 체하는 거 맞잖아요. 나는 취해 버렸는데 자기는 멀쩡하다고 우월감을 느끼는 거지. 하여간 지독하게 잘난 체한다니까.」

호머가 대꾸하려고 입을 여는 순간 페이가 그의 입속에 브랜디를 확 쏟아붓고 손으로 틀어막아 뱉어 내지 못하게 했다. 술의 일부가 코로 넘어왔다.

「그래, 그러셔야지.」 페이가 깔깔 웃었다. 「참 잘했어요, 팔푼이 아저씨.」

토드는 호머에게 혼자만의 시간을 주려고 페이에게 춤을 청했다. 플로어로 자리를 옮기자 그녀가 변명조로 말했다.

「저 사람이 너무 잘난 체해서 미치겠어.」

「너를 사랑하잖아.」

「그래, 그건 알지만 너무 어리바리해서 말이야.」

페이는 토드의 어깨에 기대어 울기 시작했고 그는 그녀를 힘껏 안아 주었다. 토드는 운을 시험해 보기로 했다.

「나랑 자자.」

「안 돼, 오빠.」 그녀가 이해한다는 듯이 대답했다.

「제발, 제발……. 딱 한 번만.」

「그럴 순 없어. 오빠를 사랑하지 않으니까.」

「제닝 부인 밑에서 일한 적도 있잖아. 지금도 거기서 일한다고 생각하면 될 텐데.」

페이는 화를 내지 않았다.

「그건 실수였어. 그리고 어차피 그건 또 다른 문제잖아. 장례비를 갚을 때까지만 나갔을 뿐이고, 게다가 그 남자들은 모두 생판 모르는 사람들이었어. 무슨 뜻인지 알지?」

「그래. 그래도 제발 부탁이야. 다시는 귀찮게 하지 않을

게. 끝나자마자 동부로 떠날게. 선심 좀 써라.」

「안 된다니까.」

「왜……?」

「그냥 안 돼. 미안해, 오빠. 괜히 튕겨 보는 게 아니라 정말 그러고 싶지 않아서 그래.」

「너를 사랑해.」

「그래도 안 돼, 오빠, 그럴 순 없어.」

그들은 곡이 끝날 때까지 아무 말도 하지 않고 춤을 추었다. 그는 너무 낯 뜨겁지 않도록 슬기롭게 받아 준 그녀가 고마웠다.

그들이 테이블로 돌아갔을 때 호머는 아까 보았던 그 모습 그대로 우두커니 앉아 있었다. 한 손에는 접힌 냅킨을 들고 다른 손에는 빈 브랜디 잔을 들었다. 그 무력한 모습은 정말 짜증스럽기 짝이 없었다.

호머가 말했다. 「브랜디 말인데, 네 생각이 옳았어, 페이. 이거 정말 끝내준다! 야호!」

그는 술잔을 쥔 손을 빙글빙글 돌리며 작은 원을 그렸다.

「나는 스카치를 마시고 싶은데.」 토드가 말했다.

「나도 그래.」 페이가 말했다.

호머는 분위기를 띄워 보려고 다시 허세를 부렸다.

「어이, 웨이터, 술 좀 갖다 주게.」

그러더니 조마조마한 표정으로 두 사람을 바라보며 씨익 웃었다. 페이가 웃음을 터뜨렸고 호머도 함께 웃으려고 최선을 다했다. 그러다가 그녀가 웃음을 뚝 멈춰 버리자 혼자 웃다가 허둥지둥 기침을 하는 시늉을 하면서 냅킨으로 입을 가렸다.

페이가 토드를 돌아보았다.

「저런 얼간이하고 도대체 무슨 일을 할 수 있겠어?」

때마침 오케스트라 연주가 시작된 덕분에 토드는 그녀의 질문을 무시하고 넘어갔다. 세 사람은 몸에 꼭 끼는 빨간색 실크 드레스 차림으로 자장가를 부르는 젊은 남자를 바라보았다.

꼬마 도련님, 울고 계시네,
왜 시무룩한지 나도 알아요,
누가 장난감 차를 빼앗았군요,
이제 그만 주무세요, 꼬마 도련님,
바쁜 하루를 보냈으니까……

떨림을 넣은 조용한 목소리였다. 부드럽고 조심스러워 여성적인 몸짓은 마치 무의식적으로 애무를 하는 듯했다. 그의 공연은 결코 장난스러운 흉내가 아니었다. 흉내라고 보기에는 너무 꾸밈없고 절제된 공연이었다. 심지어 연극이라는 생각조차 들지 않았다. 가냘픈 팔에는 털이 하나도 없고 어깨가 둥글고 보들보들해 보이는 이 가무잡잡한 청년은 진짜 여자였다.

노래가 끝나자 엄청난 박수갈채가 터져 나왔다. 청년이 부르르 몸을 떨더니 다시 연기자로 변신했다. 드레스에 익숙

하지 않은 사람처럼 옷자락을 밟고 비틀거리더니 스커트를 들어 올려 가터를 착용한 다리를 살짝 보여 주고는 어깨를 흔들며 건들건들 걸어 나갔다. 남자 흉내가 오히려 더 어색하고 역겨웠다.

호머와 토드는 그에게 박수를 보냈다.

「나는 페어리[39]가 싫더라.」 페이가 말했다.

「여자들은 다 그래.」

토드는 농담으로 한 소리였지만 페이는 발끈 화를 냈다.

「추잡한 것들이야.」

토드가 뭐라고 대꾸를 하려고 했지만 페이는 다시 호머 쪽으로 고개를 돌렸다. 그를 괴롭히고 싶은 충동을 억누르지 못하는 듯했다. 이번에는 그의 팔을 꼬집어 나지막한 외마디 소리를 토하게 만들었다.

「페어리가 뭔지 알아요?」 페이가 물었다.

「알지.」 호머가 머뭇거리며 대답했다.

그러자 페이가 다그쳤다. 「그럼 좋아요. 어디 말해 봐요! 페어리가 뭐죠?」

호머는 벌써 엉덩이를 한 대 얻어맞은 듯 거북스럽게 몸을 꼬면서 애원하듯이 토드를 쳐다보았고, 토드는 그를 도와주려고 소리 없이 입술만 움직여 〈호모〉라고 말해 주었다.

호머가 말했다. 「모모.」

페이는 까르르 웃음을 터뜨렸다. 그러나 누구라도 측은한 마음이 들 수밖에 없는 호머의 풀 죽은 얼굴을 보더니 곧 그

[39] 여자 역할을 하는 남자 동성애자. 여성적인 남자.

의 어깨를 토닥거렸다.

「정말 순진하시네.」

호머는 고맙다는 듯이 빙그레 웃으며 웨이터에게 술 한 잔씩 더 가져오라는 신호를 보냈다.

오케스트라가 연주를 시작할 때 한 남자가 다가와 페이에게 춤을 청했다. 페이는 호머에게 일언반구도 하지 않고 남자를 따라 플로어로 나가 버렸다.

「저건 또 누구지?」 호머가 그들의 뒷모습을 바라보며 물었다.

토드는 그 남자를 아는 척하면서 산베르두에서 자주 보았다고 말했다. 호머는 그의 설명으로 만족하는 듯했지만 그와 동시에 다른 생각이 떠오른 모양이었다. 토드는 그의 머릿속에 의문이 떠오르는 중이라는 것을 손에 잡힐 듯 확실하게 알 수 있었다.

이윽고 호머가 물었다. 「얼 슈프라는 친구 자네도 아나?」

「알죠.」

그러자 호머는 어느 까맣고 지저분한 암탉에 대하여 길고 알쏭달쏭한 이야기를 늘어놓았다. 마치 얼과 그 멕시코인을 싫어하는 이유가 바로 그것 때문이라는 듯이 몇 번이나 그 암탉을 언급했다. 도무지 남을 미워할 줄 모르는 사람치고는 제법이다 싶을 정도로 그 새를 추악하게 묘사했다.

「그렇게 구역질 나는 물건은 처음 봤다네. 잔뜩 웅크리고 앉아 두리번거리는 꼴이라니. 수탉들이 목털을 모조리 뽑아 버리고 볏을 쪼아 피투성이로 만들어 놨지. 딱지가 다닥다닥

한 두 발은 사마귀투성이인데다 닭장에 넣기만 하면 또 어찌나 그악스럽게 울어 대는지 몰라.」

「누가 그 암탉을 어느 닭장에 넣는다는 말씀이죠?」

「그 멕시코인.」

「미겔?」

「맞아. 추악하기로 따지자면 그 인간도 그 암탉 못지않지.」

「막사에 다녀오신 모양이죠?」

「막사라니?」

「산속에 있는 거 말예요.」

「아니. 그 사람들은 지금 우리 집 차고에 살아. 페이가 친구 한 명이 빈털터리가 됐다면서 한동안 차고에서 지내게 해도 되느냐고 묻더군. 하지만 닭이나 멕시코인에 대한 얘기는 못 들었는데……. 요즘은 실업자가 너무 많지.」

「왜 내쫓지 않으세요?」

「둘 다 빈털터리인데다 갈 데도 없으니까. 차고에서 지내는 것도 그리 편하진 않겠지만.」

「그렇게 제멋대로 굴어도 괜찮으세요?」

「문제는 그 암탉뿐이야. 수탉들은 괜찮아. 그 지저분한 암탉 말고는 다 예쁘거든. 그런데 그 암탉은 더러운 깃털을 사방에 떨어뜨리고 너무 그악스럽게 울어 댄단 말이야.」

「그렇게 보기 싫으면 안 보면 되잖아요.」

「날마다 오후만 되면 하필 내가 페이랑 장 보고 와서 저녁 먹기 직전에 의자에 앉아 해바라기를 하는 시간에 그런 짓을 하거든. 그 멕시코인은 내가 그 암탉을 꼴도 보기 싫어한다는 걸 알고 일부러 보여 주면서 심술을 부리는 거야. 그러다가 내가 집 안으로 들어가 버리면 창문을 두드리면서 빨리 나와서 구경하라고 불러 대지. 그 꼴을 보는 게 무슨 재미라고. 재미에 대한 사고방식이 그렇게 별스러운 사람도 더러 있는 모양이야.」

「페이는 뭐래요?」

「그 암탉도 싫어하지 않더라고. 자연스러운 현상일 뿐이래.」

그러더니 토드가 그 말을 비난으로 오해할까 봐 그러는지 페이야말로 정말 참하고 건강한 아가씨라고 덧붙였다. 그 말에는 토드도 동의했지만 곧 다시 암탉 문제로 화제를 돌렸다.

「저라면 그 닭들을 경찰에 신고해 버리겠어요. 시내에서 닭을 키우려면 허가를 받아야 되거든요. 저라면 당장이라도 무슨 조치를 취할 텐데요.」

호머는 직접적인 답변을 회피했다.

「이 세상의 돈이란 돈은 다 준대도 그 암탉은 절대로 안 만질 걸세. 온통 딱지투성이인데다 알몸이나 다름없지. 꼭 말똥가리처럼 생겼어. 그 암탉도 고기를 먹어. 언젠가 그 멕시코인이 쓰레기통에서 찾아낸 고깃덩어리를 먹이는 걸 봤거든. 수탉들한테는 곡식을 먹이지만 그 암탉한테는 쓰레기를 먹이면서 지저분한 닭장에서 키우지.」

「저라면 그 망할 놈들을 쫓아내고 닭도 모조리 몰아낼 텐데요.」

「아니, 그런대로 괜찮은 친구들일세. 그냥 요즘 흔히들 그렇듯이 형편이 좀 어려워졌을 뿐이지. 문제는 그 암탉인데······.」

호머는 지금 이 순간에도 그 암탉이 눈에 선하고 냄새가 코를 찌른다는 듯이 진저리를 치며 고개를 절레절레 흔들었다.

페이가 돌아오는 중이었다. 호머는 토드가 얼과 멕시코인에 대하여 그녀에게 한마디 하려 한다는 것을 알아차리고 필사적으로 그러지 말라는 신호를 보냈다. 그런데 페이가 그 장면을 보고 호기심을 품었다.

「둘이서 무슨 얘기를 그렇게 속닥거려요?」

「네 얘기였어.」 토드가 대답했다. 「호머 아저씨가 너에 대한 칭찬을 들으셨대.」

「말해 봐요, 호머 아저씨.」

「아니, 너부터 나에 대한 칭찬을 말해 주면.」

「음, 방금 춤을 춘 남자가 혹시 아저씨가 영화계 거물 아니냐고 묻던데요.」

토드는 호머가 적당한 칭찬을 생각해 내지 못해 쩔쩔매는 기색을 알아차리고 자기가 대신 나섰다.

「내가 그랬지. 네가 이 클럽에서 제일 예쁘다고.」

호머도 맞장구를 쳤다.

「그래, 토드가 그렇게 말했어.」

「안 믿어요. 토드 오빠는 나를 미워하거든. 더구나 아저씨가 오빠한테 입 다물라고 하는 거 내가 다 봤어요. 말하지 말라고 했잖아요.」 그러더니 웃음을 터뜨렸다. 「무슨 얘기를 했는지 알 것 같아요.」 그녀는 호머가 흥분해서 넌더리를 내는 모습을 흉내 냈다. 「〈그 시꺼멓고 지저분한 암탉, 온통 딱지투성이인데다 알몸이나 다름없잖아.〉」

188

호머는 미안한 듯이 웃었지만 토드는 화가 치밀었다.

「도대체 어쩌자고 그런 놈들을 차고에 불러들였어?」

「오빠가 무슨 상관인데?」 페이는 그렇게 쏘아붙였지만 정말 화가 난 것은 아니었다. 오히려 즐거워하고 있었다. 「호머는 그 사람들을 좋아해. 내 말이 맞죠, 팔푼이 아저씨?」

「토드한테도 괜찮은 친구들이라고 했어. 요즘 흔히들 그렇듯이 형편이 좀 어려울 뿐이라고. 요즘 들어 실업자가 굉장히 많아졌잖아.」

「맞아요. 그 친구들이 떠나면 나도 떠나요.」

그 정도는 토드도 이미 짐작한 터였다. 그는 무슨 말을 해도 소용없다는 것을 깨달았다. 호머가 다시 그에게 제발 가만히 있으라는 신호를 보냈다.

무슨 까닭인지는 몰라도 페이가 갑자기 부끄러움을 느낀 모양이었다. 그녀는 토드에게 사과의 뜻을 전하려고 교태를 부리면서 다시 춤을 추자고 제안했다. 토드는 사양했다.

그러자 잠시 침묵이 흘렀지만 페이가 그 침묵을 깨뜨리고 미겔의 싸움닭에 대한 찬사를 늘어놓았다. 그러나 사실상 자신에 대한 변명에 지나지 않았다. 그녀는 그들이야말로 최고의 싸움닭이며 미겔이 그들을 얼마나 사랑하고 얼마나 알뜰살뜰 보살피는지 모른다고 말했다.

호머도 열심히 맞장구를 쳤다. 토드는 침묵을 지켰다. 페이가 그에게 혹시 닭싸움을 구경한 적이 있냐고 묻더니 이튿날 저녁에 차고로 와보라고 초대했다. 샌디에이고에 사는 어떤 남자가 미겔의 닭과 자기 닭을 대결시키러 올라오기로 했단다.

페이가 다시 호머를 돌아보았을 때 그는 마치 그녀가 때리기라도 할 것처럼 몸을 피했다. 그러자 그녀는 모욕감을 못 이겨 얼굴을 붉히면서 혹시 토드도 그 장면을 보았는지 눈치를 살폈다. 그때부터 그녀는 호머에게 잘해 주려고 노력했다. 심지어 그의 몸을 여기저기 만지기도 하고 목깃을 바로잡아 주거나 머리카락을 매만져 주기도 했다. 호머는 행복에 겨워 활짝 웃었다.

21

 토드가 닭싸움에 대한 이야기를 꺼냈더니 클로드 에스티도 동행하고 싶어 했다. 그들은 한 차를 타고 호머의 집으로 향했다.

 마치 에어브러시로 반짝이는 물감을 뿌려 놓은 듯 온통 파란색과 자주색으로 은은히 빛나는 밤이었다. 심지어 가장 감감한 어둠 속에도 약간의 자주색이 남아 있었다.

 차고 앞의 진입로에 전조등을 켠 자동차가 서 있었다. 두 사람은 건물 모퉁이에 서 있는 몇 사람을 보았고 그들의 목소리를 들었다. 누군가 웃음을 터뜨렸는데 하하, 하하, 하고 두 개의 음정만 되풀이했다.

 토드는 앞으로 걸어가면서 일부러 인기척을 냈다. 혹시 그들이 경찰을 경계하고 있을지도 모르기 때문이었다. 토드가 불빛 속으로 들어서자 에이브 쿠직과 미겔이 인사를 건넸지만 얼은 본체만체했다.

 에이브가 말했다. 「시합은 취소됐어. 샌디에이고 촌놈이 안 나타났거든.」

클로드가 다가오자 토드가 그를 세 사람에게 소개했다. 난쟁이 에이브는 거만했고 미겔은 정중했고 얼은 평소처럼 무뚝뚝하고 퉁명스러웠다.

차고는 바닥 면적의 대부분을 투계장으로 개조했는데 길이 9피트, 너비 7~8피트 가량의 타원형 공간이었다. 그곳에 낡은 카펫을 깔고 여기저기서 주워 모은 나뭇가지와 철사를 얼기설기 엮어 나지막한 울타리를 만들어 놓았다. 진입로에 세워 둔 페이의 쿠페가 전조등으로 투계장 안을 비춰 주었다.

클로드와 토드는 에이브를 따라 불빛 바깥으로 나가서 차고 안쪽에 놓인 낡은 트렁크에 나란히 걸터앉았다. 얼과 미겔도 들어와서 세 사람의 맞은편에 쭈그리고 앉았다. 둘은 청바지와 물방울무늬 셔츠를 입고 커다란 모자를 쓰고 굽 높은 부츠를 신었다. 둘 다 아주 근사한 모습이었다.

그들은 말없이 담배를 피웠다. 다들 조용히 앉아 있는데 난쟁이만 안절부절못했다. 자기 자리가 넉넉한데도 갑자기 토드를 확 밀어냈다.

「저리 좀 비켜, 멍청아!」 난쟁이가 소리쳤다.

토드는 아무 대꾸도 하지 않고 클로드 곁에 바싹 다가앉았다. 얼이 웃음을 터뜨렸다. 사실 난쟁이가 아니라 토드를 비웃는 웃음이었지만 난쟁이는 당장 얼에게 화살을 돌렸다.

「너 이 자식! 감히 누굴 비웃어?」

「아저씨요.」 얼이 대답했다.

「허, 그러셔? 내 말 잘 들어라, 이 뺀질이 새끼, 누가 나한테 2센트만 주면 너 같은 놈은 한 주먹에 때려눕힌다.」

얼이 셔츠 호주머니에서 동전 한 개를 꺼내 바닥에 던졌다.

「자, 5센트요.」

난쟁이가 트렁크에서 일어나려고 했지만 토드가 그의 옷깃을 붙잡았다. 난쟁이는 굳이 뿌리치려고 하지는 않았지만 옷이 늘어날 정도로 상체를 앞으로 내밀고 커다란 머리통을 좌우로 마구 흔들었다. 마치 줄에 묶인 사냥개 같았다.

「덤벼!」 난쟁이가 침을 튀기면서 말했다. 「옷만 번지르르한 바람둥이 새끼, 너…… 겉멋에 사는 버러지 같은 새끼, 너.」

그때 기막힌 반격의 말이 생각났다면 얼이 그렇게까지 화를 내지는 않았을 것이다. 그러나 그는 반 토막 같은 인간이 어쨌느니 웅얼거리다가 결국 침을 뱉었다. 큼직한 침 덩어리가 난쟁이의 발등에 철썩 떨어졌다.

「명중이다!」 미겔이 말했다.

얼은 그것으로 자기가 이겼다고 생각했는지 미소를 지으며 입을 다물었다. 난쟁이가 욕설을 내뱉으면서 옷깃을 움켜쥔 토드의 손을 탁 치더니 다시 트렁크에 걸터앉았다.

「쌈닭처럼 쇠 발톱을 끼지 그랬어요.」 미겔이 말했다.

「저런 풋내기랑 싸우는데 쇠 발톱까지 필요하겠나.」

그들은 일제히 폭소를 터뜨렸고 덕분에 분위기가 누그러졌다.

에이브가 토드 쪽으로 몸을 기울이고 클로드에게 말을 걸었다.

「굉장한 시합이 될 뻔했소. 두 사람이 오기 전에 열 명도 넘게 모였는데 몇 명은 돈을 꽤 많이 가져왔더군. 내가 판돈을 걸으려고 했는데 말이야.」

난쟁이는 지갑을 꺼내 클로드에게 명함 한 장을 건넸다.

「보나마나 우리가 이겼을 거예요.」 미겔이 말했다. 「두 마리는 졌겠지만 다섯 마리는 간단히 이겼겠죠. 압승을 거뒀을 텐데.」

「닭싸움은 한 번도 못 봤어요.」 클로드가 말했다. 「사실은 쌈닭을 구경한 적도 없죠.」

그러자 미겔이 자기 닭을 보여 주겠다면서 닭을 가지러 갔다. 토드는 자동차 문짝 포켓에 꽂아 둔 위스키 한 병을 가져오려고 그쪽으로 걸어갔다. 그가 돌아왔을 때는 미겔이 불빛 속에서 후후틀라를 안고 있었다. 모두 닭을 구경했다.

미겔은 두 손으로 수탉을 단단히 붙잡고 있었는데 마치 농구공으로 언더 핸드 토스를 하려는 듯한 자세였다. 닭의 날개는 짤막하고 타원형이었으며 몸통과 직각으로 뻗은 꼬리는 하트 모양이었다. 머리는 독사처럼 삼각형이었고 부리는 살짝 휘어졌는데 아랫부분은 굵고 끄트머리는 뾰족했다. 온몸의 깃털이 촘촘하고 단단해서 마치 니스를 칠한 듯했다. 싸움에 대비하여 일부를 솎아 내고 몸통의 윤곽선에 맞춰 다듬어 놓은 상태였다. 그래서 뭉툭한 쐐기 모양의 몸매가 뚜렷하게 두드러졌다. 미겔의 손가락 사이로 선명한 주황색 다리가 늘씬하게 뻗었고 그보다 조금 어두운 빛깔의 발에는 각질의 발톱이 붙어 있었다.

「우리 후후는 텍사스 주 린데일의 존 R. 바우스가 사육한 녀석이죠.」 미겔이 자랑스러운 듯이 말했다. 「여섯 번이나 우승했어요. 이 녀석을 사려고 50달러와 엽총 한 자루를 기꺼이 내놨어요.」

「정말 멋진 녀석이군.」 난쟁이가 마지못해 인정했다. 「그렇지만 중요한 건 겉모습이 아니잖아.」

그때 클로드가 지갑을 꺼냈다.

「이 녀석이 싸우는 장면을 보고 싶은데요. 다른 닭을 저한테 파시고 이 녀석과 싸움을 붙이면 어떨까요?」

미겔이 잠시 생각해 보더니 얼을 돌아보았다. 얼이 그렇게 하라고 말했다.

「한 마리를 15달러에 드리죠.」

그러자 난쟁이가 끼어들었다.

「닭은 내가 골라 주겠네.」

「아, 나는 어떤 놈이든 상관없어요.」 클로드가 말했다. 「그냥 닭싸움을 보고 싶을 뿐이니까. 여기 15달러 받아요.」

얼이 돈을 받았다. 미겔이 그에게 커다란 붉은 닭 헤르마노를 가져오라고 했다.

「그 빨갱이는 4킬로그램도 넘을 겁니다. 후후는 3킬로그램도 안 되고요.」

얼이 커다란 수탉을 안고 돌아왔다. 목덜미가 은색이었다. 시골 마당에서 키우는 평범한 닭처럼 보였다.

난쟁이가 닭을 보자마자 노발대발했다.

「이게 닭이야, 거위 새끼야?」

「이래 봬도 끝내주는 싸움꾼이라고요.」 미겔이 말했다.

「이런 놈은 낚시 미끼로 쓰기도 싫겠다.」 난쟁이가 말했다.

「돈은 안 걸어도 돼요.」 얼이 중얼거렸다.

난쟁이가 닭을 노려보자 닭도 난쟁이를 노려보았다. 난쟁이가 클로드를 향해 돌아섰다.

「선생, 이놈은 내가 맡아서 싸움을 시키겠소.」

그러자 미겔이 재빨리 말했다. 「얼이 하면 돼요. 이 수탉을 잘 알거든요.」

난쟁이가 벌컥 화를 내면서 소리쳤다.

「둘이서 짜고 하려는 수작이지?」

그가 붉은 닭을 빼앗으려 했지만 얼이 닭을 높이 들어 올려 난쟁이가 손을 대지 못하게 했다.

미겔이 트렁크를 열고 체스 말 보관함처럼 생긴 작은 나무 상자를 꺼냈다. 그 속에는 구부러진 쇠 발톱, 한복판에 구멍이 뚫린 조그마한 사각형 샤무아 가죽 그리고 제화공이 구두를 꿰맬 때 쓰는 실처럼 밀랍을 바른 실 따위가 잔뜩 들어 있었다.

다들 미겔 주위로 모여들어 후후를 무장시키는 과정을 구경했다. 미겔은 우선 수탉의 다리에 달린 며느리발톱을 문질러 깨끗이 닦은 후 한쪽 다리에 사각형 가죽 조각을 둘러 며느리발톱이 구멍 밖으로 나오게 했다. 그다음에는 며느리발톱에 쇠 발톱을 끼우고 부드러운 끈으로 정성껏 동여매서 단단히 고정시켰다. 반대쪽 다리에도 같은 과정을 되풀이했다.

미겔의 작업이 끝나자 이번에는 얼이 덩치 큰 빨갱이를 무장시켰다.

「저놈은 아주 용감해요.」 미겔이 말했다. 「벌써 싸움에서 여러 번 이겼어요. 동작이 느려 보이지만 사실은 꽤 빠르고 펀치력도 굉장히 세거든요.」

「내가 보기엔 그냥 잡아먹는 게 낫겠구먼.」 난쟁이가 말했다.

얼이 가위를 꺼내 빨갱이의 깃털을 다듬었다. 난쟁이는 얼이 닭의 꽁지를 거의 다 잘라 내는 동안 지켜보기만 했으나 가슴 부분을 손질하기 시작하자 곧 얼의 손을 붙잡았다.

「건드리지 마!」 난쟁이가 호통을 쳤다. 「거기까지 깎아 버리면 금방 죽는단 말이야. 가슴 털이 있어야 몸통을 보호해 주지.」

그는 다시 클로드를 돌아보았다.

「부탁이오, 선생, 이놈은 나한테 맡겨 주시오.」

「그럼 닭 값을 분담하라고 하세요.」 미겔이 말했다.

클로드가 껄껄 웃더니 얼에게 닭을 에이브에게 넘기라고 손짓했다. 얼이 머뭇거리며 미겔에게 의미심장한 시선을 던졌다.

난쟁이가 펄펄 뛰면서 화를 냈다.

「네놈들이 우리를 속이려고 농간을 부리는구나!」 난쟁이가 고래고래 소리쳤다.

「아, 그냥 줘버려.」 미겔이 말했다.

난쟁이는 두 손을 자유롭게 쓸 수 있도록 닭을 왼쪽 겨드랑이에 끼고 상자 속의 쇠 발톱을 하나하나 살펴보았다. 쇠 발톱은 모두 똑같이 3인치 길이였지만 몇 개는 다른 것들보다 훨씬 더 많이 구부러진 형태였다. 난쟁이는 그중에서 한 쌍을 선택하고 클로드에게 작전을 설명했다.

「이놈은 주로 바닥에 드러누워서 싸울 거요. 그런 경우엔 이런 쇠 발톱이 알맞소. 이놈이 상대를 뛰어넘을 수 있는 놈이었다면 이 쇠 발톱을 고르진 않았을 거요.」

그는 무릎을 꿇고 쇠 발톱을 시멘트 바닥에 문질러 바늘처럼 예리하게 갈았다.

「승산이 있을까요?」 토드가 물었다.

「그거야 모를 일이지.」 난쟁이는 유난히 커다란 머리를 절레절레 흔들었다. 「어쨌든 이렇게 안아 보기만 해도 벌써 죽은 닭 같은 느낌이 드는걸.」

그는 대단히 꼼꼼하게 쇠 발톱을 장착하고 나서 닭을 전체적으로 훑어보았다. 날개를 펼치고 깃털을 훅훅 불어 가며 피부 상태를 살펴보기도 했다.

「볏 색깔이 선명하지 않은 것만 보더라도 싸움을 할 만한 상태가 아니야.」 난쟁이가 볏을 꼬집어 보면서 말했다. 「그래도 힘은 꽤 세겠어. 한창때는 싸움깨나 했겠는걸.」

그는 닭을 불빛에 비춰 가며 머리통을 살펴보았다. 그러다가 부리를 살펴보기 시작하자 미겔이 초조한 듯이 괜히 시간 끌지 말라고 말했다. 그러나 난쟁이는 아랑곳하지 않고 혼자 뭐라고 투덜거렸다. 그러더니 토드와 클로드에게 자세히 보라고 손짓했다.

「내가 뭐랬어!」 난쟁이가 버럭 화를 냈다. 「우리가 속았다니까.」

난쟁이는 닭의 부리 윗부분을 가로지르는 가느다란 실금을 가리켰다.

「그건 금이 간 게 아니에요.」 미겔이 항변했다. 「살짝 긁혔을 뿐이라고요.」

미겔이 부리를 문질러 보려는 듯이 손을 내밀자 닭이 인정사정없이 콱 쪼아 버렸다. 난쟁이가 기뻐했다.

「싸움은 해보기로 하지. 그렇지만 돈을 걸진 않을 거야.」

얼이 심판을 맡았다. 그는 분필 한 토막을 가지고 투계장 바닥에 선을 세 개 그었다. 한 줄은 한복판에 길게 긋고 나머지 두 줄은 그 줄과 평행으로 각각 3피트쯤 떨어진 곳에 짤막하게 그었다.

「싸움을 시작합시다!」 얼이 소리쳤다.

「아니, 인사부터 시켜야지.」 난쟁이가 이의를 제기했다.

난쟁이와 미겔은 팔 길이만큼 간격을 두고 마주 서서 각자 닭을 앞으로 내밀어 두 마리가 화를 내게 만들었다. 그 순간 후후가 덩치 큰 빨갱이의 볏을 매섭게 물고 늘어져 미겔이 홱 잡아당길 때까지 놓아주지 않았다. 그러자 지금까지 무기력하기만 하던 빨갱이가 별안간 펄펄 뛰어 난쟁이가 붙잡고 있기가 힘들 정도였다. 두 사람이 닭들을 다시 가까이 가져가자 이번에도 후후가 빨갱이의 볏을 낚아챘다. 덩치 큰 닭은 화가 머리끝까지 치밀어 자기보다 작은 닭을 공격하려고 몸부림쳤다.

「이제 준비됐어.」 난쟁이가 말했다.

난쟁이와 미겔은 투계장 안으로 들어가서 각각 짧은 선에 닭을 내려놓고 서로 마주 보게 했다. 그들은 닭의 꽁지를 붙잡고 얼이 놓아주라는 신호를 할 때까지 기다렸다.

「시작!」 얼이 소리쳤다.

얼의 입을 지켜보던 난쟁이가 먼저 닭을 놓아주었지만 후후가 곧장 허공으로 날아올라 빨갱이의 가슴팍을 쇠 발톱으로 찔렀다. 쇠 발톱은 깃털을 뚫고 살 속으로 파고들었다. 빨갱이는 쇠 발톱이 깊이 박힌 채 고개를 돌려 상대방의 머리를 두 번 쪼았다. 두 사람이 닭들을 떼어 내서 다시 출발선에 정렬시켰다.

「시작!」 얼이 소리쳤다.

후후가 다시 허공에서 빨갱이를 덮쳤지만 이번에는 쇠 발톱이 둘 다 빗나가 버렸다. 빨갱이가 후후의 몸에 올라타려 했지만 성공하지 못했다. 공중전을 벌이기에는 몸이 너무 무겁고 동작이 굼떴기 때문이다. 후후가 다시 빨갱이의 몸에 올라타더니 황금빛 다리가 흐릿하게 보일 만큼 눈부신 속도로 마구 할퀴고 찔러 댔다. 빨갱이는 꽁지를 바닥에 대고 드러누워 고양이처럼 허공을 할퀴면서 맞서 싸웠다. 후후가 연거푸 날아올라 맹공격을 퍼부었다. 빨갱이의 한쪽 날개가 부러져 버렸고 한쪽 다리는 아예 떨어져 나갈 듯이 덜렁거렸다.

「중지!」 얼이 소리쳤다.

난쟁이가 빨갱이를 들어 보니 벌써 목을 제대로 가누지 못하고 온몸의 깃털이 피투성이였다. 난쟁이는 닭을 내려다보며 탄식하다가 곧 응급 처치를 시작했다. 벌어진 부리 속에 침을 뱉더니 볏을 입술로 물고 빨아서 핏기를 되살렸다. 빨갱이가 다시 사나워졌지만 기력을 되찾지는 못했다. 닭이 부리를 다물고 고개를 치켜들었다. 난쟁이가 깃털을 쓰다듬어

가지런히 정리해 주었다. 그러나 부러진 날개와 덜렁거리는 다리는 어쩔 도리가 없었다.

「시작!」얼이 외쳤다.

난쟁이는 차라리 닭 두 마리를 중앙선에 내려놓고 부리를 맞댄 상태로 싸움을 시작하자고 요구했다. 그래야 제자리에서 움직이지 못하는 빨갱이도 상대를 공격할 수 있기 때문이다. 미겔도 동의했다.

빨갱이는 정말 용감했다. 난쟁이가 꼬리를 놓아주자 필사적으로 바닥을 박차고 날아올라 공중에서 후후를 대적하려 했다. 그러나 한쪽 다리에만 힘을 줄 수 있어서 맥없이 옆으로 떨어지고 말았다. 후후가 그 위로 휙 날아가다가 방향을 돌리고 내려앉으면서 양쪽 쇠 발톱으로 빨갱이의 등을 찔렀다. 빨갱이가 몸부림을 쳐 후후를 떨쳐 내더니 성한 다리로 혼신의 일격을 가했지만 다시 옆으로 쓰러지고 말했다.

후후가 미처 날아오르기 전에 빨갱이가 부리로 후후의 머리를 힘껏 쪼았다. 그러자 몸집이 작은 닭의 동작이 둔해져 지면에서 싸우기 시작했다. 부리로 쪼아 대는 싸움에서는 체중이 무겁고 힘도 센 빨갱이 쪽이 유리해서 한쪽 다리와 한쪽 날개를 못 쓴다는 약점이 상쇄되었다. 빨갱이는 안간힘을 쓰면서 공격을 퍼부었다. 그런데 그때 갑자기 금이 간 부리가 뚝 부러지면서 아래 부리만 남았다. 위 부리가 있던 자리에 큼직한 핏방울이 맺혔다. 빨갱이는 한 치도 물러서지 않고 혼신의 힘으로 다시 날아올랐다. 한쪽 다리를 절묘하게 움직여 지면에서 한 뼘가량 떠올랐다. 그러나 쇠 발톱을 사용하기에는 높이가 모자랐다. 동시에 날아오른 후후가 훨씬 더 높이 떴다가 내려앉으면서 양쪽 쇠 발톱으로 빨갱이의 가슴을 푹 찔렀다. 다시 쇠 발톱 한 개가 살 속에 깊이 박혔다.

「중지!」 얼이 소리쳤다.

미겔이 자기 닭을 떼어 내고 빨갱이를 난쟁이에게 건네주었다. 에이브가 나지막이 탄식하며 빨갱이의 깃털을 정돈하고 눈을 깨끗이 핥아 주더니 머리통 전체를 입에 물었다. 그러나 빨갱이는 이미 사경을 헤매고 있었다. 고개를 똑바로 들지도 못했다. 난쟁이가 꽁지 아래의 깃털을 훅훅 불더니 항문을 쥐고 힘껏 눌렀다. 그래도 별다른 효과가 보이지 않자 이번에는 새끼손가락을 집어넣어 수탉의 고환을 긁어 주었다. 빨갱이가 날개를 퍼덕거리더니 혼신의 힘으로 고개를 치켜들었다.

「시작.」

빨갱이는 후후와 함께 날아오르려고 남은 한쪽 다리로 바닥을 힘껏 걷어찼지만 제자리에서 빙그르르 돌다가 맥없이 쓰러져 버렸다. 후후가 날아올랐지만 공격이 빗나갔다. 빨갱이가 부러진 부리를 힘없이 내밀었다. 후후가 다시 날아올랐다. 이번에는 쇠 발톱 하나가 빨갱이의 눈을 뚫고 머릿속에 깊이 박혀 버렸다. 빨갱이는 그대로 숨이 끊어져 털썩 쓰러지고 말았다.

난쟁이가 안타까운 탄식을 토했지만 다른 사람들은 아무 말도 하지 않았다. 후후가 죽은 닭의 남은 눈알을 콕콕 쪼았다.

「동족을 잡아먹는 저 더러운 새끼 빨리 치워!」 난쟁이가 버럭 소리쳤다.

  미겔이 웃음을 터뜨리더니 후후를 붙잡고 쇠 발톱을 떼어 냈다. 얼이 빨갱이의 쇠 발톱을 제거했다. 죽은 닭을 다루는 손길이 따뜻하고 정중했다.

  토드가 모두에게 위스키 병을 돌렸다.

22

 그들이 점점 취해 갈 때 호머가 차고 쪽으로 다가왔다. 그는 카펫 위에 널브러진 죽은 닭을 보고 흠칫 놀랐다. 토드가 클로드를 소개하자 호머는 그와 악수를 나누고 곧이어 에이브 쿠직과도 악수를 나누었다. 그러더니 다들 집으로 들어가서 술 한잔 하자고 짤막하게 말했다. 그들은 호머를 따라갔다.

 페이가 현관에서 그들을 맞아 주었다. 그녀는 편안한 초록색 실크 파자마 차림에 큼직한 방울 술이 달리고 굽이 아주 높은 슬리퍼를 신었다. 웃옷의 위 단추 세 개를 풀어 놓아서 가슴팍이 많이 노출되었지만 유방이 보일 정도는 아니었다. 유방이 작아서가 아니라 간격이 넓고 봉긋하게 솟아올랐기 때문이다.

 그녀가 토드에게 악수를 청하더니 난쟁이의 정수리를 쓰다듬었다. 두 사람은 오래전부터 친한 사이였다. 호머가 어색하게 클로드를 소개하자 그녀는 요조숙녀처럼 아주 다소곳한 태도를 취했다. 그것은 그녀가 좋아하는 역할이었다.

페이는 새로운 남자를 만날 때마다 요조숙녀 흉내를 냈는데 특히 부유해 보이는 남자일 때는 더욱더 그랬다.

「이렇게 뵙게 돼서 정말 반가워요.」 페이가 노래하듯이 종알거렸다.

난쟁이가 그 모습을 보고 웃음을 터뜨렸다.

페이는 도도하고 딱딱한 말투로 호머에게 부엌에 가서 소다수와 얼음과 술잔을 가져오라고 명령했다.

「집이 참 좋네.」 난쟁이가 현관에서 벗었던 모자를 다시 쓰면서 말했다.

그는 무릎과 손을 이용하여 커다란 스페인풍 의자 위로 기어올라 가서 모서리에 걸터앉아 다리를 늘어뜨렸다. 마치 복화술사의 인형 같은 모습이었다.

얼과 미겔은 손을 씻느라 뒤늦게 나타났다. 두 사람이 집 안으로 들어오자 페이가 거만해 보일 만큼 정중한 태도로 그들을 맞이했다.

「어떻게들 지냈어? 조금만 기다리면 술이 나올 거야. 그런데 미겔은 리큐어를 더 좋아하지 않나?」

「아니, 괜찮아.」 미겔이 조금 놀라면서 말했다. 「나도 다른 사람들과 같은 걸로 마실게.」

그는 얼을 따라 방을 가로질러 소파 쪽으로 다가갔다. 둘 다 집 안에서 생활하는 데 익숙하지 않은 듯 보폭이 넓고 걸음걸이가 뻣뻣했다. 그들은 허리를 곧게 펴고 조심스럽게 앉았다. 커다란 모자를 무릎에 얹고 두 손을 모자 밑에 감추었다. 차고를 나서기 전에 머리를 빗었는지 작고 동그란 머리가 산뜻하게 반짝거렸다.

호머가 작은 쟁반에 담긴 술잔을 나눠 주었다.

모두 예절 바르게 행동했지만 난쟁이만 예외였다. 그는 여전히 거들먹거렸다. 심지어 위스키의 품질에 대해 트집을 잡기까지 했다. 술잔을 다 돌린 호머가 자리에 앉았다.

이제 페이 혼자만 서 있었다. 남자들이 자기만 쳐다보는데도 전혀 당황하지 않고 태연했다. 그녀는 허리춤에 손을 얹고 빼딱하게 서 있었다. 클로드가 앉아 있는 자리에서는 뒤집어 놓은 하트 모양의 엉덩이로 뻗어 내려간 척추의 매혹적인 곡선을 고스란히 볼 수 있었다.

그가 감탄했다는 듯 나지막이 휘파람을 불자 모두 거북스럽게 몸을 움직이거나 웃음을 터뜨리며 동감을 표시했다.

「아저씨.」 페이가 호머에게 말했다. 「몇 사람은 시가를 피우고 싶어 하지 않을까?」

호머가 깜짝 놀라더니 지금 집 안에 시가가 없는데 필요하다면 가게에 가서 사오겠다고 중얼거렸다. 그렇게 대답할 수밖에 없는 상황 때문에 그의 마음이 무거워졌다. 그는 다시 위스키를 돌렸다. 매번 넉넉한 분량을 아낌없이 따라 주었다.

「초록색 옷이 잘 어울리네.」 토드가 말했다.

페이가 맵시를 뽐내면서 이리저리 걸어 다녔다.

「나는 이 옷이 좀 야하다고 생각했는데……. 좀 천박해 보인다고 말이야.」

「천만에요!」 클로드가 힘주어 말했다. 「아주 근사한데요.」

페이는 칭찬에 대한 답례로 그에게 독특하고 신비로운 미소를 던지면서 혀로 입술을 핥았다. 그녀의 가장 특징적인 몸짓 가운데 하나였고 대단히 효과적이었다. 겉으로 보기에는 온갖 친밀한 애정 표현을 약속하는 듯했지만 사실은 고맙다는 말 한마디처럼 무의미하고 무의식적인 몸짓이었다. 그녀는 아무리 사소한 일이라도 고마움을 표시해야 할 때마다 상대를 가리지 않고 그 몸짓을 사용했다.

그때 클로드가 토드도 자주 저질렀던 판단 착오를 일으키고 자리에서 벌떡 일어났다.

「여기 앉을래요?」 그는 멋들어진 동작으로 자기 자리를 가리켰다. 페이가 다시 신비로운 미소를 짓고 입술을 핥으며 클로드의 제안을 받아들였다. 클로드가 우아하게 절을 하다가 문득 모두가 자기를 쳐다보는 것을 깨닫고 너무 우스꽝스러워 보이지 않도록 장난스러운 손동작을 덧붙였다. 토드가 두 사람 곁으로 다가가자 곧 얼과 미셸도 합류했다. 클로드가 페이의 환심을 사려고 애쓰는 동안 다른 사람들은 멍하니 서서 그녀를 바라보았다.

「영화계에서 일하시나요, 에스티 씨?」 페이가 물었다.

「그렇습니다. 아가씨도 영화배우겠죠, 당연히?」

클로드의 목소리에는 애정을 구걸하는 기색이 역력했지만 아무도 비웃지 않았다. 아무도 그를 탓하지 않았다. 누구나 그녀에게 말할 때는 그런 말투를 피하기가 거의 불가능하기 때문이다. 남자들은 그녀에게 가벼운 아침 인사를 건넬 때도 그런 말투를 사용했다.

「엄밀히 말하자면 아직 아니지만 노력 중이에요. 몇 번 엑스트라로 출연했지만 지금까지는 좋은 기회가 없었어요. 조만간 기회가 오긴 오겠죠. 제가 바라는 건 기회를 한 번 달라는 것뿐이에요. 연기는 제 천직이니까요. 우리 그리너 집안은 옛날부터 극장에서 일했거든요.」

「그랬군요. 저는……」

페이는 클로드의 말이 끝날 때까지 기다려 주지 않았지만 클로드는 조금도 불쾌해하지 않았다.

「뮤지컬이 아니라 진짜 영화에 출연하고 싶어요. 물론 처음에는 가벼운 코미디 영화로 시작하는 것도 좋겠죠. 제가 바라는 건 기회를 달라는 것뿐이에요. 저는 행운을 믿지 않아요. 행운은 노력의 대가일 뿐이라고 하잖아요. 저도 누구 못지않게 열심히 노력할 거예요.」

「목소리가 참 듣기 좋고 발성도 좋군요.」

클로드는 자꾸 그런 식으로 말할 수밖에 없었다. 페이의 신비로운 미소와 그 뒤에 이어지는 몸짓을 한 번 보고 나니 자꾸 또 보고 싶었기 때문이다.

「브로드웨이 연극도 해보고 싶어요.」 페이가 말을 이었다. 「요즘은 그렇게 시작해야 연기력을 인정해 주거든요. 무대 경험이 없는 사람은 아무도 상대해 주지 않아요.」

페이의 이야기는 끝없이 이어졌다. 그녀는 클로드에게 영화계에서 경력을 쌓는 방법을 설명하고 성공을 위한 자신의 계획도 털어놓았다. 그러나 모두 말도 안 되는 헛소리였다. 영화계 신문에 실린 어처구니없는 조언과 영화 잡지에서 본 몇 가지 정보를 앵무새처럼 되풀이하면서 유명한 영화배우와 제작자들의 언행에 대한 전설 같은 이야기와 비교하고 있을 뿐이었다. 뚜렷한 인과 관계도 없이 가능성은 개연성으로, 개연성은 다시 필연성으로 비약을 거듭했다. 처음에는 이따금씩 말을 멈추고 클로드의 적극적인 호응을 기다려 주었지만 이야기가 본격적인 궤도에 오른 다음에는 간혹 질문을 던지더라도 수사 의문문에 불과했고 혼자서 청산유수처럼 끊임없이 재잘거렸다.

그녀의 말을 귀담아듣는 사람은 아무도 없었다. 다들 페이의 미소, 웃음, 전율, 속삭임, 점점 커져 가는 분노, 꼬았다 풀었다 하는 다리, 쏙 내미는 혀, 커졌다 작아졌다 하는 눈 그리고 그녀가 고개를 휙 젖힐 때마다 의자 등받이의 빨간 플러시 천에 찰랑거리는 백금색 머리카락 따위를 지켜보느라 여념이 없었기 때문이다. 그녀의 몸짓이나 표정에서 특이한 점은 그때그때 말하는 내용과는 무관하다는 사실이었다. 몸짓도 표정도 따로 놀았다. 마치 그녀의 말이 얼마나 터무니없는지를 잘 아는 그녀의 몸이 그 말을 듣는 사람들을 흥분시켜 비판력을 잃게 만들려고 애쓰는 듯했다. 그날 밤은 그 방법이 성공을 거두었다. 아무도 그녀를 비웃을 생각조차 하지 못했다. 그들은 그녀를 둘러싸고 점점 더 가까이 다가갈 뿐이었다.

토드는 바깥쪽에 서서 얼과 멕시코인 미겔 사이의 빈틈으로 페이를 지켜보았다. 그러다가 누군가 어깨를 가볍게 두드렸을 때 토드는 호머라는 사실을 알면서도 뒤를 돌아보지 않았다. 호머가 다시 어깨를 두드렸지만 토드는 어깻짓으로 그의 손을 떨쳐 버렸다. 몇 분 후 등 뒤에서 신발을 끄는 소리가 들려 고개를 돌려 보니 호머가 살금살금 걸어가는 중이었다. 호머는 무사히 의자 앞에 도착하여 한숨을 내쉬면서 털썩 앉았다. 양쪽 무릎에 묵직한 손을 하나씩 내려놓고 한동안 손등을 물끄러미 내려다보았다. 그러다가 토드의 시선을 느꼈는지 고개를 들고 미소를 지었다.

토드는 그 미소가 불쾌했다. 호머의 미소는 〈어이, 친구, 자네가 고통이 뭔지 알기나 해?〉 하고 말하는 듯해서 짜증스러웠다. 어쩐지 몹시 거만하고 건방져 보이는 미소, 참을 수 없을 만큼 거들먹거리는 미소였다.

토드는 갑자기 몸이 달아오르고 조금 메스꺼웠다. 그는 호머를 등지고 앞문으로 나갔다. 걸음걸이로 분노를 표시하고 싶었지만 별로 성공하지 못했다. 아주 심하게 비틀거렸기 때문이다. 게다가 인도까지 나간 다음에는 갓돌에 걸터앉아 대추야자에 등을 기대고 잠시 쉬어야 했다.

그가 앉아 있는 자리에서는 협곡 밑의 분지에 펼쳐진 도시가 보이지 않았지만 도시 위의 하늘이 불빛에 물들어 마치 납결 염색을 한 파라솔이 떠 있는 듯했다. 파라솔 언저리부터는 불빛이 닿지 않아서 푸른색은 거의 보이지 않고 온통 새까맸다.

호머도 토드를 따라 집 밖으로 나갔지만 토드의 등 뒤에 이르렀을 때 더 이상 접근할 엄두가 안 나서 걸음을 멈추었다. 토드가 알아차리기 전에 슬그머니 그곳을 떠날 수도 있었겠지만 토드가 갑자기 시선을 떨어뜨리는 바람에 호머의 그림자를 발견했다.

「안녕하세요.」 토드가 말했다.

그는 호머에게 자기처럼 갓돌에 걸터앉으라고 손짓을 했다.

「그러다 감기 걸리겠어.」 호머가 말했다.

토드는 호머가 그렇게 말하는 이유를 알아차렸다. 호머는 토드가 진심으로 함께 있기를 원하는지 확인하고 싶었던 것이다. 그러나 그것을 알면서도 토드는 굳이 다시 앉으라고 하지 않았다. 호머를 다시 돌아보지도 않았다. 보나마나 아까처럼 체념의 미소를 머금고 있을 텐데 그 표정을 다시 보고 싶지 않았다.

토드는 지금까지의 연민이 반감으로 바뀐 이유가 궁금했다. 페이 때문일까? 그것은 차마 인정할 수 없었다. 그렇다면 호머를 도와줄 방법이 아무것도 없기 때문일까? 그런 이유라면 마음이 한결 편하겠지만 토드는 먼젓번 생각보다 더 빨리 지워 버렸다. 그는 심리 치료사가 아니었다.

호머는 집을 향해 돌아서서 거실 창문을 바라보고 있었다. 누군가 웃음을 터뜨리자 호머가 고개를 갸우뚱했다. 짤막하게 똑똑 끊어지는 소리가 네 번, 하하, 다시 하하, 독특하고 음악적인 소리, 난쟁이의 웃음소리였다.

「저 사람한테 배우세요.」 토드가 말했다.

「뭘?」 호머가 그를 돌아보면서 물었다.

「포기하는 법.」

토드의 짜증 섞인 대꾸에 호머는 불쾌하면서도 어리둥절한 듯했다. 그 표정을 보고 토드는 다시 앉으라고 손짓했다. 이번에는 좀 더 단호하게 의사 표시를 했다.

호머가 순순히 앉았다. 그러나 쭈그리고 앉다가 실수로 무릎을 찧고 말았다. 그는 주저앉아 무릎을 감싸 쥐었다.
「왜 그러세요?」 마침내 토드가 물었다. 관심을 보여 주고 싶었기 때문이다.
「아니야, 토드, 아무것도 아니야.」
호머는 고마운 마음에 더 밝게 웃었다. 그러나 토드는 그 미소 속에 아직도 체념과 온정과 자기 비하처럼 못마땅한 속성들이 고스란히 남아 있음을 느꼈다.

두 사람은 조용히 앉아 있었다. 호머는 무거운 어깨를 축 늘어뜨린 채 만면에 환한 미소를 머금었고 토드는 야자수에 등을 바싹 붙인 채 오만상을 지었다. 집 안에서 라디오가 켜지면서 동네가 떠들썩할 만큼 큰 소리가 울려 퍼졌다.

두 사람은 오랫동안 말없이 앉아 있었다. 호머가 몇 번이나 토드에게 말을 건네려 했지만 말이 쉽사리 안 나오는 모양이었다. 토드도 굳이 질문을 던져 호머를 도와주려 하지 않았다.

호머의 무릎 위에서 〈여기는 교회, 여기는 뾰족탑〉 놀이[40]를 하던 커다란 손이 양쪽 겨드랑이로 숨어들었다. 손은 잠시 그대로 있다가 허벅지 밑으로 기어들어 갔다. 잠시 후 다시 무릎으로 올라왔다. 오른손이 왼손 손마디를 하나씩 뚝뚝 꺾더니 이번에는 왼손이 오른손에 같은 짓을 했다. 그리고 나서 잠시 얌전해지는 듯싶었지만 그리 오래가지 않았다. 그의 손은 다시 〈여기는 교회〉 놀이를 시작해서 모든 과정을

[40] 아이들이 동요를 부르면서 손가락으로 여러 가지 모양을 만드는 놀이.

되풀이하고 아까처럼 손마디 꺾기로 끝을 맺었다. 그는 세 번째로 처음부터 다시 시작하려고 했지만 토드와 눈이 마주치자 동작을 멈추고 두 손을 무릎 사이에 가둬 버렸다.

토드는 그토록 복잡한 강박 행동을 본 적이 없었다. 더구나 동작 하나하나가 너무 정확해서 섬뜩할 정도였다. 처음에는 무언극 같다고 생각했지만 그보다는 손으로 하는 발레에 가까웠다.

잠시 후 호머의 두 손이 다시 슬금슬금 기어 나오는 것을 보고 토드는 마침내 분통을 터뜨렸다.

「그만 좀 해요!」

두 손이 빠져나오려고 몸부림을 쳤지만 호머가 무릎을 힘껏 조여 못 나오게 했다.

「미안해.」

「아, 괜찮아요.」

「나도 어쩔 수가 없어, 토드. 이건 꼭 세 번씩 해야 되거든.」

「마음대로 하세요.」

그는 호머를 등지고 돌아앉았다.

페이가 노래를 부르기 시작했다. 그녀의 목소리가 도로변까지 흘러나왔다.

> 길이가 다섯 자나 되는 대마초를 꿈꾸었네.
> 너무 순하지도 않고 너무 독하지도 않고
> 황홀경에 빠지지만 너무 오래가진 않고,
> 중독자라면 그래야지, 중독자라며언.

평소와 달리 경쾌한 스윙 재즈 스타일이 아니라 만가처럼 애처롭게 흐느끼는 창법이었다. 그녀는 각 절이 끝나는 부분마다 더욱더 애절한 단조로 바꿔 불렀다.

나는 나는 만물의 여왕이어라.
노래를 부를 때는 황홀경에 빠져야지.
대마초에 불붙이고 근심 걱정 잊어버려.
중독자라면 그래야지, 중독자라며언.

「노래를 정말 잘한단 말이야.」 호머가 말했다.
「벌써 취했나 봐요.」
「어떻게 해야 좋을지 모르겠어, 토드.」 호머가 불만을 털어놓았다. 「요즘 페이가 술을 너무 많이 마셔. 그 얼이라는 녀석 때문이야. 그 전에는 우리끼리 아주 즐겁게 지냈는데 그놈이 얼쩡거리기 시작하면서부터 재미가 하나도 없어.」
「그럼 쫓아 버리지 그러세요?」
「자네가 했던 말을 생각해 봤는데, 닭을 키우려면 허가를 받아야 한다는 얘기 말이야.」
토드는 호머가 무엇을 원하는지 알아차렸다.
「내일 보건 당국에 신고할게요.」
호머가 고맙다고 말하더니 자기가 직접 신고할 수 없는 이유를 굳이 자세하게 설명했다.
「어쨌든 그 방법으로는 멕시코인만 쫓아낼 수 있어요. 얼은 직접 내쫓으셔야 해요.」

「친구가 나가면 따라 나가지 않을까?」

호머는 그런 희망을 버리고 싶지 않아서 토드가 자기 말에 동의해 주기를 바랐다. 그것을 알면서도 토드는 호머의 기대를 저버렸다.

「그럴 리가 없어요. 직접 내쫓으셔야 할 거예요.」

호머는 밝고 다정한 미소를 지으면서 토드의 말을 인정했다.

「그럴지도……」

「그 일은 페이한테 시키세요.」

「아, 그럴 수야 없지.」

「도대체 왜 못한다는 거예요? 아저씨 집이잖아요.」

「나한테 화내지 마, 토디.」

「알았어요. 호미 아저씨한테 화내는 거 아니에요.」

열어 놓은 창에서 페이의 목소리가 흘러나왔다.

그러다가 목이 바싹 타들어 가면
어느새 황홀경에 빠져든 거야.
중독자라면 그래야지.

남자들이 마지막 말을 합창으로 따라 불렀다.

「중독자라며언……」

호머가 다시 입을 열었다.

「토디, 혹시……」

「젠장, 토디라고 부르지 마세요!」

「특별한 뜻은 없었어. 우리 고향에서는 다들 그렇게……」

토드는 호머가 부르르 떨면서 내미는 애정 어린 손길을 참을 수 없었다. 그래서 모질게 뿌리쳤다.
「아, 그러지 말고, 토디, 내가……」
「저년은 창녀라고요!」
호머가 툴툴거리다가 비틀비틀 일어설 때 무릎에서 우두둑 소리가 났다.

열린 창에서 페이의 노랫소리가 흘러나왔다. 노래는 흐느끼듯이 가늘게 이어지다가 목쉰 소리를 내면서 끊어지곤 했다.

아찔하게 아찔하게 아찔하게 아찔하게
황홀경에 빠져들면 세상만사 즐거워라.
헐레벌떡 부랴부랴 약장수를 찾아가서
어디어디 한 모금만 진하게 빨아 볼까!
그러다가 이내 몸이 둥실둥실 떠오르면
집세를 못 냈어도 내가 알 바 아니로다.
하늘은 높디높고 나 또한 그러하니
중독자라면 그래야지, 중독자라며언.

23

 토드가 다시 집 안으로 들어가 보니 얼과 에이브 쿠직과 클로드가 바싹 다가서서 페이와 미겔의 춤을 구경하고 있었다. 그녀와 멕시코인은 축음기에서 흘러나오는 음악에 맞춰 슬로 탱고를 추었다. 남자가 페이를 단단히 붙잡고 한쪽 다리를 그녀의 다리 사이에 밀어 넣은 자세였는데, 두 사람은 긴 나선형을 그리며 함께 몸을 흔들다가 곡선이 절정에 이를 때마다 다시 몸을 낮추곤 했다. 그녀는 파자마 단추를 모조리 풀어 버렸고 미겔이 페이의 허리에 두른 팔은 그녀의 옷 속으로 들어가 있었다.

 문가에 서서 토드는 춤추는 두 사람을 잠시 바라보다가 위스키 병이 놓인 작은 탁자 앞으로 걸어갔다. 그는 술잔을 4분의 1가량 채운 후 단숨에 마셔 버리고 한 잔 더 따랐다. 그 술잔을 들고 클로드와 다른 사람들이 모인 곳으로 다가갔다. 그들은 토드를 거들떠보지도 않았다. 마치 테니스 시합을 지켜보는 관객들처럼 춤추는 두 사람을 따라 좌우로 고개를 돌릴 뿐이었다.

토드는 클로드의 팔을 툭 건드리면서 이렇게 물었다. 「혹시 호머 못 봤어요?」

 클로드는 돌아보지 않았지만 난쟁이가 고개를 돌리더니 마치 최면술에 걸린 사람처럼 중얼거렸다.

「대단한 아가씨야! 정말 대단해!」

 토드는 그들을 내버려 두고 호머를 찾으러 갔다. 부엌에는 보이지 않아서 침실마다 살펴보았다. 그중 한 곳이 잠겨 있었다. 토드는 가볍게 문을 두드리고 잠시 기다렸다가 다시 두드려 보았다. 대답은 없었지만 방 안에서 누군가 움직이는 소리가 들리는 듯싶었다. 그는 열쇠 구멍을 들여다보았다. 방 안은 칠흑처럼 캄캄했다.

 토드는 조용히 불러 보았다. 「호머.」

 침대가 삐걱거리는 소리가 나더니 호머가 대답했다.

「누구요?」

「저예요. 토디요.」

 애칭을 입에 담으면서도 지극히 진지한 말투를 유지했다.

 호머가 말했다. 「그냥 가.」

「잠깐 문 좀 열어 주세요. 설명할 게 있어요.」

「됐으니까 그냥 가라고.」

 토드는 다시 거실로 갔다. 레코드판이 폭스트롯으로 바뀌었고 지금은 얼이 페이와 함께 춤을 추고 있었다. 그는 두 팔로 그녀를 부둥켜안았고 두 사람은 벽이나 가구 따위에 마구 부딪치면서 방 안을 온통 휘젓고 다녔다. 페이는 고개를 뒤로 젖히고 미친 듯이 웃어 댔다. 얼은 두 눈을 질끈 감고 있었다.

미겔과 클로드도 웃었지만 난쟁이는 웃지 않았다. 그는 두 주먹을 불끈 쥐고 턱을 내민 자세로 서 있었다. 그러다가 더는 못 참겠는지 춤추는 남녀를 쫓아다니며 끼어들려고 했다. 난쟁이가 얼의 바지 엉덩이를 붙잡고 버럭 소리쳤다.

「나도 춤추고 싶어!」

얼이 고개를 돌리고 어깨 너머로 난쟁이를 내려다보았다.

「저리 비키쇼! 비키라니까!」

페이와 얼은 서로 부둥켜안은 채 동작을 멈추고 있었다. 난쟁이가 염소처럼 머리를 낮추고 둘 사이로 파고들려고 하자 페이가 손을 내려 그의 코를 잡아당겼다.

난쟁이가 소리쳤다. 「나도 춤 좀 추자고!」

두 사람은 다시 춤을 추려고 했지만 에이브가 용납하지 않았다. 두 사람 사이에 손을 밀어 넣고 미친 듯이 그들을 떼어 놓으려 했다. 그 방법이 통하지 않자 이번에는 얼의 정강이를 냅다 걷어찼다. 그러자 얼이 뒷발질을 했고 부츠가 배에 명중하는 바람에 난쟁이는 뒤로 벌렁 나자빠지고 말았다. 모두가 폭소를 터뜨렸다.

난쟁이가 허둥지둥 일어나더니 마치 작은 숫양 같은 자세로 머리를 낮추었다. 그리고 페이와 얼이 막 다시 춤을 추려는 찰나에 얼의 다리 사이로 뛰어들어 양손으로 위쪽을 푹 찔렀다. 얼이 고통의 비명을 지르며 난쟁이를 붙잡으려 했다. 그러다가 다시 비명을 지르더니 신음 소리를 흘리며 주저앉으려 했고, 그 서슬에 페이의 실크 파자마가 북 찢어졌다.

그때 미겔이 에이브의 멱살을 움켜쥐었다. 난쟁이가 손을 떼자 얼이 방바닥에 풀썩 주저앉았다. 미겔이 난쟁이를 번쩍 들어 올리더니 손을 옮겨 양쪽 발목을 거머쥐고 마치 사람이 토끼를 나무에 부딪쳐 죽이듯이 벽면에 패대기쳤다. 그는 난쟁이를 한 번 더 팽개치려고 손을 뒤로 젖혔지만 토드가 얼른 그 팔을 잡았다. 그때 클로드가 난쟁이를 붙잡았고 두 사람이 협력하여 멕시코인의 손아귀에서 난쟁이를 빼앗았다.

난쟁이는 이미 의식이 없었다. 두 사람은 그를 부엌으로 옮겨 찬물에 밀어 넣었다. 난쟁이는 금방 정신을 차리고 욕설을 퍼붓기 시작했다. 그가 무사하다는 것을 확인한 두 사람은 거실로 돌아갔다.

미겔이 얼을 부축하여 소파로 데려갔다. 핏기가 싹 가신 얼의 얼굴에 땀이 흥건했다. 미겔이 얼의 바지를 느슨하게 해주는 동안 클로드가 그의 넥타이를 풀고 목깃을 열었다.

페이와 토드는 그들 곁에서 지켜보았다.

페이가 말했다. 「내 꼴 좀 봐. 새 파자마가 엉망이 됐잖아.」

한쪽 옷소매가 거의 다 떨어져 어깨가 드러난 상태였다. 바지도 찢어졌다. 토드가 눈을 크게 뜨고 바라볼 때 페이가 허리끈을 풀고 바지를 훌렁 벗어 버렸다. 그 속에는 몸에 찰싹 달라붙는 검은색 레이스 팬티를 입고 있었다. 토드는 그녀에게 한 걸음 다가가다가 주춤거렸다. 그녀가 파자마 바지를 어깨 너머로 홱 던지더니 천천히 돌아서서 문 쪽으로 걸어갔다.

토드가 헐떡이면서 그녀를 불렀다. 「페이.」

그녀가 걸음을 멈추고 미소를 던졌다.

「난 들어가서 잘래. 난쟁이 아저씨 좀 내보내 줘.」

클로드가 다가와 토드의 팔을 잡았다.

「빨리 가세.」

토드는 고개를 끄덕였다.

「난쟁이도 데려가는 게 좋겠어. 안 그랬다간 이 집에 있는 사람들을 모조리 죽여 버릴지도 몰라.」

토드는 다시 끄덕거리며 그를 따라 부엌으로 향했다. 그들이 들어갔을 때 난쟁이는 머리에 커다란 얼음덩어리를 대고 있었다.

「그 멕시코 새끼가 때린 자리에 혹이 생겼어.」

그는 두 사람에게 그것을 만져 보라고 했다. 그들은 감탄사를 연발했다.

클로드가 말했다. 「집에 갑시다.」

그러자 난쟁이가 말했다. 「아니, 여자들한테 가자고. 난 이제부터가 시작이니까.」

「그만두세요.」 토드가 쏘아붙였다. 「빨리 가요.」

그는 난쟁이를 문 쪽으로 밀었다.

난쟁이가 으르렁거렸다. 「그 손 치워, 풋내기!」

클로드가 두 사람 사이를 가로막았다.

「둘 다 진정하시죠.」

「알았으니까 밀지 말라고.」

난쟁이는 거들먹거리며 부엌문을 나섰고 두 사람도 그 뒤를 따랐다.

얼은 아직도 소파에 길게 누워 있었다. 눈을 감고 두 손으로 아랫배를 감싼 자세였다. 미겔은 보이지 않았다.

에이브가 유쾌한 듯이 커다란 머리통을 흔들며 낄낄거렸다.

「내가 저놈을 고자로 만들어 버렸어.」

인도로 나갔을 때 그는 다시 두 사람에게 함께 가자고 꼬드겼다.

「자, 그러지 말고. 어디 가서 재미 좀 보자니까.」

그러자 클로드가 말했다. 「저는 집으로 갑니다.」

그들은 난쟁이의 차가 있는 곳으로 가서 운전석에 오르는 그를 지켜보았다. 조그마한 발로 클러치와 브레이크를 밟을 수 있도록 특별한 연장 부품을 장착한 차였다.

「시내로 가시겠소?」

클로드가 정중하게 대답했다. 「아뇨, 사양하겠습니다.」

「싫으면 관두쇼!」

그것이 작별 인사였다. 난쟁이는 브레이크에서 발을 떼고 차를 출발시켰다.

24

 이튿날 아침에 토드가 눈을 떠보니 머리가 깨질 듯이 아팠다. 촬영소에 연락해서 출근할 수 없다고 알린 후 정오까지 누워 있다가 아침을 먹으려고 시내로 나갔다. 뜨거운 홍차를 몇 잔이나 마시고 나니 기분이 좀 나아져 호머를 찾아가기로 했다. 아직도 그에게 사과하고 싶었기 때문이다. 피니언 협곡으로 가는 언덕길을 오르느라 머리가 지끈거렸다. 몇 번이나 문을 두드려도 대답이 없었지만 오히려 마음이 놓였다. 막 돌아서려는데 문득 커튼 하나가 흔들리는 것이 보였고 그는 다시 문 앞으로 가서 노크를 했다. 여전히 대답이 없었다.
 토드는 차고 쪽으로 돌아가 보았다. 페이의 차는 없고 싸움닭들도 보이지 않았다. 그는 집 뒤쪽으로 가서 부엌문을 두드렸다. 왠지 지나치게 조용하다는 생각이 들었다. 문고리를 돌려 보니 잠겨 있지 않았다. 그는 미리 알리기 위해 〈계십니까?〉 하고 몇 번 소리친 후 부엌을 지나 거실로 들어갔다.
 빨간 우단 커튼을 빈틈없이 쳐놓았지만 토드는 소파에 앉아 있는 호머를 발견했다. 두 손으로 무릎을 감싸 쥐고 손등을 뚫어져라 노려보고 있었다. 구닥다리 순면 나이트가운 차림에 맨발이었다.

「방금 일어나셨어요?」

호머는 움직이지도 대꾸하지도 않았다.

토드는 다시 말을 걸었다.

「굉장한 파티였어요!」

그렇게 유쾌한 척해도 소용없다는 것은 알지만 별다른 대안이 생각나지 않았다.

「아이고, 숙취 때문에 죽겠어요.」 그렇게 말을 이으면서 웃는 시늉까지 했다.

호머는 아무 반응도 보이지 않았다.

거실은 간밤에 보았던 모습 그대로였다. 탁자와 의자는 모조리 뒤집어지고 깨진 사진틀도 떨어진 자리에 그대로 있었다. 토드는 그곳에 머무를 핑계를 만들려고 방 안을 정리하기 시작했다. 의자를 세워 놓고 양탄자를 바로잡고 바닥에 흩어진 담배꽁초를 주웠다. 그러고 나서 커튼을 걷고 창을 열었다.

토드는 명랑하게 물었다. 「자, 이제 좀 낫죠?」

호머가 잠시 고개를 들었다가 다시 손등을 내려다보았다. 토드는 그가 망연자실 상태에서 벗어나려 한다는 것을 알았다.

「커피 좀 드시겠어요?」

호머는 무릎에 얹었던 두 손을 겨드랑이에 감추고 단단히 조였지만 대답은 하지 않았다.

「따끈한 커피 한 잔, 어때요?」

호머가 겨드랑이에서 두 손을 꺼내 엉덩이 밑으로 집어넣었다. 잠시 후 마치 개가 귓속에 들어간 강아지풀을 털어 내듯 천천히 무겁게 고개를 가로저었다.

「제가 끓일게요.」

토드는 부엌으로 가서 스토브에 주전자를 올려놓았다. 물이 끓는 동안 페이의 방을 들여다보았다. 그곳은 이미 썰렁했다. 서랍장은 서랍을 모두 빼놓았고 바닥에는 빈 상자가 여기저기 널려 있었다. 양탄자 위에는 깨진 향수병 하나가 나뒹굴고 방 안에 치자꽃 향기가 진동했다.

커피가 준비되자 그는 두 잔을 부어 쟁반에 얹고 거실로 가져갔다. 호머는 아직도 똑같은 모습으로 양손을 깔고 앉아 있었다. 토드는 작은 탁자를 호머 앞에 가까이 끌어다 놓고 그 위에 쟁반을 내려놓았다.

「저도 한 잔 마시려고요. 자, 식기 전에 드세요.」

토드는 찻잔을 내밀다가 호머가 입을 여는 것을 보고 도로 내려놓고 기다렸다.

「웨인빌로 돌아가야겠어.」

「좋은 생각이에요. 잘됐네요!」

토드는 호머에게 다시 커피를 권했다. 그러나 호머는 커피를 무시했다. 목에 뭔가 걸린 듯이 몇 번 침을 삼키더니 곧 흐느끼기 시작했다. 그는 얼굴을 가리거나 고개를 숙이지도 않고 울었다. 마치 도끼로 장작을 패는 소리처럼 무겁고 공허하게 컹컹거리는 소리가 났다. 그 소리는 강약도 없이 단조

롭게 반복되었다. 아무런 변화도 없었다. 커엉커엉 우는 소리가 매번 똑같았다. 절정 따위는 기대할 수 없었다.

토드는 호머를 달래려고 해봤자 소용없다는 것을 알았다. 진짜 얼간이가 아니라면 그를 달랠 엄두조차 못 낼 터였다. 토드는 호머에게서 제일 먼 구석으로 가서 기다렸다.

토드가 막 두 번째 담배에 불을 붙이려 할 때 호머가 불렀다.

「토드!」

「저 여기 있어요, 호머.」

그는 황급히 소파 쪽으로 달려갔다.

호머는 여전히 울고 있었지만 아까 울기 시작할 때보다 더 갑작스럽게 울음을 그쳤다.

「왜요, 호머?」 토드가 격려하는 말투로 물었다.

「페이가 가버렸어.」

「네, 알아요. 커피나 좀 마셔 보세요.」

「페이가 가버렸다고.」

토드는 호머가 속담을 중요시한다는 사실을 알았고, 그래서 속담 하나를 써먹었다.

「앓던 이 빠진 듯 시원하죠 뭐.」

「내가 일어나기도 전에 나가 버렸어.」

「그게 무슨 상관이에요? 젠장, 어차피 웨인빌로 돌아가신다면서요.」

「욕은 하지 마.」 호머의 말투는 여전히 어처구니가 없을 만큼 차분했다.

「죄송해요.」 토드는 그렇게 중얼거렸다.

그 〈죄송해요〉라는 말이 다이너마이트처럼 둑을 터뜨렸다. 호머의 입에서 흙탕물 같은 말의 급류가 굽이치며 쏟아져 나왔다. 처음에 토드는 그렇게라도 감정을 발산하는 것이 호머에게 매우 유익하리라 여겼다. 그러나 착각이었다. 둑 안에 갇힌 호수는 너무 빠르게 다시 차올랐다. 호머가 말을 하면 할수록 수압은 점점 더 높아지기만 했다. 물줄기가 순환하여 다시 둑 안으로 흘러드는 형국이었기 때문이다.

그렇게 약 20분 동안이나 끊임없이 지껄이던 호머가 말을 하다 말고 중간에 뚝 끊어 버렸다. 몸을 뒤로 기대고 눈을 감더니 곧 잠들려는 듯했다. 토드는 그의 머리 뒤에 쿠션 하나를 받쳐 주었다. 그리고 잠시 지켜보다가 다시 부엌으로 갔다.

그는 그곳에 앉아서 방금 호머가 들려준 이야기를 이해하려고 노력해 보았다. 대부분은 횡설수설하는 헛소리였다. 그러나 일부는 그렇지 않았다. 이윽고 호머의 이야기가 뒤죽박죽인 이유는 순서를 무시했기 때문이라는 사실을 깨달으면서 토드는 전후 사정을 이해할 수 있는 실마리를 얻었다. 나중에 나와야 할 말들이 먼저 튀어나왔을 뿐이었다. 토드가 긴 문장이라고 생각했던 부분이 사실은 문장이 아니라 의미심장한 낱말 하나에 불과했다. 마찬가지로 여러 문장이 동시에 튀어나와서 정상적인 문단을 이루지 못한 경우도 있었다. 이 실마리를 가지고 토드는 방금 들은 내용을 정리하여 그럭저럭 자초지종을 파악할 수 있었다.

페이에 대한 토드의 악담을 듣고 상심한 호머는 곧 집 뒤쪽으로 달려갔고, 부엌으로 들어가서 거실 안을 들여다보았다. 토드에게 화가 난 것이 아니라 다만 착한 청년이 그러는 바람에 좀 놀라고 당황했을 뿐이었다. 거실로 이어지는 그 복도에서 호머는 모두가 즐거워하는 모습을 보고 기뻐했다. 자기 같은 중늙은이와 함께하는 생활이 페이에게는 좀 따분할 수밖에 없었기 때문이다. 그래서 그녀가 안절부절못하던 참이었다. 호머가 그들을 훔쳐보고 있다는 사실은 아무도 알아차리지 못했는데 그것도 다행스러운 일이었다. 그들의 놀이에 동참하고 싶은 마음은 별로 없고 그저 사람들이 즐거워하는 모습을 구경하고 싶었기 때문이다. 그때 페이는 에스티 씨와 함께 춤을 추었는데 서로 잘 어울리는 한 쌍이었다. 그녀도 행복해 보였다. 행복할 때마다 그랬듯이 얼굴이 환하게 빛났다. 그다음에는 얼과 함께 춤을 추었다. 그러나 이번에는 얼이 페이를 안고 있는 자세가 못마땅했다. 페이가 무엇 때문에 저런 녀석을 좋아하는지 이해할 수 없었다. 아무리 보아도 좋은 녀석은 아니었다. 눈초리부터 교활했다. 호텔 업계에서도 그런 녀석이 나타나면 일단 경계하면서 외상 거래를 피하기 마련이다. 걸핏하면 숙박비를 떼어먹기 때문이다. 페이의 말처럼 요즘 많은 사람이 직장을 잃은 것도 사실이지만 얼이 취직을 못하는 이유는 모두가 그를 불신하기 때문인지도 모른다. 호머가 복도에 서서 사람들을 훔쳐보며 그들의 웃음소리와 노랫소리를 흐뭇하게 듣고 있을 때 얼이 페이를 붙잡더니 그녀의 상체를 뒤로 젖히고 입맞춤을 했다. 다들 웃었지만 페이는 싫었는지 얼의 따귀를 철썩 때렸다. 얼은 아랑곳하지 않고 다시 입을 맞추었는데 이번에는 더 길고 역겨운 입맞춤이었다. 페이가 얼을 뿌리치고 호머가 서 있는 문 쪽으로 달려왔다. 호머는 얼른 숨으려고 했지만 페이에게 붙잡히고 말았다. 그는 아무 말도 안했지만 페이는 그렇게 몰래 훔쳐보다니 못된 버릇이라며 닦아세웠고 그가 해명을 하려고 해도 들어 주지 않았다. 그러더니 자기 방으로 들어가 버렸다. 호머는 훔쳐본 이유를 설명하려고 따라갔지만 그녀는 여전히 노발대발했고 빨간 립스틱을 바르면서 다시 호머를 비난했다. 그러다가 향수병을 건드려 떨어뜨렸다. 그래서 더욱더 불같이 화를 냈다. 호머는 차근차근 설명하고 싶었지만 페이는 들은 체도 하지 않고 온갖 무시무시한 욕설을 퍼부었다. 그래서 그는 결국 자기 방으로 가서 옷을 벗고 잠을 청했다. 그때 토드가 와서 잠을 깨우더니 할 말이 있다면서 문을 열어 달라고 했다. 화가 난 것은 아니지만 그때는 대화를 나눌 기분이 아니었다. 잠을 자고 싶을 뿐이었다. 이윽고 토드가 가버린 후 호머는 다시 잠자리에 들었는데 바로 그때 무시무시한 비명과 함께 쿵쾅거리는 소리가 들렸다. 나가 보기가 두려워 경찰을 부를까 생각했지만 전화기가 있는 복도까지 나가기도 무서워서 주섬주섬 옷을 입었다. 살인 사건이라도 일어난 듯싶어 창문으로 빠져나가 도움을 청할 생각이었다. 그런데 신발을 다 신기도 전에 토드가 페이에게 말하는 소리가 들려왔다. 페이가 웃는 소리도 들렸으니 별일 아니구나 싶어 다시 옷을 벗고 침대에 누웠다. 그러나 무슨 일이 있었는지 궁금해서 잠이 오지 않았다. 그래서 기회를 엿보다가 집 안이 조용해졌을 때 자초지종을 물어보려고 페이의 방문을 두드렸다. 페이가 들어오라고 했다. 그녀는 침대 위에서 어린 소녀처럼 몸을 웅크리고 있었다. 그녀는 호머를 아빠라고 부르고 입맞춤까지 해주면서 결코 그에게 화가 난 것이 아니라고 말했다. 페이는 아까 싸움이 벌어졌지만 크게 다친 사람은 없다고 하면서 일단 가서 자고 아침에 다시 이야기하자고 말했다. 호머는 그녀가 시키는 대로 자기 방으로 돌아가서 잠들었다가 막 동이 틀 무렵에 다시 눈을 떴다. 처음에는 왜 잠이 깼는지 몰랐다. 평소에는 한번 잠들면 자명종이 울릴 때까지 좀처럼 깨어나지 않았기 때문이다. 틀림없이 무슨 일이 있었을 텐데 그게 무엇인지 알 수가 없었다. 그런데 그때 페이의 방 쪽에서 무슨 소리가 들렸다. 신음 소리였다. 처음에는 꿈결에 들은 줄 알았는데 곧 그 소리가 다시 들렸다. 페이의 신음 소리가 분명했다. 그는 페이가 탈이 난 모양이라고 생각했다. 그때 그녀가 다시 괴로워하는 듯한 신음 소리를 흘렸다. 그는 침대에서 내려와 그녀의 방으로 가서 문을 두드리며 혹시 어디 아프냐고 물어보았다. 페이는 대답하지 않았지만 신음 소리는 그쳤고, 그래서 그는 침대로 돌아갔다. 잠시 후 그녀가 또 신음 소리를 냈고, 그는 뜨거운 물병이나 아스피린과 물 한 잔, 혹은 무엇이든 필요한 것이 있을지도 모른다는 생각에 다시 침대를 떠났고 다시 그녀의 방문을 두드렸다. 그녀를 돕고 싶은 마음뿐이었다. 페이가 노크 소리를 듣고 뭐라고 대답했다. 무슨 말인지 알아들을 수 없었지만 그는 들어오라는 소리였을 거라고 짐작했다. 그녀가 두통에 시달릴 때 한밤중이라도 아스피린 한

알과 물 한 잔을 갖다 준 적이 허다했기 때문이다. 문은 잠겨 있지 않았지만 마땅히 문을 잠갔어야 할 상황이었다. 왜냐하면 침대 위에는 페이뿐만 아니라 멕시코인도 함께 있었는데 둘 다 알몸이었고 그녀가 남자를 껴안고 있었기 때문이었다. 페이가 호머를 보더니 아무 말도 없이 이불을 머리 위로 끌어 올렸다. 호머는 어쩔 줄 모르고 쩔쩔매다가 방에서 물러나 문을 닫았다. 그가 복도에 서서 몹시 당혹스러워하며 무엇을 어떻게 해야 할까 궁리하고 있을 때 얼이 부츠 한 켤레를 들고 나타났다. 거실에서 자고 있었던 모양이다. 얼이 무슨 일이냐고 물었다. 「페이가 좀 아파서 물 한 잔 갖다 주려는 참이야.」 그때 페이가 다시 신음 소리를 냈고 얼도 그 소리를 들었다. 그가 문을 벌컥 열어젖혔다. 페이가 비명을 질렀다. 호머는 얼과 미겔이 서로 욕지거리를 퍼부으며 싸우는 소리를 들었다. 페이 때문에 경찰을 부를 수도 없고 어찌할 바를 몰랐다. 페이는 계속 비명을 질렀다. 호머가 다시 문을 여는 순간 미겔이 문밖으로 쓰러졌고 얼이 그 위에 올라타고 있었다. 두 사람은 엎치락뒤치락 드잡이질을 했다. 호머는 얼른 방 안으로 뛰어들어 문을 잠가 버렸다. 페이는 이불을 뒤집어쓴 채 비명을 질렀다. 복도에서 얼과 미겔이 싸우는 소리가 이어지더니 이윽고 아무 소리도 들리지 않았다. 페이는 여전히 이불을 뒤집어쓰고 있었다. 호머가 말을 걸었지만 대꾸도 하지 않았다. 그는 얼과 미겔이 다시 올 경우에 대비하여 의자에 앉아 그녀를 지켰지만 그들은 돌아오지 않았고, 얼마 후 페이가 얼굴을 가린 이불을 걷어 내더니 그에게 나가 달라고 말했다. 그가 대답하려고 할 때 그녀가 다시 이불을 뒤집어썼고, 그래서 조금 더 기다렸더니 이번에는 얼굴을 내보이지도 않고 다시 나가라고 말했다. 미겔이나 얼의 목소리는 들리지 않았다. 호머는 문을 열고 바깥을 살펴보았다. 둘 다 보이지 않았다. 그는 문과 창을 모두 걸어 잠그고 자기 방으로 가서 침대에 누웠다. 그리고 어느새 잠이 들었는데 깨어나서 보니 페이는 이미 떠나 버린 뒤였다. 그가 발견한 것은 복도에 떨어진 얼의 부츠뿐이었다. 그는 그것들을 뒷마당에 던져 두었는데 아침에 보니 사라지고 없었다.

25

 토드는 호머가 어떤지 확인하려고 거실로 들어갔다. 여전히 소파에 앉아 있었지만 그새 자세를 바꾼 모양이었다. 호머는 그 커다란 몸뚱이를 공처럼 동그랗게 말고 있었다. 두 무릎이 턱에 닿을 만큼 다리를 접어 올리고 팔꿈치를 바싹 끌어당겨 두 손을 가슴에 얹은 모습이었다. 그러나 편안해 보이지는 않았다. 모든 신경과 근육을 팽팽하게 긴장시켜 온몸을 더 단단하게, 더욱더 단단하게 뭉치려고 안간힘을 썼기 때문이다. 마치 어떤 기계 속에서 수행하던 기능을 벗어나서 모든 힘이 구심력으로 작용하는 용수철 같았다. 기계의 일부일 때는 용수철의 장력이 더 강력한 다른 힘에 저항하는 데 이용되었지만 마침내 자유를 얻은 지금은 원래의 나선형으로 돌아가려 했다.

 원래의 나선형……. 토드는 대학 도서관에서 빌린 이상 심리학 책에서 호머와 비슷한 자세로 그물 해먹에 누워 잠이 든 여자의 사진을 본 적이 있었다. 사진 밑에는 〈자궁 도피〉인지 뭔지 하는 제목이 적혀 있었다. 그 여자는 오랜 세월 동안 그렇게 자궁 속의 태아 같은 자세를 바꾸지 않고 계속 잠만 잤다. 정신 병원 의사들도 잠깐 동안만 그녀를 깨울 수 있었고 그나마도 몇 달에 한 번씩만 가능했다.

토드는 의자에 앉아 담배를 피우면서 이제 어떻게 할까 궁리했다. 의사를 불러야 하나? 그러나 호머는 밤을 새우다시피 했으니 피곤한 것도 당연하다. 의사가 몇 번 흔들어 깨우면 호머는 늘어지게 하품을 하면서 오히려 무슨 일이냐고 물을지도 모른다. 물론 내가 직접 깨울 수도 있겠지만 벌써 충분히 그를 괴롭히지 않았던가? 설령 호머의 잠이 〈자궁 도피〉라고 해도 그냥 자도록 내버려 두는 것이 좋겠다.

자궁으로 돌아갈 수만 있다면 얼마나 완벽한 탈출일까. 종교보다, 예술보다, 남태평양의 섬보다 훨씬 더 좋으리라. 그곳은 지극히 편안하고 포근할 뿐만 아니라 식사까지 전자동이다. 그 호텔은 모든 것이 완벽하다. 모든 사람의 핏줄과 신경 속에 그 숙박 시설에 대한 기억이 남아 있는 것도 무리가 아니다. 물론 어둡기는 하지만 얼마나 따뜻하고 풍요로운 어둠인가. 그 속에 무덤 따위는 없다. 아홉 달의 임대 기간이 끝났을 때 누구나 쫓겨나지 않으려고 필사적으로 몸부림치는 것도 당연한 일이다.

토드는 담배를 비벼 껐다. 배가 고파서 식사도 해야겠고 스카치 소다도 곱빼기로 한 잔 마시고 싶었다. 일단 식사부터 하고 다시 와서 호머를 살펴보기로 하자. 그때까지도 자고 있다면 깨워 보리라. 그래도 깨어나지 않으면 그때 가서 의사를 부르면 된다.

그는 호머를 한 번 더 돌아보고 살금살금 오두막집을 빠져나와 조심스럽게 문을 닫았다.

26

 그는 곧바로 식사를 하러 가지 않았다. 우선 얼에 대해서 좀 알아보고 그를 통해 페이의 소식을 들을 수 있을까 싶어 하지스 마구점에 먼저 들렀다. 그곳에는 캘빈이 서 있었고 그 옆에는 이마에 구슬 띠를 둘러 긴 머리를 고정시킨 쪼글쪼글한 인디언이 있었다. 인디언은 가슴에 광고판을 걸었는데 거기 적힌 말은 ―

터틀 교역소는

옛 서부의 진짜 골동품을 취급합니다.

구슬, 은 제품, 장신구, 가죽신,

인형, 장난감, 희귀 서적, 엽서 등등

선물은 터틀 교역소에서 구입하세요.

 캘빈은 언제 보아도 싹싹했다.
 토드가 다가가자 캘빈이 소리쳤다. 「안녕허쇼!」

그러더니 빙긋 웃으면서 이렇게 덧붙였다. 「추장님께 인사 드려. 〈까불면 죽는다〉 추장님이셔.」

인디언이 그 농담을 듣고 호탕하게 웃었다.

「자네는 오래 살겠어.」

토드가 물었다. 「오늘 혹시 얼 못 봤어?」

「봤지. 한 시간쯤 전에 댕겨갔어.」

「간밤에 우리가 파티에 갔었는데 혹시 무슨······.」

그러자 캘빈이 손바닥으로 자기 허벅지를 철썩 내리치며 토드의 말을 끊었다.

「얼 얘기를 들어 보니 꽤나 신나는 파티였던 모양이여. 그쥬, 어르신?」

「누가 아니라나?」 인디언이 맞장구를 치면서 시커먼 입속과 자줏빛 혓바닥 그리고 부러진 주황색 이빨을 훤히 드러냈다.

「내가 나온 다음에 싸움이 났다고 들었는데.」

캐빈이 다시 허벅지를 내리쳤다.

「보나마자 그랬겠지. 얼도 양쪽 눈이 시퍼렇게 멍들었거덩.」

그러자 인디언이 흥분한 목소리로 말했다.

「드러운 멕시코 놈이랑 어울리니까 그런 꼴을 당하는 게여.」

인디언과 캘빈은 멕시코인들에 대하여 긴 토론을 벌였다. 인디언은 멕시코인이라면 모조리 나쁜 놈이라고 말했다. 캘빈은 괜찮은 멕시코인도 더러 만나 봤다고 주장했다. 그러자 인디언이 겨우 50센트를 빼앗으려고 불쌍한 광부를 죽여 버린 에르마노스 형제의 경우를 들먹였고 캘빈은 토마스 로페스라는 남자가 사막에서 길을 잃었을 때 마지막으로 남은 물 한 병을 낯선 사람과 나눠 마셨다는 이야기를 주절주절 늘어놓았다.

토드는 다시 자신의 관심사로 화제를 돌려 보려 했다.

「멕시코인들은 여자를 잘 다루잖아.」

그러자 인디언이 말했다. 「말은 더 잘 다루지. 언젠가 내가 브래저스 강을 지나가는데 그때……」

토드는 다시 시도해 보았다.

「그 친구들, 얼의 애인 때문에 싸운 거 아니에요?」

캘빈이 대답했다. 「얼 얘기는 좀 다르던데. 돈 때문이었대. 자기가 잠든 사이에 그 멕시코 놈이 돈을 털어 갔다나.」

그러자 인디언이 침을 탁 뱉었다. 「드럽고 손버릇 고약한 놈덜.」

캘빈이 말을 이었다. 「그 계집애허고는 손 끊었대. 그려, 얼이 그렇게 말하더라구.」

토드에게는 그것으로 충분했다.

「안녕히 계세요.」

「만나서 반가웠구먼.」 인디언이 말했다.

「믿는 도끼에 발등 찍히지 않게 조심혀!」 등 뒤에서 캘빈이 소리쳤다.

토드는 페이가 혹시 미겔과 함께 떠나지나 않았을까 생각해 보았다. 그러나 그것보다는 다시 제닝 부인 밑에서 일할 가능성이 더 크다고 판단했다. 어느 쪽이든 페이는 잘 지낼 터였다. 무슨 일이 있어도 끄떡없는 여자였다. 그녀는 코르크 부표와 같다. 바다가 제아무리 날뛰어도, 거센 파도가 무쇠로 만든 배를 가라앉히고 강화 콘크리트로 만든 방파제를 무너뜨려도 페이는 넘실넘실 춤을 추듯이 파도를 넘어가리라. 토드는 드넓은 바다를 건너가는 그녀의 모습을 상상했다. 엄청난 파도가 거듭거듭 밀려와서 후려갈겨도 페이는 빙글빙글 신나게 맴돌 뿐이다.

이윽고 무소 프랭크 식당[41]에 도착한 그는 스테이크와 더블 스카치를 주문했다. 술이 먼저 나왔다. 그 술을 마시면서도 마음의 눈으로는 여전히 빙빙 도는 코르크를 바라보았다.

윗부분에 반짝이는 반사판을 붙인 아주 예쁜 코르크 부표였다. 코르크가 춤추는 바다도 아름다웠다. 파도의 고랑은 녹색, 등성이는 은색이었다. 그러나 달의 부림을 받는 파도가 제아무리 막강해도 이 빛나는 코르크만은 정교한 레이스 같은 물거품 속에 잠시 가둬 두는 정도가 고작이었다. 이윽고 코르크가 마침내 어느 낯선 해변에 닿았을 때, 손가락이 돼지고기 소시지처럼 굵직굵직하고 엉덩이에는 뾰루지가 다닥다닥 돋아난 어느 야만인이 그것을 집어 들어 불룩한 똥배에 밀착시켰다. 토드는 그 행운아의 얼굴을 알아보았다. 제닝 부인의 단골손님이었다.

웨이터가 음식을 가져다 놓고 허리를 숙인 채 토드의 평가를 기다렸다. 그러나 헛수고였다. 토드는 스테이크를 살펴볼 겨를이 없었다.

「흡족하십니까, 손님?」 웨이터가 물었다.

토드는 파리를 쫓듯이 손을 내저어 웨이터를 쫓아 버렸다.

[41] 1919년 할리우드에 개업한 유명한 식당.

웨이터가 물러났다. 토드는 같은 동작으로 자신의 감정까지 쫓아 보려 했지만 그 격렬한 욕망은 한사코 사라지지 않았다. 차라리 밤중에 그녀를 기다리다가 병으로 내리쳐 때려눕히고 겁탈해 버릴 용기라도 있다면 좋으련만.

그는 텅 빈 주차장에서 어둠 속에 몸을 감추고 그녀를 기다리는 기분이 어떨지 알고 있었다. 이름은 잘 모르지만 캘리포니아에서 밤마다 우는 그 새가 높이 솟구쳤다가 파르르 떨며 내려앉는 극적인 노래를 목이 터져라 불러 댈 테고 서늘한 밤공기 속에는 스파이스 핑크 카네이션의 향기가 가득하겠지. 마침내 그녀가 차를 몰고 나타나고, 엔진을 끄고, 별들을 올려다보고, 그래서 젖가슴이 부풀어 오르고, 이윽고 머리를 흔들며 한숨을 쉬겠지. 자동차 열쇠를 핸드백 속에 던져 넣고 찰칵 닫은 후 차에서 내리겠지. 넓은 보폭으로 성큼성큼 걸어가면 몸에 꼭 끼는 드레스가 팽팽하게 당겨지면서 검은 스타킹 위로 빛나는 맨살이 한 치가량 살짝살짝 드러나겠지. 내가 조심조심 다가갈 때 그녀는 옷자락을 끌어내려 그 매력적인 엉덩이를 잘 덮으려고 하겠지.

「페이, 페이, 잠깐만.」 그렇게 그녀를 불러 세우리라.

「어, 토드 오빠, 안녕.」

그녀는 동그란 어깨에서 우아하게 흘러내린 긴 팔을 뻗어 손을 내밀겠지.

「깜짝 놀랐잖아!」

그녀의 모습은 마치 길모퉁이에서 갑자기 나타난 트럭을 보고 길가에 우뚝 멈춰 선 한 마리 사슴 같으리라.

토드는 등 뒤에 감춘 차가운 유리병의 감촉을 생생하게 느꼈다. 이제 걸음을 내디디면서 그것으로······.

「혹시 뭐가 마음에 안 드십니까, 손님?」

파리 같은 웨이터가 다시 나타났다. 토드는 다시 손을 내저었지만 이번에는 그 사내도 순순히 물러나지 않았다.

「음식을 도로 가져갈까요, 손님?」

「아뇨, 아뇨.」

「감사합니다, 손님.」

그러면서도 떠나지 않았다. 고객이 정말 음식을 먹는지 확인하려고 기다리는 중이었다. 토드는 나이프를 집어 들고 스테이크 한 조각을 잘랐다. 그리고 삶은 감자까지 한 입 떠먹은 다음에야 비로소 웨이터가 자리를 피해 주었다.

토드는 강간 장면을 다시 이어 보려 했지만 페이를 내리치려고 들어 올리는 유리병의 감촉이 제대로 느껴지지 않았다. 결국 포기할 수밖에 없었다.

웨이터가 다시 다가왔다. 토드는 스테이크를 내려다보았다. 아주 맛 좋은 스테이크였지만 이미 식욕이 달아나 버린 뒤였다.

「계산서 좀 주세요.」

「디저트는 안 드십니까, 손님?」

「아니, 됐으니까 계산서나 줘요.」

「금방 올리겠습니다, 손님.」

웨이터가 명랑하게 대답하면서 메모지와 연필을 더듬어 찾았다.

27

길거리로 나선 토드는 저녁 하늘을 이리저리 가로지르며 미친 듯이 움직이는 거대한 보라색 빛줄기 여남은 개를 보았다. 이 불기둥들이 오락가락하면서 부채꼴을 그리다가 가장 낮은 지점에 이를 때마다 칸스 페르시안 펠리스 극장의 장밋빛 돔과 우아한 첨탑 들을 잠깐씩 비춰 주곤 했다. 새로 나온 영화의 세계 초연 시사회를 알리기 위한 조명이었다.

그는 서치라이트를 등지고 반대쪽으로 걸어갔다. 호머의 집이 있는 방향이었다. 그러나 얼마 못 가서 6시 15분을 가리키는 벽시계를 보고는 아직 돌아갈 때가 아니라고 마음을 고쳐먹었다. 가엾은 호머가 한 시간쯤 더 자도록 내버려 두고 사람 구경이나 하면서 시간을 보내기로 했다.

극장까지 한 블록쯤 남았을 때 도로 한복판에 걸린 거대한 전광판을 보게 되었는데, 그곳에 3미터 높이의 글자로 적힌 내용은—

칸 씨가 최고급 호텔을 건설합니다!

유명 인사들이 도착하려면 아직도 몇 시간이나 기다려야 하는데 벌써부터 수천 명이 모여 있었다. 빽빽하게 운집하여 배수구를 등지고 서서 극장 쪽을 바라보는 사람들의 행렬이 1백여 미터나 이어졌다. 대규모 경찰 병력이 맨 앞줄과 건물 정면 사이에 통로를 열어 두려고 애쓰는 중이었다.

한 여자가 들고 있던 봉지가 찢어지는 바람에 오렌지가 좌르르 쏟아졌고 통로를 지키던 경찰관이 그녀에게 한눈을 파는 틈에 토드는 재빨리 통로 안으로 들어갔다. 다른 경찰관이 길 건너로 가라고 소리쳤지만 못 들은 체하며 계속 걸음을 옮겼다. 경찰도 다들 바빠서 그를 쫓아올 겨를이 없을 터였다. 토드는 그들의 걱정스러운 표정과 조심스러운 태도를 눈여겨보았다. 여기서 누군가를 체포해야 하는 경우에도 그들은 일단 범인과 농담을 주고받으며 별일 아니라는 듯이 행동하다가 모퉁이를 돌아간 뒤에야 비로소 경찰봉으로 마구 두들겨 팼다. 범인을 점잖게 대하는 것은 군중 속에 있을 때만으로도 충분하기 때문이다.

좁다란 통로를 따라 얼마 가지도 못했을 때 토드는 문득 두려움을 느꼈다. 사람들이 떠들썩하게 소리치면서 그의 모자, 걸음걸이, 옷차림 등에 대해 한마디씩 던졌다. 야유, 웃음소리, 고함이 끊임없이 터져 나오고 이따금 비명까지 들렸다. 비명 다음에는 으레 밀집한 군중이 우르르 움직였고 그중 일부는 경찰의 저지선이 제일 약한 곳으로 몰려들었다. 그러다가 그 부분이 보강되면 곧장 다른 곳으로 몰려갔다.

스타들이 도착하기 시작하면 경찰력을 두 배로 늘려야 할 터였다. 우상처럼 숭배하는 남녀 배우들을 발견한 군중은 곧 광란에 빠질 것이다. 유쾌한 쪽이든 불쾌한 쪽이든 아주 작은 몸짓 하나에도 우르르 움직일 텐데, 그때는 기관총을 들이대기 전에는 결코 막아 낼 수 없을 것이다. 그들 개개인은 단순히 기념품을 얻으려는 의도이겠지만 집단적으로는 닥치는 대로 낚아채고 찢어발길 것이다.

휴대용 마이크를 든 젊은이가 현장 상황을 설명하고 있었다. 그는 신도들을 무아지경으로 몰고 가는 부흥회 목사처럼 잔뜩 흥분한 목소리로 빠르게 말을 이었다.

「굉장한 인파입니다, 여러분! 정말 대단합니다! 오늘밤 칸스 페르시안 앞에는 줄잡아 1만 명도 넘는 인파가 모여 저렇게 흥분을 가누지 못하고 아우성을 지릅니다. 자, 이 함성을 들어 보시죠.」

그가 마이크를 내밀자 가까이 있는 사람들이 친절하게 고함을 질러 주었다.

「들으셨습니까? 광란의 도가니입니다, 여러분. 그야말로 아수라장입니다! 엄청난 소동이 벌어졌습니다! 시사회라면 저도 많이 참석해 봤지만 이건 정말…… 정말…… 어마어마합니다, 여러분. 경찰이 저들을 감당할 수 있을까요? 과연 가능할까요? 아무래도 어려울 듯합니다, 여러분……」

경찰의 추가 병력이 달려왔다. 경사가 아나운서에게 사람들이 자신의 말을 듣지 못하도록 더 멀리 물러나 달라고 부탁했다. 경사의 부하들이 군중에게 덤벼들었다. 군중은 경찰 앞에서 순순히 밀려났다. 습관 때문이기도 하고 목표가 없기 때문이기도 했다. 마치 거대한 수코끼리가 가벼운 막대기를 든 어린 소년이 시키는 대로 움직이듯이 군중도 경찰의 지시에 반항하지 않았다.

토드는 그 속에서 거칠어 보이는 사람들을 별로 찾아볼 수 없었고 직업을 가졌을 만한 사람들도 눈에 띄지 않았다. 이 군중은 주로 중하류층으로 구성되었는데 두 명 가운데 한 명은 그의 그림 속에서 횃불을 들 만한 사람들이었다.

토드가 거의 통로 끝에 다다랐을 때 사람들이 우르르 몰리면서 통로가 막혀 버렸고 그는 사람들 속을 헤치며 힘겹게 나아가야 했다. 누군가 그의 모자를 건드려 떨어뜨렸는데, 그것을 주우려고 허리를 굽힐 때 누군가 그를 걷어찼다. 발끈해서 홱 돌아섰지만 주위에 있는 사람들은 그를 보면서 웃어 댈 뿐이었다. 이럴 때는 함께 웃어 주는 것이 상책이었다. 군중의 분위기가 화기애애해졌다. 뚱뚱한 여자가 토드의 등을 툭툭 두드렸고 한 남자가 모자를 집어 들더니 옷소매로 꼼꼼하게 먼지를 털어 건네주었다. 다른 한 남자는 길을 열어 주라고 소리쳤다. 한참 동안 밀치락달치락하면서, 그 와중에도 줄곧 즐거운 표정을 지으려고 노력하면서 토드는 마침내 한적한 곳으로 빠져나오는 데 성공했다. 그는 옷매무새를 가다듬은 후 주차장으로 가서 그 앞에 둘러진 담장 위에 걸터앉았다.

새로운 무리가 속속 나타났는데 마치 온 가족이 총출동한 듯했다. 토드는 그 사람들이 군중에 합류하자마자 변모하는 과정을 목격했다. 줄을 서기 전까지만 해도 눈치를 살피듯

조심스러운 모습이었지만 군중의 일부가 되는 순간부터 뻔뻔스럽고 공격적인 태도로 돌변했다. 그들이 순진한 호사가라는 생각은 착각에 불과했다. 그 사람들은 잔인하고 사나웠으며 특히 중년층이나 노년층은 더욱더 심했다. 그들이 그렇게 된 이유는 권태와 실망 때문이었다.

그들은 책상이나 계산대, 밭이나 각양각색의 단조로운 기계 따위에 매달려 따분하고 힘겨운 노동과 함께 한평생을 보낸다. 그렇게 한 푼 두 푼 모으면서 언젠가 돈이 좀 넉넉해지면 여유를 얻게 되기를 희망한다. 그러다가 드디어 그날이 온다. 주급 10달러 또는 15달러를 받게 되었다. 그럴 때 햇빛과 오렌지의 땅 캘리포니아가 아니면 또 어디로 가랴?

그러나 막상 이곳에 도착하면 햇빛만으로는 충분하지 않다는 사실을 깨닫기 마련이다. 오렌지에도, 심지어 아보카도와 패션 프루트에도 싫증이 난다. 재미있는 일도 없다. 남아도는 시간을 주체할 길이 없다. 여가를 즐길 만한 정신적 여건을 갖추지도 못했고 자금력도 부족하고 신체적 여건도 쾌락을 추구할 정도는 아니기 때문이다. 이따금씩 고작 아이오와로 소풍이나 가려고 그토록 오랫동안 노예처럼 일했나? 뭐 또 없을까? 그들은 베니스[42]에 가서 밀려드는 파도를 구경한다. 대부분은 바다가 없는 곳에 살던 사람들이지만 파도는 하나만 보아도 모두 본 것과 다름없다. 글렌데일의 비행기도 마찬가지다. 어쩌다 한 번씩 비행기가 추락하기라도 하면 신문의 표현처럼 〈불구덩이 속에서〉 몰살당하는 승객

42 로스앤젤레스 서해안의 해변 휴양지.

들을 구경할 수 있다. 그러나 비행기는 좀처럼 추락하지 않는다.

권태는 점점 더 심해진다. 그들은 속았다는 사실을 깨닫고 원한을 불태운다. 날이면 날마다 신문을 읽고 영화를 보러 간다. 이 두 가지는 그들에게 폭행, 살인, 성범죄, 폭발 사고, 충돌 사고, 밀회 사건, 화재 사건, 혁명, 전쟁 따위를 가르쳐 준다. 날마다 그런 정보를 주식으로 먹으면서 그들은 점점 더 약아진다. 태양도 웃음거리로 전락한다. 오렌지도 그들의 지친 입맛을 자극하지 못한다. 제아무리 충격적인 사건이 일어나도 그들의 느슨해진 몸과 마음을 팽팽하게 긴장시킬 수는 없다. 그들은 사기를 당하고 배신을 당했다. 죽도록 일하며 저금한 보람이 없다.

토드는 몸을 일으켰다. 담장에 걸터앉아서 보낸 10분 사이에 군중이 10미터나 늘어나서 더 빈둥거리다가는 오도 가도 못 하지 않을까 걱정스러웠기 때문이다. 그는 길을 건너 아까 왔던 길로 되돌아가기 시작했다.

만약 호머를 깨울 수 없다면 어떻게 해야 할까 궁리 중일 때 문득 군중 속에서 오르락내리락 움직이는 호머의 머리가 눈에 띄었다. 토드는 황급히 그쪽으로 달려갔다. 호머의 행색을 보아하니 뭔가 잘못된 것이 분명했다.

엉성하게 만든 자동인형 같은 걸음걸이는 여느 때보다 더 심해졌고 얼굴에는 뻣뻣하고 기계적인 미소가 감돌았다. 잠옷을 입은 채 바지를 입은 데다 열린 앞섶으로 잠옷 자락이 삐져나온 상태였다. 양손에 여행 가방을 들고 있었다. 한 걸음 한 걸음 내디딜 때마다 좌우로 뒤뚱거리면서 가방 무게를 이용하여 중심을 잡았다.

토드는 호머 앞에 멈춰 서서 길을 가로막았다.

「어디 가세요?」

「웨인빌.」이 한 마디를 내뱉기까지 호머는 턱을 굉장히 많이 움직였다.

「그건 좋아요. 하지만 여기서 역까지 걸어갈 수는 없잖아요. 거긴 로스앤젤레스라구요.」

호머는 토드를 피해 지나가려고 했지만 토드가 그의 팔을 붙잡았다.

「택시를 타시죠. 저도 같이 갈게요.」

그러나 시사회 때문에 모든 택시가 이 일대를 우회하고 있었다. 토드는 호머에게 그 사실을 설명하고 길모퉁이까지 걸어가자고 설득했다.

「자, 다음 골목까지만 나가면 택시를 잡을 수 있을 거예요.」

일단 호머를 택시에 태우고 나면 운전사에게 제일 가까운 병원으로 가자고 말할 속셈이었다. 그러나 토드가 아무리 잡아끌고 간청을 해도 호머는 요지부동이었다. 사람들이 걸음을 멈추고 두 사람을 구경했다. 호기심 어린 눈으로 돌아보는 사람도 많았다. 토드는 차라리 호머를 내버려 두고 택시를 불러오는 편이 낫겠다고 판단했다.

「금방 돌아올게요.」

호머의 눈빛이나 표정에는 아무런 변화도 보이지 않고 귀찮아하는 기색조차 없어서 도대체 말귀를 알아듣기나 했는지 가늠할 길이 없었다. 토드가 길모퉁이에서 고개를 돌려 보니 호머는 그새를 못 참고 무턱대고 길을 건너가는 중이었다. 여기저기서 브레이크를 밟는 소리가 들리고 두 번이나 차에 치일 뻔했지만 호머는 피하지도 않고 서두르지도 않았다. 그는 대각선 방향으로 똑바로 걸어갔다. 이윽고 건너편 길가에 도착해서 인도 위로 올라가려 했지만 그곳은 이미 군중들로 발 디딜 틈도 없어 난폭하게 밀려나고 말았다. 호머는 다시 시도했지만 이번에는 한 경찰관이 뒷덜미를 낚아채서 줄이 끝나는 곳으로 끌고 갔다. 그러나 경찰관이 손을 떼자 호머는 아무 일도 없었다는 듯 다시 걸음을 옮겼다.

토드는 호머에게 가려고 했지만 신호등이 바뀌기 전에는 건너갈 수 없었다. 이윽고 그가 건너편에 이르렀을 때 호머는 군중의 가장자리에서 10여 미터 떨어진 벤치에 우두커니 앉아 있었다.

토드는 그의 어깨에 팔을 두르면서 몇 블록만 걸어가자고 했다. 호머가 아무 대꾸도 하지 않아서 토드는 여행 가방 하나를 집어 들려고 했다. 그러나 호머가 가방을 놓아주지 않았다.

「이건 제가 들어다 드릴게요.」 그렇게 말하면서 토드는 가방을 가만히 잡아당겼다.

「도둑이야!」

토드는 호머가 다시 고함을 지르기 전에 얼른 물러섰다. 경찰 앞에서 호머가 또 〈도둑이야!〉 소리치면 몹시 난처한 상황이 벌어질 터였다. 토드는 차라리 구급차를 부를까 생각해 보았다. 그러나 따지고 보면 호머가 정말 미쳤다고 확신할 근거도 없지 않은가? 지금도 그는 아무도 괴롭히지 않고 얌전히 벤치에 앉아 있을 뿐인데 말이다.

토드는 일단 기다리다가 나중에 다시 그를 택시에 태워 보기로 마음먹었다. 군중의 규모가 시시각각 불어났지만 이 벤치까지 사람들로 뒤덮이려면 적어도 30분은 걸릴 듯싶었다. 그렇게 되기 전에 무슨 수를 찾으면 된다. 토드는 남의 이목을 끌지 않으면서 호머를 지켜볼 수 있도록 뒤로 조금 물러나서 어느 가게 유리창을 등지고 섰다.

호머가 앉아 있는 곳에서 열 걸음가량 떨어진 곳에 큰 유칼립투스가 있고 그 줄기 뒤에 어린 소년 하나가 있었다. 토드는 소년이 나무 뒤에서 아주 조심스럽게 고개를 내밀었다가 재빨리 다시 숨는 것을 보았다. 잠시 후 같은 행동을 되풀이했다. 처음에는 숨바꼭질을 하는 모양이라고 생각했지만 나중에 보니 한 손에 끈 한 가닥을 쥐고 있었다. 그 끈은 호머의 벤치 앞에 떨어진 낡은 돈지갑에 연결되어 있었다. 아이가 이따금씩 끈을 톡톡 잡아당길 때마다 돈지갑이 굼뜬 두꺼비처럼 뛰어올랐다. 돈지갑의 철제 아가리에서 삐져나와 덜렁거리는 찢어진 안감이 마치 털북숭이 혓바닥 같았고 파리 몇 마리가 머뭇거리며 주위를 맴돌았다.

토드는 소년이 어떤 장난을 치려고 하는지 알고 있었다. 그 역시 어렸을 때 그런 장난을 했기 때문이다. 호머가 그 속에 돈이 있을까 싶어 지갑을 주우려고 손을 내밀면 아이는 재빨리 끈을 잡아당기면서 깔깔 웃을 터였다.

그런데 토드가 나무 앞으로 다가가서 보니 놀랍게도 그 아이는 바로 호머의 집 건너편에 사는 어도어 루미스였다. 토드는 아이를 쫓아내려고 했지만 아이는 나무 뒤로 요리조리 피하면서 엄지손가락을 코끝에 대고 놀려 댔다. 토드는 결국 단념하고 원래의 자리로 돌아갔다. 토드가 떠나자마자 어도어는 다시 돈지갑을 가지고 장난에 열중했다. 그러나 호머는 아이에게 눈길조차 주지 않았고, 그래서 토드도 아이를 그냥 내버려 두기로 했다.

토드는 저 군중 속 어딘가에 루미스 부인도 있을 거라고 생각했다. 오늘 밤 그녀가 어도어를 다시 만나면 한바탕 때려 줄 것이 분명했다. 재킷 호주머니를 찢어 놓았고 버스터 브라운 칼라도 기름때로 얼룩졌기 때문이다.

어도어는 성미가 고약한 아이였다. 호머가 아이와 돈지갑을 철저히 무시했기 때문에 아이는 더욱더 필사적이었다. 끈에 매단 지갑을 춤추게 하는 짓을 곧 포기하고 벤치 쪽으로 살금살금 접근하면서 온갖 험상궂은 표정을 지어 보였다. 그러나 호머가 움직이기만 하면 재빨리 도망칠 태세였다. 아이가 서너 걸음 앞에서 걸음을 멈추고 혀를 쏙 내밀었다. 호머는 아이를 무시했다. 그러자 아이가 한 걸음 더 다가가더니 온갖 모욕적인 동작을 골고루 선보였다.

이때 아이가 한 손에 돌멩이를 움켜쥐고 있다는 사실을 토드가 미리 알았다면 얼른 말렸을 것이다. 그러나 그는 호머가 아이를 때리지는 않으리라 확신했으므로 혹시 아이의 장난이 귀찮아서라도 정신을 차리지 않을까 싶어 잠자코 지켜보기만 했다. 그러다가 어도어가 팔을 치켜들었을 때는 이미 늦어 버린 뒤였다. 돌멩이가 호머의 얼굴에 명중했다. 아이는 달아나려고 재빨리 돌아섰지만 발이 꼬이는 바람에 넘어지고 말았다. 아이가 허둥지둥 일어나려 할 때 호머가 모둠발로 아이의 등을 짓밟고 다시 뛰어올랐다.

토드는 그러지 말라고 소리치며 호머를 떼어 내려 했다. 그러나 호머는 토드를 밀어 버리고 계속 발꿈치로 아이를 공격했다. 토드는 호머의 배를, 그다음에는 얼굴을 있는 힘껏 후려갈겼다. 그러나 호머는 주먹질에도 아랑곳하지 않고 계속 아이를 짓밟았다. 토드는 거듭거듭 호머를 때리다가 두 팔로 그를 부둥켜안고 멀리 떼어 놓으려 했다. 그러나 호머는 꿈쩍도 하지 않았다. 마치 돌기둥 같았다.

다음 순간 토드는 뒤통수를 호되게 얻어맞았고, 그 서슬에 호머를 놓쳐 버리고 옆으로 빙글 돌면서 쓰러져 무릎을 꿇고 말았다. 극장 앞에 있던 사람들이 몰려온 것이었다. 삽시간에 그는 소용돌이치는 발과 다리에 둘러싸였다. 토드는 한 남자의 외투 자락을 붙잡고 일어섰지만 긴 곡선을 그리며 달려드는 사람들의 물결에 휩쓸려 뒷걸음질을 쳤다. 그는 하늘을 배경으로 군중이 머리 위로 번쩍 들어 올린 호머의 모습을 잠깐이나마 볼 수 있었다. 비명을 지르려고 입을 딱 벌렸지만 소리가 나오지 않는 듯했다. 누군가의 손이 불쑥 솟구치더니 호머의 벌어진 입을 움켜쥐고 잡아당겨 아래로 끌어 내렸다.

다시 아찔아찔한 폭주가 시작되었다. 토드는 아예 두 눈을 감고 그저 쓰러지지 않으려고 안간힘을 썼다. 그러나 수많은 어깨와 등판들이 사방에서 마구 부딪쳐 오는 가운데 쏜살같이 이리 밀리고 저리 밀리며 속수무책으로 끌려다닐 뿐이었다. 그는 주위에 있는 사람들을 밀치거나 때리면서 자기가 나아가는 방향으로 돌아서려고 애썼다. 뒷걸음질을 치며 밀려다니는 것이 두려웠기 때문이다.

그는 유칼립투스를 길잡이로 삼고 사람들의 물결을 거슬러 게걸음을 치면서 그쪽으로 나아가려 했다. 목표물에서 멀어지면 더 힘껏 밀어붙이고 가까워지면 흐름을 따라 움직였다. 그리하여 나무로부터 몇 걸음 이내까지 접근했을 때 별안간 세찬 힘이 밀어닥치는 바람에 나무를 지나쳐 너무 멀리 가버리고 말았다. 그는 잠시 필사적으로 몸부림을 쳤지만 곧 단념하고 물결에 몸을 맡겼다. 그러다가 그 무리가 반대쪽으로 가는 다른 무리와 충돌했는데 그때 토드는 하필 V자 대형의 꼭짓점에 해당하는 위치에 있었다. 그 충격이 그의 몸을 빙그르르 회전시켰다. 두 세력이 맞물려 지나가는 틈바구니에서 그는 맷돌 사이에 낀 낟알처럼 빙글빙글 돌았다. 이런 상황은 그가 상대편으로 넘어갈 때까지 계속되었다. 압박이 점점 더 심해져 나중에는 몸이 찌부러지겠다는 생각이 들 정도였다. 그는 서서히 공중으로 밀려 올라갔다. 위로 올라갈수록 갈비뼈가 부러질 듯한 고통은 줄어들었지만 그는 두 발이 지면을 떠나지 않게 하려고 안간힘을 썼다. 발이 바닥에 닿지 않을 때의 느낌은 아까 뒤로 밀려날 때보다 더 무시무시했다.

그때 다시 폭주가 시작되었지만 이번에는 아까보다 짧았고 그는 막다른 곳에 와 있었다. 그곳은 압박이 덜하고 변화도 없었다. 그는 왼쪽 발목 바로 윗부분에서 느껴지는 극심한 통증을 비로소 의식하고 좀 더 편한 각도를 찾으려 했다. 몸을 돌릴 수는 없었지만 고개를 돌리는 정도는 그럭저럭 가능했다. 웨스턴 유니온[43] 모자를 쓴 몹시 깡마른 소년이 뒷등으로 그의 어깨를 짓누르고 있었다. 통증이 점점 더 심해지면서 사타구니 부근까지 다리 전체가 욱신거렸다. 그는 마침내 왼팔을 밖으로 끄집어내서 소년의 목덜미를 손가락으로 쥐고 힘껏 비틀었다. 소년이 제자리에서 팔짝팔짝 뛰었다. 토드는 소년의 뒤통수를 밀어내면서 팔꿈치를 펴고 몸을 반쯤 돌려 간신히 다리를 뽑아낼 수 있었다. 그래도 고통은 줄어들지 않았다.

또다시 한바탕 난폭한 질주가 시작되었다가 다시 막다른 곳에서 끝났다. 그는 이제 끊임없이 훌쩍거리는 젊은 여자와 마주 보게 되었다. 여자는 날염 실크 드레스를 입었는데 앞섶이 길게 터지고 작은 브래지어도 한쪽 끈만 남은 상태였다. 그는 몸을 뒤로 젖혀 여자에게 여유 공간을 주려 했지만 그가 움직일 때마다 그녀도 따라붙었다. 여자는 이따금씩 격렬하게 몸부림을 쳤는데 토드는 혹시 발작을 일으키려는 것이 아닐까 생각했다. 그녀의 한쪽 허벅지가 토드의 다리 사이에 끼어 있었다. 그는 여자에게서 몸을 떼려고 했지만 그녀는 한사코 따라 움직이며 몸을 밀착시켰다.

43 미국 송금 및 통신 업체.

여자가 고개를 돌리더니 등 뒤에 있는 누군가에게 말했다.
「이러지 마세요, 이러지 마세요.」

토드는 무엇이 문제인지 알아차렸다. 파나마모자[44]를 쓰고 뿔테 안경을 낀 노인이 여자를 끌어안고 있었다. 노인은 한 손을 여자의 옷 속에 집어넣고 그녀의 목을 잘근잘근 깨물었다.

토드는 오른팔을 힘겹게 끄집어내 여자의 어깨 너머로 뻗어 노인의 머리통을 주먹으로 내리쳤다. 아주 세게 때리지는 못했지만 노인의 모자와 안경이 한꺼번에 벗겨졌다. 노인이 여자의 어깨에 얼굴을 묻으려 할 때 토드가 그의 귀를 움켜쥐고 힘껏 잡아당겼다. 그들은 다시 움직이기 시작했다. 토드는 노인의 귀를 붙잡은 채 최대한 오래 버티면서 그 귀가 아예 떨어져 버리기를 바랐다. 그의 팔 밑에서 여자가 몸을 홱 비틀었다. 그 바람에 드레스 한 조각이 찢어져 버렸지만 비로소 추행범의 손에서 벗어날 수 있었다.

군중이 다시 한바탕 요동을 쳤고 토드는 갓돌 쪽으로 밀려갔다. 그는 가로등 기둥 쪽으로 다가가려 했지만 미처 그것을 붙잡지 못하고 지나쳐 버렸다. 그는 찢어진 드레스를 입은 여자를 다른 남자가 붙잡는 것을 보았다. 여자가 도와달라고 비명을 질렀다. 토드가 그쪽으로 다가가려 했지만 오히려 반대쪽으로 밀려났다. 이번 폭주도 막다른 곳에서 끝났다. 그곳에 모인 사람들은 모두 토드보다 키가 작았다. 그는 고개를 들고 하늘을 올려다보며 뻐근하게 아픈 가슴에 신

---

[44] 파나마풀의 잎을 잘게 쪼개서 만드는 여름 모자.

선한 공기를 들여보내려 했지만 지독한 땀 냄새가 진동할 뿐이었다.

그 부근에 있는 사람들은 아무도 전전긍긍하지 않았다. 오히려 대부분이 이 상황을 즐기는 듯했다. 토드 근처에 뚱뚱한 여자가 있었는데 한 남자가 정면에서 그녀에게 찰싹 달라붙어 있었다. 여자의 어깨 위에 턱을 올려놓고 두 팔로 얼싸안은 자세였다. 그러나 여자는 아랑곳하지 않고 옆에 있는 여자와 대화를 나누었다.

토드도 그녀의 말을 들었다.

「어쩌다가 인파에 휩쓸리는 바람에 한복판으로 들어와 버렸어요.」

「그래요. 누군가 〈게리 쿠퍼가 왔다!〉 하고 소리치더니 순식간에 벌어진 일이죠!」

「그게 아니에요.」 헝겊 모자를 쓰고 풀오버 스웨터를 입은 왜소한 남자가 말했다. 「지금 이건 폭동이라고요.」

「맞아요.」 세 번째 여자가 말했다. 구불구불한 잿빛 머리카락이 얼굴과 어깨를 뒤덮고 있었다. 「어떤 변태가 어린애를 폭행했거든요.」

「그런 놈은 맞아 죽어도 싸요.」

모두가 열렬하게 찬성했다.

이윽고 뚱뚱한 여자가 말했다. 「저는 세인트루이스 출신인데 우리 동네에서도 그런 변태가 나왔어요. 여자를 가위로 난도질해 버렸죠.」

「보나 마나 미친놈이겠죠.」 모자 쓴 남자가 말했다. 「도대체 무슨 재미로 그런 짓을 한대요?」

모두 웃었다. 뚱뚱한 여자가 자신을 껴안은 남자에게 말했다.

「이것 보세요. 나는 베개가 아니라고요.」

그러나 남자는 행복한 듯이 미소를 지을 뿐 움직이지 않았다. 여자도 굳이 그의 포옹을 뿌리치려 하지 않고 웃어 버렸다.

「넉살도 좋으셔라.」

다른 여자도 웃음을 터뜨렸다.

「아무튼 무법천지가 따로 없네요.」

모자를 쓰고 스웨터를 입은 남자가 그 변태에 대해서 또 하나의 우스갯소리를 생각해 냈다.

「여자를 가위로 난도질하다니. 엉뚱한 연장을 썼잖아요.」

옳은 말이었다. 다들 처음보다 더 크게 웃었다.

그때 콧수염에 왁스를 바르고 머리는 콩팥처럼 생긴 젊은 이가 말했다. 「너라면 다른 연장을 썼겠지?」

두 여자가 깔깔 웃었다. 그 웃음에서 용기를 얻었는지 모자 쓴 남자가 손을 내밀어 뚱뚱한 여자의 친구를 꼬집었다. 그녀가 비명을 질렀다.

「이거 왜 이래요.」 여자가 점잖게 타일렀다.

「뒤에서 누가 밀었어요.」 남자가 말했다.

그때 구급차의 사이렌 소리가 길거리에 울려 퍼졌다. 앵앵거리는 소음 때문에 군중이 다시 움직이기 시작했다. 토드도 느리지만 줄기찬 흐름을 타고 떠내려갔다. 아예 두 눈을 감고 욱신거리는 다리를 보호하려고 노력했다. 이윽고 이동이 끝났을 때는 극장 벽에 등을 맞대고 있었다. 여전히 눈을 감은 채 성한 다리에 체중을 실었다. 몇 시간처럼 길게 느껴지는 시간이 흐른 후 대열이 조금씩 느슨해지더니 소용돌이치듯이 다시 움직이기 시작했다. 관성이 붙으면서 속도가 빨라졌다. 토드는 그 흐름을 타고 움직이다가 극장 진입로와 도로 사이를 막은 무쇠 울타리의 난간 받침대에 부딪치고 말았다. 그 충격으로 숨이 콱 막혔지만 난간을 붙잡는 데 성공했다. 그는 다시 쓸려 가지 않으려고 필사적으로 매달렸다. 그때 한 여자가 그의 허리를 껴안으며 달라붙었다. 여자는 규칙적으로 흐느끼고 있었다. 토드는 무쇠 난간을 움켜쥔 손가락이 점점 미끄러지는 것을 느끼고 있는 힘껏 뒷발질을 했다. 여자가 떨어져나갔다.

다리가 몹시 아픈 상황인데도 자신의 그림 「불타는 로스앤젤레스」가 생생히 떠올랐다. 페이와 다투고 나서 번민에서 벗어나기 위해 줄곧 이 그림에 몰두했으므로 그것을 마음속에 떠올리는 것쯤은 거의 반사적이라고 할 만큼 쉬운 일이었다.

성한 다리로 서서 필사적으로 무쇠 난간에 매달린 채 그는 커다란 캔버스에 윤곽을 잡아 놓은 그 그림의 거친 목탄 자국들을 하나하나 선명하게 볼 수 있었다. 먼저 윗부분에는 그림틀과 평행으로 불타는 도시를 그렸는데, 이집트 양식에서부터 케이프 코드의 식민지 시대 양식에 이르기까지 다양한 건축 양식을 두루 보여 주는 대화재였다. 중심부에는 왼쪽에서 오른쪽으로 구불구불 이어지는 긴 언덕길이 있고, 그 밑에는 야구 방망이와 횃불을 들고 근경 쪽으로 몰려오는 폭도들이 있었다. 구성원들의 얼굴에는 그동안 캘리포니아로 죽으러 오는 사람들을 틈틈이 그려 두었던 무수한 스케치를 활용했다. 종파뿐만 아니라 경제적 파벌까지 망라하는 온갖 집단에 속한 사람들, 파도, 비행기, 장례식, 시사회 구경꾼들…… 기적을 약속하기 전에는 움직이지 않는 사람들, 그나마도 폭력 말고는 아무것도 못하는 불쌍한 중생들이다. 그런데 위대한 〈척척박사 피어스〉가 그들에게 필요한 약속을 해주었고, 그래서 그들은 어중이떠중이 다 모인 거대한 연합 전선을 형성하고 그의 깃발 아래 행진하면서 이 땅을 정화시킨다. 더는 따분하지 않게 된 사람들이 붉은 화염의 불빛 속에서 신나게 춤을 추고 노래를 부른다 .

아래쪽의 전경에는 성전(聖戰)에 나선 폭도들의 선봉대에 쫓겨 정신없이 도망치는 남녀노소가 있었다. 페이, 해리, 호머, 클로드 그리고 토드 자신도 있다. 페이는 무릎을 높이 들어 올리며 도도하게 달려간다. 그 뒤에는 애지중지하던 중산모를 양손으로 움켜쥔 해리가 비틀비틀 따라간다. 호머는 곧 캔버스에서 떨어져 나갈 듯한 모습인데 얼굴은 졸고 있는 듯하고 커다란 두 손은 고뇌를 표현하는 무언극을 하듯이 허공을 움켜쥔다. 클로드는 달아나는 와중에도 고개를 돌려 코끝에 엄지손가락을 대고 추격자들을 조롱한다. 토드 자신은 도망치는 도중에 작은 돌멩이를 집어 들고 던지려 한다.

이제 아픈 다리와 난감한 상황마저 거의 잊어버린 그는 더욱더 완벽하게 도피하려고 의자 위에 올라서서 캔버스 상단 한쪽 구석에 그려진 불길을 손질했다. 불의 혓바닥에 입체감을 살려 주니 너트버거[45] 노점의 야자수 잎 지붕을 떠받치는 코린트식 기둥을 더욱더 탐욕스럽게 핥아 먹는 듯했다.

그렇게 불길 하나를 완성하고 다른 불길을 손질하려고 할 때 누군가 귓가에서 버럭 소리치는 바람에 현실 세계로 돌아왔다. 눈을 떠보니 그가 매달린 난간 너머에서 한 경찰관이 그에게 손을 내밀고 있었다. 토드는 왼손을 떼고 팔을 들었다. 경찰관이 그의 손목을 잡았지만 그를 끌어 올리지는 못했다. 토드는 난간을 놓기가 두려웠다. 그때 다른 남자가 경찰관을 도와주려고 그의 웃옷 등판을 잡아 주었다. 토드는 난간에서 손을 뗐고 두 사람이 힘을 합쳐 울타리 너머로 그를 끌어 올렸다.

그들은 토드가 제대로 서 있지도 못하는 것을 보고 바닥에 편하게 앉혀 주었다. 그곳은 극장 진입로였다. 바로 옆에서 한 여자가 갓돌에 걸터앉아 치마폭에 얼굴을 묻고 울었다. 벽 밑에도 옷매무새가 흐트러진 사람들이 줄줄이 모여 있었다. 진입로 끝에 구급차 한 대가 서 있었다. 경찰 한 명이 토드에게 병원으로 가겠느냐고 물었다. 토드는 고개를 가로저었다. 그러자 경찰관이 집까지 태워다 주겠다고 했다. 토드는 침착하게 클로드의 주소를 불러 주었다.

그는 부축을 받으며 뒷골목으로 빠져나가 경찰차에 올랐다. 사이렌이 울부짖기 시작했는데 처음에 토드는 자기가 내

---

[45] 육류 대신 곡물과 견과류를 이용한 식물성 햄버거.

는 소리로 착각했다. 두 손으로 입술을 만져 보았다. 입은 굳게 다문 상태였다. 토드는 그제야 비로소 사이렌 소리라는 사실을 깨달았다. 그러자 왠지 웃음이 터져 나왔고 그는 목청껏 사이렌 소리를 흉내 내기 시작했다.

역자 해설
세상을 바라보는 우울한 시선

너새니얼 웨스트의 생애와 작품 세계

1903년 10월 17일 뉴욕에서 태어났다. 본명은 나탄 폰 발렌슈타인 바인슈타인Nathan von Wallenstein Weinstein, 미국명 네이선 웨인스타인Nathan Weinstein이었다. 부모는 독일어를 사용하는 리투아니아 유대인이었으며 아버지는 건축업자로 가정 환경은 유복한 편이었다.

그는 맨해튼에서 학창 시절을 보냈는데 어릴 때부터 학업보다 독서에 열중했다. 수업에 빠지는 날도 많았다고 한다. 그의 게으름은 친구들 사이에서도 유명해서 〈펩Pep〉이라는 별명까지 얻었으며 〈활력〉을 뜻하는 이 반어적인 별명은 한평생 그를 따라다녔다. 결국 성적 불량으로 1920년 고등학교를 중퇴했고, 이듬해 졸업 증명서를 위조하여 매사추세츠의 터프츠 대학에 입학했다. 그러나 그곳에서도 학업을 등한시하다가 퇴학을 당하고, 이번에는 동명이인의 성적 증명서를 도용하여(세상을 바라보는 냉소적 시선을 짐작케 하는 대목이 아닐까?) 로드아일랜드의 브라운 대학으로 전학했다.

거기서도 여전히 폭넓은 독서를 즐겼는데, 당대 미국의 사실주의 문학보다는 프랑스, 영국, 아일랜드 등지의 초현실주의 문학과 시, 특히 오스카 와일드Oscar Wilde에 심취했다. 창작을 시작한 것도 그때부터였다. 아울러 교내 연극과 출판 활동에 참여하면서 풍자만화를 그렸고 기독교와 신비주의에도 관심이 많았다.

1924년 대학 졸업 후 아버지의 사업을 돕다가 1926년 가을부터 3개월간 파리에 체류하면서 유럽의 예술과 문화에 깊은 감명을 받았다. 이 무렵 너새니얼 웨스트Nathanael West로 개명했는데 브라운 대학 시절 유대인이라는 이유로 학생 클럽 가입을 거부당한 경험이 계기였다고 한다. 1927년 귀국 후 호텔에 취직하여 1930년대 초반까지 근무하면서 본격적인 창작 활동을 시작했다. 시인 윌리엄 칼로스 윌리엄스William Carlos Williams, 소설가 대실 해밋Dashiell Hammett, 제임스 패럴James Farrell 등과 교류하고 가난한 친구들에게 무료로 방을 빌려 주기도 했다. 미국 사회의 어두운 면을 경험한 것도 이때였다. 대공황의 영향으로 건축업이 위축되면서 웨스트 일가도 경제적으로 어려워졌다.

1931년 그는 대학 때부터 구상한 처녀작 『발소 스넬의 꿈 같은 생활*The Dream Life of Balso Snell*』을 집필하여 5백 부 한정판으로 발표했다. 젊은 작가가 트로이의 목마 속에 들어가 특이한 인물들을 만난다는 내용의 초현실적 환상 소설이었다. 이 책은 별다른 주목을 받지 못했고 웨스트 생전에 다시 출판되지도 않았지만 사회, 종교, 예술 등의 가식적인 모습을 조롱하는 비판적 태도는 이후의 작품 세계를 예고했다.

1933년 두 번째 소설 『미스 론리하트 Miss Lonelyhearts』를 출간했다. 신문 상담란 담당자의 삶과 죽음을 그린 이 책은 독창적 천재성의 산물이라는 호평을 받았으나 출판사가 도산하는 바람에 흐지부지 묻히고 말았다.

같은 해 웨스트는 할리우드로 건너가 시나리오 작가로 활동하기 시작했다. 이때부터 주로 영화 대본을 집필하다가 1934년 세 번째 소설 『에누리 없는 100만 달러 A Cool Million』를 출간했다. 열심히 일하면 성공한다는 미국식 성공 신화의 허점을 비판하는 내용이었지만 역시 판매가 부진했다. 경제적 어려움에 시달리며 산발적으로 희곡과 단편 소설을 썼다.

1938년 영화계 주변의 애환을 다룬 네 번째이자 마지막 소설 『메뚜기의 날 The Day of the Locust』을 출간했다. 이 책은 오늘날까지 할리우드를 무대로 한 소설 가운데 최고라는 평가를 받는다.

1940년 4월 19일 웨스트는 아일린 매케니 Eileen McKenney와 결혼했다. 그리고 그해 12월 22일, 캘리포니아의 엘센트로 근교에서 부인과 함께 교통사고로 사망했다. 멕시코에 사냥 여행을 갔다가 바로 전날 친구이며 소설가인 F. 스콧 피츠제럴드 Francis Scott Fitzgerald가 심장 마비로 사망했다는 소식을 듣고 로스앤젤레스로 돌아오던 길이었다. 당시 웨스트는 36세, 아일린은 26세였다.

대표작만 보아도 알 수 있듯이 웨스트의 작품은 그의 생애 및 시대와 밀접한 관련이 있다. 뉴욕을 무대로 쓴 『미스 론리하트』와 로스앤젤레스를 배경으로 한 『메뚜기의 날』은 소설의 공간이 각각 수직과 수평으로 펼쳐진다는 점이 다를 뿐, 세계 경제가 불황의 늪에 빠져 허덕이는 상황에서 도시인들의 삭막한 삶을 보여 준다는 점, 그리고 세상에 대한 냉소와 허무주의가 짙게 배어 있다는 점이 공통적이다. 등장인물들은 누구나 사람의 정을 그리워하지만 현실은 냉혹하기만 하다.

웨스트 자신도 작가로서 그리고 개인으로서 불운한 사람이었다. 네 권의 소설을 발표했지만 생전에는 고작 4천 부 남짓 팔리는 데 그쳤다. 10여 년에 걸친 기나긴 불황이 끝나고 1940년 봄에 결혼을 하면서 비로소 행복이 시작되는 듯했지만 겨우 8개월 만에 뜻밖의 죽음이 부부를 함께 데려가 버렸다. 그러나 사후에나마 그는 불멸의 명성을 얻었다. 특히 1957년 뉴 디렉션스New Directions 출판사가 소설 전집을 출간하면서 세계적으로 주목을 받고 일약 현대 문학을 대표하는 작가로 자리매김했다. 『미스 론리하트』와 『메뚜기의 날』은 지금까지 수십만 부가 팔렸으며 솔 벨로Saul Bellow, 블라디미르 나보꼬프Vladimir Nabokov, 마틴 에이미스Martin Amis, 플래너리 오코너Flannery O'Connor 등에게 크나큰 문학적 영향을 미쳤다. 만약 웨스트가 요절하지 않았다면 또 어떤 작품들을 내놓았을까?

『메뚜기의 날』

이 작품은 영화배우로 성공하고 싶어 하는 페이 그리너와 그녀를 둘러싼 남자들의 욕망을 그렸다. 화려한 영화계의 이면에 감춰진 평범한 인생들의 희로애락을 섬세하게 묘사하여 큰 호평을 받았으며 이후 『타임』이 선정한 100대 영문학 소설, 랜덤하우스/모던 라이브러리의 20세기 100대 영문학 소설, 그리고 『뉴스위크』의 세계 100대 명저 등에 포함되었다. 그러나 세계가 이 책에 주목하는 이유는 단순히 할리우드의 국지적, 시대적 상황을 탁월하게 표현했기 때문이 아니다. 이 소설에서 웨스트는 탐욕, 위선, 폭력 등 인간의 부정적 본질을 깊이 파헤쳤다.

이 책을 읽으면서 역자는 피츠제럴드의 『위대한 개츠비』를 떠올렸지만 『메뚜기의 날』의 등장인물들은 아무도 위대하지 않다. 죄 없이 고통 받는 억울한 사람들도 아니다. 저마다 자신의 욕망 때문에 괴로워할 뿐이다. 예컨대 장례 비용을 갚으려고 창녀로 일하는 페이, 그녀를 겁탈하고 싶은 충동을 느끼는 토드, 어린 나이에 영화사를 전전하며 어른들의 욕망과 폭력성에 물들어 버린 어도어 등은 인간 내면의 황폐한 사막을 고스란히 보여 준다. 페이를 향한 남자들의 감정도 감히 〈사랑〉이라고 부르기 힘들 만큼 이기적이다. 그나마 인간미를 지닌 인물이었던 호머마저 결국 폭력의 가해자인 동시에 피해자가 되어 비극적으로 몰락하고 만다. 자업자득이라고 생각하면서도 우리가 그들을 측은하게 여기는 이유는 우리 자신의 내면과 크게 다르지 않기 때문이다. 그렇다,

그들은 인간이기 때문에 꿈을 꾸고, 그 꿈을 이루지 못해 불행하다.

소설 속에서 직접 거론되지는 않지만 1938년에 발표된 이 작품에 대하여 이야기할 때 결코 빠뜨릴 수 없는 요소가 대공황(1929~1939)이다. 당시 미국과 세계는 무시무시한 불황을 겪었다. 1929년 미국의 실업률은 3퍼센트였으나 1933년에는 25퍼센트, 농업 부문을 제외하면 37퍼센트에 달했다. 이렇게 암담한 현실 속에서 젊은 작가는 이른바 〈아메리칸 드림〉이 한낱 환상에 지나지 않음을 통감할 수밖에 없었다. 소설 속에서는 당시의 실업 사태에 대하여 잠시 언급할 뿐이지만 대공황은 어두운 그림자가 되어 작품 전체를 지배한다. (시인 W. H. 오든은 이렇게 정신적, 물질적 의미를 포함하는 총체적 빈곤을 가리켜 〈웨스트병 *West's disease*〉이라고 부르기도 했다.)

소설의 제목에 언급된 메뚜기는 성서 속에서 흔히 부정적인 이미지로 등장한다. 어려운 시기에 돌발적으로 나타나서 모든 것을 휩쓸어 버리기 때문이다. 정작 작품 속에는 메뚜기라는 단어가 한 번도 안 나오지만 클라이맥스에서 집단 심리에 사로잡힌 군중의 모습은 맹목적으로 움직이는 메뚜기 떼를 연상시킨다. 바로 그날, 〈메뚜기의 날〉, 토드가 일으키는 심리적 변화를 눈여겨보면 그의 공허한 웃음소리가 기나긴 여운을 남긴다.

이 책을 읽는 독자들은 저마다 고민하는 만큼 느낄 수 있을 것이다. 웨스트가 작품 전체에 뿌려 놓은 수많은 상징들을 일일이 거론하지 않더라도 눈 밝은 독자들은 충분히 만끽하리라 믿는다.

....

번역의 텍스트로는 뉴 디렉션스 출판사의 2009년판(NDP 1151)을 사용했다. 직설적 표현보다 상황 묘사로 분위기를 전달하는 문장이라 어휘 선택이 쉽지 않았지만 웨스트 문학의 정수를 마음껏 맛볼 수 있어 즐거웠다. 오래 기다려 주신 열린책들 여러분에게 깊이 감사한다. 이제 뒤늦게나마 가을 속으로 달려 나가야겠다.

김진준

너새니얼 웨스트 연보

1903년 출생 10월 17일 뉴욕 시의 중산층 가정에서 맏이로 태어남. 본명은 네이선 웨인스타인Nathan Weinstein.

1920년 17세 성적 불량으로 고등학교 중퇴.

1921년 18세 졸업 증명서를 위조하여 터프츠 대학 입학.

1922년 19세 터프츠 대학에서 퇴학당한 후 동명이인의 성적 증명서를 도용하여 브라운 대학으로 진학했으나 학업을 등한시하고 독서에 열중함.

1924년 21세 브라운 대학 영문학과 졸업.

1926년 23세 3개월간 프랑스 파리에 체류하면서 다다이즘의 영향을 받음. 이때 너새니얼 웨스트로 개명함.

1927년 24세 귀국 후 아버지의 건설 사업을 돕다가 뉴욕 맨해튼의 한 호텔에 야간 관리인으로 취직, 1930년까지 재직하면서 본격적인 창작 활동.

1931년 28세 처녀작 『발소 스넬의 꿈같은 생활*The Dream Life of Balso Snell*』 출간.

1933년 30세 『미스 론리하트*Miss Lonelyhearts*』 출간. 컬럼비아 영화사의 시나리오 작가로 일하게 되어 할리우드로 건너감. 이때부터 주로 영화 대본을 집필함.

1934년 31세   세 번째 소설 『에누리 없는 100만 달러 *A Cool Million*』 출간.

1936년 33세   리퍼블릭 영화사로 이직.

1938년 35세   『메뚜기의 날 *The Day of the Locust*』 출간. RKO, MGM, 유니버설, 컬럼비아 영화사 등에서 시나리오 작업.

1940년 37세   4월 19일. 아일린 매케니 Eileen McKenney와 결혼. 12월 22일, 캘리포니아 주 엘센트로 부근에서 부인과 함께 교통사고로 사망. 뉴욕 근교의 마운트 자이언 공동묘지에 안장됨.

열린책들 세계문학 191 메뚜기의 날

옮긴이 김진준 연세대학교 사회학과 및 영문과를 거쳐 마이애미 대학원에서 영문학을 전공했다. 옮긴 책으로 『007 데블 메이 케어』, 『악마의 시』, 『분노』, 『한밤의 아이들』, 『원수들, 사랑 이야기』 등이 있다.

지은이 너새니얼 웨스트 **옮긴이** 김진준 **발행인** 홍예빈·홍유진
발행처 주식회사 열린책들 **주소** 경기도 파주시 문발로 253 파주출판도시
전화 031-955-4000 **팩스** 031-955-4004 **홈페이지** www.openbooks.co.kr
Copyright (C) 주식회사 열린책들, 2011, *Printed in Korea*.
ISBN 978-89-329-1191-5 04840 **ISBN** 978-89-329-1499-2 (세트)
발행일 2011년 12월 15일 세계문학판 1쇄 2021년 1월 15일 세계문학판 2쇄

이 도서의 국립중앙도서관 출판예정도서목록(CIP)은 서지정보유통지원시스템 홈페이지(http://seoji.nl.go.kr)와 국가자료공동목록시스템(http://www.nl.go.kr/kolisnet)에서 이용하실 수 있습니다.(CIP제어번호:CIP2011005153)

열린책들 세계문학
Open Books World Literature

001 **죄와 벌** 표도르 도스또예프스끼 장편소설 | 홍대화 옮김 | 전2권 | 각 408, 512면

003 **최초의 인간** 알베르 카뮈 장편소설 | 김화영 옮김 | 392면

004 **소설** 제임스 미치너 장편소설 | 윤희기 옮김 | 전2권 | 각 280, 368면

006 **개를 데리고 다니는 부인** 안똔 체호프 소설선집 | 오종우 옮김 | 368면

007 **우주 만화** 이탈로 칼비노 단편집 | 김운찬 옮김 | 416면

008 **댈러웨이 부인** 버지니아 울프 장편소설 | 최애리 옮김 | 296면

009 **어머니** 막심 고리끼 장편소설 | 최윤락 옮김 | 544면

010 **변신** 프란츠 카프카 중단편집 | 홍성광 옮김 | 464면

011 **전도서에 바치는 장미** 로저 젤라즈니 중단편집 | 김상훈 옮김 | 432면

012 **대위의 딸** 알렉산드르 뿌쉬낀 장편소설 | 석영중 옮김 | 240면

013 **바다의 침묵** 베르코르 소설선집 | 이상해 옮김 | 256면

014 **원수들, 사랑 이야기** 아이작 싱어 장편소설 | 김진준 옮김 | 320면

015 **백치** 표도르 도스또예프스끼 장편소설 | 김근식 옮김 | 전2권 | 각 504, 528면

017 **1984년** 조지 오웰 장편소설 | 박경서 옮김 | 392면

019 **이상한 나라의 앨리스** 루이스 캐럴 환상동화 | 머빈 피크 그림 | 최용준 옮김 | 336면

020 **베네치아에서의 죽음** 토마스 만 중단편집 | 홍성광 옮김 | 432면

021 **그리스인 조르바** 니코스 카잔차키스 장편소설 | 이윤기 옮김 | 488면

022 **벚꽃 동산** 안똔 체호프 희곡선집 | 오종우 옮김 | 336면

023 **연애 소설 읽는 노인** 루이스 세풀베다 장편소설 | 정창 옮김 | 192면

024 **젊은 사자들** 어윈 쇼 장편소설 | 정영문 옮김 | 전2권 | 각 416, 408면

026 **젊은 베르테르의 슬픔** 요한 볼프강 폰 괴테 장편소설 | 김인순 옮김 | 240면

027 **시라노** 에드몽 로스탕 희곡 | 이상해 옮김 | 256면

028 **전망 좋은 방** E. M. 포스터 장편소설 | 고정아 옮김 | 352면

029 **까라마조프 씨네 형제들** 표도르 도스또예프스끼 장편소설 | 이대우 옮김 | 전3권 | 각 496, 496, 460면

032 **프랑스 중위의 여자** 존 파울즈 장편소설 | 김석희 옮김 | 전2권 | 각 344면

034 **소립자** 미셸 우엘벡 장편소설 | 이세욱 옮김 | 448면

035 **영혼의 자서전** 니코스 카잔차키스 자서전 | 안정효 옮김 | 전2권 | 각 352, 408면

037 **우리들** 예브게니 자먀찐 장편소설 | 석영중 옮김 | 320면

038 **뉴욕 3부작** 폴 오스터 장편소설 | 황보석 옮김 | 480면

039 **닥터 지바고** 보리스 빠스쩨르나끄 장편소설 | 박형규 옮김 | 전2권 | 각 400, 512면

041 **고리오 영감** 오노레 드 발자크 장편소설 | 임희근 옮김 | 456면

042 **뿌리** 알렉스 헤일리 장편소설 | 안정효 옮김 | 전2권 | 각 400, 448면

044 **백년보다 긴 하루** 친기즈 아이뜨마또프 장편소설 | 황보석 옮김 | 560면

045 **최후의 세계** 크리스토프 란스마이어 장편소설 | 장희권 옮김 | 264면

046 **추운 나라에서 돌아온 스파이** 존 르카레 장편소설 | 김석희 옮김 | 368면

047 **산도칸 ─ 몸프라쳄의 호랑이** 에밀리오 살가리 장편소설 | 유향란 옮김 | 428면

048 **기적의 시대** 보리슬라프 페치치 장편소설 | 이윤기 옮김 | 560면

049 **그리고 죽음** 짐 크레이스 장편소설 | 김석희 옮김 | 224면

050 **세설** 다니자키 준이치로 장편소설 | 송태욱 옮김 | 전2권 | 각 480면

052 **세상이 끝날 때까지 아직 10억 년** 스뜨루가쯔끼 형제 장편소설 | 석영중 옮김 | 224면

053 **동물 농장** 조지 오웰 장편소설 | 박경서 옮김 | 208면

054 **캉디드 혹은 낙관주의** 볼테르 장편소설 | 이봉지 옮김 | 232면

055 **도적 떼** 프리드리히 폰 실러 희곡 | 김인순 옮김 | 264면

056 **플로베르의 앵무새** 줄리언 반스 장편소설 | 신재실 옮김 | 320면

057 **악령** 표도르 도스또예프스끼 장편소설 | 박혜경 옮김 | 전3권 | 각 328, 408, 528면

060 **의심스러운 싸움** 존 스타인벡 장편소설 | 윤희기 옮김 | 340면

061 **몽유병자들** 헤르만 브로흐 장편소설 | 김경연 옮김 | 전2권 | 각 568, 544면

063 **몰타의 매** 대실 해밋 장편소설 | 고정아 옮김 | 304면

064 **마야꼬프스끼 선집** 블라지미르 마야꼬프스끼 선집 | 석영중 옮김 | 384면

065 **드라큘라** 브램 스토커 장편소설 | 이세욱 옮김 | 전2권 | 각 340, 344면

067 **서부 전선 이상 없다** 에리히 마리아 레마르크 장편소설 | 홍성광 옮김 | 336면

068 **적과 흑** 스탕달 장편소설 | 임미경 옮김 | 전2권 | 각 432, 368면

070 **지상에서 영원으로** 제임스 존스 장편소설 | 이종인 옮김 | 전3권 | 각 396, 380, 496면

073 **파우스트** 요한 볼프강 폰 괴테 희곡 | 김인순 옮김 | 568면

074 **쾌걸 조로** 존스턴 매컬리 장편소설 | 김훈 옮김 | 316면

075 **거장과 마르가리따** 미하일 불가꼬프 장편소설 | 홍대화 옮김 | 전2권 | 각 364, 328면

077 **순수의 시대** 이디스 워튼 장편소설 | 고정아 옮김 | 448면

078 **검의 대가** 아르투로 페레스 레베르테 장편소설 | 김수진 옮김 | 384면

079 **예브게니 오네긴** 알렉산드르 뿌쉬낀 운문소설 | 석영중 옮김 | 328면
080 **장미의 이름** 움베르토 에코 장편소설 | 이윤기 옮김 | 전2권 | 각 440, 448면
082 **향수** 파트리크 쥐스킨트 장편소설 | 강명순 옮김 | 384면
083 **여자를 안다는 것** 아모스 오즈 장편소설 | 최창모 옮김 | 280면
084 **나는 고양이로소이다** 나쓰메 소세키 장편소설 | 김난주 옮김 | 544면
085 **웃는 남자** 빅토르 위고 장편소설 | 이형식 옮김 | 전2권 | 각 472, 496면
087 **아웃 오브 아프리카** 카렌 블릭센 장편소설 | 민승남 옮김 | 480면
088 **무엇을 할 것인가** 니꼴라이 체르니셰프스끼 장편소설 | 서정록 옮김 | 전2권 | 각 360, 404면
090 **도나 플로르와 그녀의 두 남편** 조르지 아마두 장편소설 | 오숙은 옮김 | 전2권 | 각 408, 308면
092 **미사고의 숲** 로버트 홀드스톡 장편소설 | 김상훈 옮김 | 424면
093 **신곡** 단테 알리기에리 장편서사시 | 김운찬 옮김 | 전3권 | 각 292, 296, 328면
096 **교수** 샬럿 브론테 장편소설 | 배미영 옮김 | 368면
097 **노름꾼** 표도르 도스또예프스끼 장편소설 | 이재필 옮김 | 320면
098 **하워즈 엔드** E. M. 포스터 장편소설 | 고정아 옮김 | 512면
099 **최후의 유혹** 니코스 카잔차키스 장편소설 | 안정효 옮김 | 전2권 | 각 408면
101 **키리냐가** 마이크 레스닉 장편소설 | 최용준 옮김 | 464면
102 **바스커빌가의 개** 아서 코넌 도일 장편소설 | 조영학 옮김 | 264면
103 **버마 시절** 조지 오웰 장편소설 | 박경서 옮김 | 408면
104 **10 1/2장으로 쓴 세계 역사** 줄리언 반스 장편소설 | 신재실 옮김 | 464면
105 **죽음의 집의 기록** 표도르 도스또예프스끼 장편소설 | 이덕형 옮김 | 528면
106 **소유** 앤토니어 수전 바이어트 장편소설 | 윤희기 옮김 | 전2권 | 각 440, 488면
108 **미성년** 표도르 도스또예프스끼 장편소설 | 이상룡 옮김 | 전2권 | 각 512, 544면
110 **성 앙투안느의 유혹** 귀스타브 플로베르 희곡소설 | 김용은 옮김 | 584면
111 **밤으로의 긴 여로** 유진 오닐 희곡 | 강유나 옮김 | 240면
112 **마법사** 존 파울즈 장편소설 | 정영문 옮김 | 전2권 | 각 512, 552면
114 **스쩨빤치꼬보 마을 사람들** 표도르 도스또예프스끼 장편소설 | 변현태 옮김 | 416면
115 **플랑드르 거장의 그림** 아르투로 페레스 레베르테 장편소설 | 정창 옮김 | 512면
116 **분신** 표도르 도스또예프스끼 장편소설 | 석영중 옮김 | 288면
117 **가난한 사람들** 표도르 도스또예프스끼 장편소설 | 석영중 옮김 | 256면
118 **인형의 집** 헨리크 입센 희곡 | 김창화 옮김 | 272면
119 **영원한 남편** 표도르 도스또예프스끼 장편소설 | 정명자 외 옮김 | 448면

120 **알코올** 기욤 아폴리네르 시집 | 황현산 옮김 | 352면

121 **지하로부터의 수기** 표도르 도스또예프스끼 장편소설 | 계동준 옮김 | 256면

122 **어느 작가의 오후** 페터 한트케 중편소설 | 홍성광 옮김 | 160면

123 **아저씨의 꿈** 표도르 도스또예프스끼 장편소설 | 박종소 옮김 | 312면

124 **네또치까 네즈바노바** 표도르 도스또예프스끼 장편소설 | 박재만 옮김 | 316면

125 **곤두박질** 마이클 프레인 장편소설 | 최용준 옮김 | 528면

126 **백야 외** 표도르 도스또예프스끼 소설선집 | 석영중 외 옮김 | 408면

127 **살라미나의 병사들** 하비에르 세르카스 장편소설 | 김창민 옮김 | 304면

128 **뻬쩨르부르그 연대기 외** 표도르 도스또예프스끼 소설선집 | 이항재 옮김 | 296면

129 **상처받은 사람들** 표도르 도스또예프스끼 장편소설 | 윤우섭 옮김 | 전2권 | 각 296, 392면

131 **악어 외** 표도르 도스또예프스끼 소설선집 | 박혜경 외 옮김 | 312면

132 **허클베리 핀의 모험** 마크 트웨인 장편소설 | 윤교찬 옮김 | 416면

133 **부활** 레프 똘스또이 장편소설 | 이대우 옮김 | 전2권 | 각 308, 416면

135 **보물섬** 로버트 루이스 스티븐슨 장편소설 | 머빈 피크 그림 | 최용준 옮김 | 360면

136 **천일야화** 앙투안 갈랑 엮음 | 임호경 옮김 | 전6권 | 각 336, 328, 372, 392, 344, 320면

142 **아버지와 아들** 이반 뚜르게네프 장편소설 | 이상원 옮김 | 328면

143 **오만과 편견** 제인 오스틴 장편소설 | 원유경 옮김 | 480면

144 **천로 역정** 존 버니언 우화소설 | 이동일 옮김 | 432면

145 **대주교에게 죽음이 오다** 윌라 캐더 장편소설 | 윤명옥 옮김 | 352면

146 **권력과 영광** 그레이엄 그린 장편소설 | 김연수 옮김 | 384면

147 **80일간의 세계 일주** 쥘 베른 장편소설 | 고정아 옮김 | 352면

148 **바람과 함께 사라지다** 마거릿 미첼 장편소설 | 안정효 옮김 | 전3권 | 각 616, 640, 640면

151 **기탄잘리** 라빈드라나트 타고르 시집 | 장경렬 옮김 | 224면

152 **도리언 그레이의 초상** 오스카 와일드 장편소설 | 윤희기 옮김 | 384면

153 **레우코와의 대화** 체사레 파베세 희곡소설 | 김운찬 옮김 | 280면

154 **햄릿** 윌리엄 셰익스피어 희곡 | 박우수 옮김 | 256면

155 **맥베스** 윌리엄 셰익스피어 희곡 | 권오숙 옮김 | 176면

156 **아들과 연인** 데이비드 허버트 로런스 장편소설 | 최희섭 옮김 | 전2권 | 각 464, 432면

158 **그리고 아무 말도 하지 않았다** 하인리히 뵐 장편소설 | 홍성광 옮김 | 272면

159 **미덕의 불운** 싸드 장편소설 | 이형식 옮김 | 248면

160 **프랑켄슈타인** 메리 W. 셸리 장편소설 | 오숙은 옮김 | 320면

161 **위대한 개츠비** 프랜시스 스콧 피츠제럴드 장편소설 | 한애경 옮김 | 280면
162 **아Q정전** 루쉰 중단편집 | 김태성 옮김 | 320면
163 **로빈슨 크루소** 대니얼 디포 장편소설 | 류경희 옮김 | 456면
164 **타임머신** 허버트 조지 웰스 소설선집 | 김석희 옮김 | 304면
165 **제인 에어** 샬럿 브론테 장편소설 | 이미선 옮김 | 전2권 | 각 392, 384면
167 **풀잎** 월트 휘트먼 시집 | 허현숙 옮김 | 280면
168 **표류자들의 집** 기예르모 로살레스 장편소설 | 최유정 옮김 | 216면
169 **배빗** 싱클레어 루이스 장편소설 | 이종인 옮김 | 520면
170 **이토록 긴 편지** 마리아마 바 장편소설 | 백선희 옮김 | 192면
171 **느릅나무 아래 욕망** 유진 오닐 희곡 | 손동호 옮김 | 168면
172 **이방인** 알베르 카뮈 장편소설 | 김예령 옮김 | 208면
173 **미라마르** 나기브 마푸즈 장편소설 | 허진 옮김 | 288면
174 **지킬 박사와 하이드 씨** 로버트 루이스 스티븐슨 소설선집 | 조영학 옮김 | 320면
175 **루진** 이반 뚜르게네프 장편소설 | 이항재 옮김 | 264면
176 **피그말리온** 조지 버나드 쇼 희곡 | 김소임 옮김 | 256면
177 **목로주점** 에밀 졸라 장편소설 | 유기환 옮김 | 전2권 | 각 336면
179 **엠마** 제인 오스틴 장편소설 | 이미애 옮김 | 전2권 | 각 336, 360면
181 **비숍 살인 사건** S. S. 밴 다인 장편소설 | 최인자 옮김 | 464면
182 **우신예찬** 에라스무스 풍자문 | 김남우 옮김 | 296면
183 **하자르 사전** 밀로라드 파비치 장편소설 | 신현철 옮김 | 488면
184 **테스** 토머스 하디 장편소설 | 김문숙 옮김 | 전2권 | 각 392, 336면
186 **투명 인간** 허버트 조지 웰스 장편소설 | 김석희 옮김 | 288면
187 **93년** 빅토르 위고 장편소설 | 이형식 옮김 | 전2권 | 각 288, 360면
189 **젊은 예술가의 초상** 제임스 조이스 장편소설 | 성은애 옮김 | 384면
190 **소네트집** 윌리엄 셰익스피어 연작시집 | 박우수 옮김 | 200면
191 **메뚜기의 날** 너새니얼 웨스트 장편소설 | 김진준 옮김 | 280면
192 **나사의 회전** 헨리 제임스 중편소설 | 이승은 옮김 | 256면
193 **오셀로** 윌리엄 셰익스피어 희곡 | 권오숙 옮김 | 216면
194 **소송** 프란츠 카프카 장편소설 | 김재혁 옮김 | 376면
195 **나의 안토니아** 윌라 캐더 장편소설 | 전경자 옮김 | 368면
196 **자성록** 마르쿠스 아우렐리우스 명상록 | 박민수 옮김 | 240면

197 **오레스테이아** 아이스킬로스 비극 | 두행숙 옮김 | 336면

198 **노인과 바다** 어니스트 헤밍웨이 소설선집 | 이종인 옮김 | 320면

199 **무기여 잘 있거라** 어니스트 헤밍웨이 장편소설 | 이종인 옮김 | 464면

200 **서푼짜리 오페라** 베르톨트 브레히트 희곡선집 | 이은희 옮김 | 320면

201 **리어 왕** 윌리엄 셰익스피어 희곡 | 박우수 옮김 | 224면

202 **주홍 글자** 너대니얼 호손 장편소설 | 곽영미 옮김 | 360면

203 **모히칸족의 최후** 제임스 페니모어 쿠퍼 장편소설 | 이나경 옮김 | 512면

204 **곤충 극장** 카렐 차페크 희곡선집 | 김선형 옮김 | 360면

205 **누구를 위하여 종은 울리나** 어니스트 헤밍웨이 장편소설 | 이종인 옮김 | 전2권 | 각 416, 400면

207 **타르튀프** 몰리에르 희곡선집 | 신은영 옮김 | 416면

208 **유토피아** 토머스 모어 소설 | 전경자 옮김 | 288면

209 **인간과 초인** 조지 버나드 쇼 희곡 | 이후지 옮김 | 320면

210 **페드르와 이폴리트** 장 라신 희곡 | 신정아 옮김 | 200면

211 **말테의 수기** 라이너 마리아 릴케 장편소설 | 안문영 옮김 | 320면

212 **등대로** 버지니아 울프 장편소설 | 최애리 옮김 | 328면

213 **개의 심장** 미하일 불가꼬프 중편소설집 | 정연호 옮김 | 352면

214 **모비 딕** 허먼 멜빌 장편소설 | 강수정 옮김 | 전2권 | 각 464, 488면

216 **더블린 사람들** 제임스 조이스 난변소설집 | 이강훈 옮김 | 336면

217 **마의 산** 토마스 만 장편소설 | 윤순식 옮김 | 전3권 | 각 496, 488, 512면

220 **비극의 탄생** 프리드리히 니체 | 김남우 옮김 | 320면

221 **위대한 유산** 찰스 디킨스 장편소설 | 류경희 옮김 | 전2권 | 각 432, 448면

223 **사람은 무엇으로 사는가** 레프 똘스또이 소설선집 | 윤새라 옮김 | 464면

224 **자살 클럽** 로버트 루이스 스티븐슨 소설선집 | 임종기 옮김 | 272면

225 **채털리 부인의 연인** 데이비드 허버트 로런스 장편소설 | 이미선 옮김 | 전2권 | 각 336, 328면

227 **데미안** 헤르만 헤세 장편소설 | 김인순 옮김 | 264면

228 **두이노의 비가** 라이너 마리아 릴케 시 선집 | 손재준 옮김 | 504면

229 **페스트** 알베르 카뮈 장편소설 | 최윤주 옮김 | 432면

230 **여인의 초상** 헨리 제임스 장편소설 | 정상준 옮김 | 전2권 | 각 520, 544면

232 **성** 프란츠 카프카 장편소설 | 이재황 옮김 | 560면

233 **차라투스트라는 이렇게 말했다** 프리드리히 니체 산문시 | 김인순 옮김 | 464면

234 **노래의 책** 하인리히 하이네 시집 | 이재영 옮김 | 384면

235 **변신 이야기** 오비디우스 서사시 | 이종인 옮김 | 632면

236 **안나 까레니나** 레프 똘스또이 장편소설 | 이명현 옮김 | 전2권 | 각 800, 736면

238 **이반 일리치의 죽음 · 광인의 수기** 레프 똘스또이 중단편집 | 석영중 · 정지원 옮김 | 232면

239 **수레바퀴 아래서** 헤르만 헤세 장편소설 | 강명순 옮김 | 272면

240 **피터 팬** J. M. 배리 장편소설 | 최용준 옮김 | 272면

241 **정글 북** 러디어드 키플링 중단편집 | 오숙은 옮김 | 272면

242 **한여름 밤의 꿈** 윌리엄 셰익스피어 희곡 | 박우수 옮김 | 160면

243 **좁은 문** 앙드레 지드 장편소설 | 김화영 옮김 | 264면

244 **모리스** E. M. 포스터 장편소설 | 고정아 옮김 | 408면

245 **브라운 신부의 순진** 길버트 키스 체스터턴 단편집 | 이상원 옮김 | 336면

246 **각성** 케이트 쇼팽 장편소설 | 한애경 옮김 | 272면

247 **뷔히너 전집** 게오르크 뷔히너 지음 | 박종대 옮김 | 400면

248 **디미트리오스의 가면** 에릭 앰블러 장편소설 | 최용준 옮김 | 424면

249 **베르가모의 페스트 외** 옌스 페테르 야콥센 중단편 전집 | 박종대 옮김 | 208면

250 **폭풍우** 윌리엄 셰익스피어 희곡 | 박우수 옮김 | 176면

251 **어셴든, 영국 정보부 요원** 서머싯 몸 연작 소설집 | 이민아 옮김 | 416면

252 **기나긴 이별** 레이먼드 챈들러 장편소설 | 김진준 옮김 | 600면

253 **인도로 가는 길** E. M. 포스터 장편소설 | 민승남 옮김 | 552면

254 **올랜도** 버지니아 울프 장편소설 | 이미애 옮김 | 376면

255 **시지프 신화** 알베르 카뮈 지음 | 박언주 옮김 | 264면

256 **조지 오웰 산문선** 조지 오웰 지음 | 허진 옮김 | 424면

257 **로미오와 줄리엣** 윌리엄 셰익스피어 희곡 | 도해자 옮김 | 200면

258 **수용소군도** 알렉산드르 솔제니찐 기록문학 | 김학수 옮김 | 전6권 | 각 460면 내외

264 **스웨덴 기사** 레오 페루츠 장편소설 | 강명순 옮김 | 336면

265 **유리 열쇠** 대실 해밋 장편소설 | 홍성영 옮김 | 328면

각 권 8,800~15,800원